かぐや姫と浦島

物語文学の誕生と神仙ワールド

渡辺秀夫

塙選書123

【目次】

はじめに

一九七〇年代、かぐや姫の物語、『竹取物語』の研究は、かつてない大きな話題で盛りあがっていた。『竹取物語』はわが国固有のものではなく、近年中国大陸で採取された民話の「原話」（類似の口承話）をもとに作られたというのである。この「原話」が、遥か昔の日本にも存在し『竹取物語』の作者の目に触れていたと仮定しての斬新な学説であった。

その頃、世の中は空前の民話・昔話ブームが巻き起こり、それに関連した出版物もおおいに賑わい、古来の伝承、神話熱に浮かされていた。『竹取物語』は四川省の奥地で発見された民話「斑竹姑娘《バンチュウクーニャン》」をもとに作られたという説が、ほとんどなんの疑問も検証もなく、圧倒的な支持をもって受け入れられたのは、このような世相に迎えられたことが大きいであろう。

今から考えれば、多くの疑問が投げかけられるべきであったが、当時、心ある人の異論はブームの大きな潮流にかき消され、長期にわたり新説として世間に公認されつづけた。この仮説が実証をともなない学問的に否定されたのは、ようやく二〇〇四年になってからのこと。この間の三十余年、この「新説」を前提とした多くの論著が生み出され一時は定説化し、今なお少なからぬ影響力をもちながら、容易に修復しがたい「俗説」を世間に流布している。私たちは、この騒動から何を学ぶべきであろうか。

年々若いひとたちの古典離れは進み、その理解力は大きく減退しているようにみえる。確かに古典の読解には常に難しさをともなう。なによりも作品が作られた時代の知識や感覚を共有していないテキストを読むことは不可能に近いように感じられる。とりわけ『竹取物語』は千百年も前の作品である。そんな昔のことなど、茫洋《ぼうよう》としてわからない。そのためか、いたずらに読み手の興味や関心のままに、自分の考えや解釈を投影することになりがちである。ただしそれは現代文学としての享受のひとつに過ぎない。

かぐや姫（仙女）を描かせたのは、九世紀後半から十世紀前半へかけてもてはやされた「神仙ワールド」（仙人や仙境を描く小説世界）というトレンドであった。この潮流は、十一世紀を迎える頃には急速に下火になり、しだいに時代の表舞台から退いて行った。その結果、『竹取物語』ができた頃の作品としての面白さや表現力が失われ、場面描写のリアリティーも色褪《あ》せたものになった。竹の中から誕生し、さまざまな異能を発揮し、最後は月の都へ昇天するなどの超自然的な記述は、その最たる例であろう。すでに『源氏物語』（十一世紀初頭の成立）の時代には、遠い「神代《かみよ》のこと」とされ、時代遅れとなった古い物語の扱いを受けていた。まして現代の読者はいかがであろうか。

冒頭の騒動は、みずからが生きた時代の雰囲気・価値観に動かされて、無批判に古典と向きあった結果の出来事であった。そこで、本書では、古典作品を読むにあたって、現代人としてのわが身の感覚を安易に投影することを控え、テキストの成立した時代に行って、可能な限りそこに身を置いて、同時代人（当時の読者）の立場になって読んでみることを心がけたい。

当時の読者が常識・教養としてもっていた、その時代のものの見方や関連する多くの作品群の知識など、『竹取物語』という「小さなテキスト」を支えていた、より「大きなテキスト」を復元し共有する。そのことにより、長い歴史的な変遷のまえに風化され、豊かな色彩や匂いを失っていた作品固有の面白さ、深さを再生・発掘することができるのではないか。

この数年、ヨーロッパの学生たちに『竹取物語』の講義をする機会を得た。これまで何度か経験した北京での中国の学生相手の授業（いわば、東洋の諸思想の共同性に助けられた講義）とは異なり、思想的背景や十世紀前後の世界観などをまったく理解してもらえない状況は、あらためてこうしたアプローチの必要性を強く意識する機会となった。古典の「注釈」とは、時代の経過とともにズレてゆく成立当初の「読み」の変質を少しでも縮めるためのものでありたい。これに加えて、さらに文化圏を異にする読者にも日本の古典に親しんでもらいたいというのが、本書執筆の動機のひとつ。

もうひとつは、日本の古典文学にまつわりつく、その材源が固有《オリジナル》か外来《コピー》かという議論への向きあい方である。いわゆる国風的な文学現象を和漢（日本―中国）比較という研究手法を用いて検証してきた筆者の経験からすれば、他者（中国文化）との緊密な接触と柔軟でしたたかな吸収・反発の積み重ねこそが豊かな個性を育んできたというのが実態である。

一見独自とみられるものも実は、外来の他者との深い関わりを通じて生み出されたものが少なくない。日本の古典文学（文化）と向きあうためには、固有か外来か、両者を二者択一的、排他的に考えないことが必然的に求められる。異なる文化が混じりあう多元性・多様性の中から固有の文化が生まれるのである。

本書で扱う、日本在来・固有とみられてきたかぐや姫や浦島の話も例外ではない。しかも一つの作品は、あたかもひとがその体内に自分の歴史を保存しているように、その作品が生まれる成立過程をテキストの中に内蔵しているものである。これを解きほぐすことはおのずから、かぐや姫や浦島はどのようにして生まれたのか、その作品がかたちづくられた経緯への理解、つまり文学史的な視野をひらくことになる。固有性の中にひそむ文化の多様性に着目しながら、日本の古典文学を読み解く面白さを若いひとと少しでも共有できればと思う。

かぐや姫はなぜ竹から生まれるのか、一般には日本古来の伝承世界由来の自明のものとしてあまり意識されないが、当時熱烈に愛読された中国の神仙小説における竹の存在価値の大きさに着目すると、別の視野がひらけてくる。あらためて神仙譚《しんせんたん》（仙人や仙境が描かれる小説類）を愛好する時代の担い手たちに目を向け、その実情を詳しく検証してみたい。

かぐや姫が昇天する天上世界とは実際にはどんな世界なのだろうか。天上から迎えに来た月の都の天仙やかぐや姫のもつ不可思議な特殊能力は、仙人の方術（神仙の秘術《マジック》）を下敷きに描かれたと思われるが、こうした中国渡来の漢籍を自在に利用した「痕跡」は『竹取物語』の随所にみられ、作者が男性知識人であることをも示している。

天上界で犯した罪の償いに地上界に堕《お》とされたというかぐや姫は、いったいどんな罪を犯したのか、仙薬や羽衣とはなにか、不死の薬はなぜ富士山頂で焼かれるのか、そもそも『竹取物語』の全体的な筋立て《プロット》はどこから着想されたのかなどを、神仙小説世界の約束事、パターン、モチーフなどを分析・整理しながらその謎に迫る。

平安時代前期、初めて物語文学が生まれようとする頃、貴族社会には神仙譚が大流行していた。その潮流の中で、天界の女仙・かぐや姫の物語、『竹取物語』が生まれ、並行して同じ作者層によって、仙界へ行った男仙・浦島の神仙小説、『続浦島子伝記《ぞくうらしまのこのでんき》』が創作されていた。

この『続浦島子伝記』には、平安時代の知識人が豊かな教養を惜しみなく投入して描いた、〝もうひとりの浦島〟が登場する。いわばそれは、彼らが誇らかに謳いあげた浦島の最もフォーマルな理想形である。古来、漢文で書かれた浦島像は、その当初から蓬莱山《ほうらいさん》を訪れた神仙（仙人）として描かれ続けた。この『続浦島子伝記』は、それらを集大成して平安時代を代表する作品であった。

本書では、これまで十分に検討されることがなかった『続浦島子伝記』を取りあげ、堅苦しい漢文の伝記が愛情詩や性愛をともなう伝奇小説へと姿を変える、その特異な性格をさまざまな角度から読み解いてゆく。よく知られているようで本当の面白さ・深さが失われかけたかぐや姫の物語と、ほとんど知られない〝もうひとりの浦島〟。このふたつの作品が成立した時代に戻って、その生き生きとした「古典の声」を聞いてみよう。

そのうえで、ほぼ同時期に生み出された、かぐや姫の物語（『竹取物語』）と浦島の伝記（『続浦島子伝記』）を比べながら、仮名ぶみ（国　語《やまとことば》）による物語文学が生み出される経緯についても考えてみたい。

序章　本書のアプローチ・方法論にかえて

日本古来の昔話として誰もが知る「かぐや姫」と「浦島」の話は、どのようにして生まれたのだろうか。

竹の中から生まれたかぐや姫は、その名の通り部屋の中は暗き所もなく光り満ち、その輝きに包まれた人は憂いを忘れ心地も和らぐという。あるいはまた身に迫る危難の際にはたちまち「影」となって姿をくらます霊能をもち、彼女の帰還を阻止しようとする二千人の兵士は八月十五夜の満月の中に降臨した天人《てんにん》の術により、なすすべもなく戦力を削がれるなど、そんな超自然的な怪奇表現が、それなりの説得力をもち生き生きと読者に語りかけた時代。

なぜこのようなモチーフ・表現が、この時代に生み出されたのか。かぐや姫は、多くの貴公子や帝の求婚をも拒絶し、約束事のように月の都へと去って行くが、なぜ彼女は地上に留まらずに帰還しなければならないのか、またかぐや姫が天界で犯した罪とはなにか。テキスト内では「かぐや姫は、罪をつくり給へりければ、かく賤しきおのれがもとに、しばしおはしつるなり。罪の限り果てぬれば、かく迎ふるを、翁は泣き嘆く。能《あた》はぬことなり」とのみあってその内容は明示されないが、当時の読者たちには暗黙の了解があったのだろう。

昇天の場面、月の都への帰還のシーンも、一九八七年の映画「竹取物語」（東宝・市川崑監督）では、当時のSF映画の流行（「未知との遭遇」一九七八年・「ET」一九八二年）に呼応するように光輝く宇宙船での迎えとなり、ジブリのアニメ「かぐや姫の物語」（高畑勲監督・二〇一三年）では、阿弥陀様のような姿の天人がノリのいい音楽に乗って陽気にやって来る。

従来の理解では、ここは聖衆来迎図《しょうじゅらいごうず》（臨終に際し、死者を極楽浄土へ迎え導くため、阿弥陀如来が多くの聖衆を従えて降臨する場面を描いた仏画）のイメージでとらえられてきたから、これもその一類といえようが、もともとそういう理解でよいかどうかは疑問の余地がある。古典が世に受け入れられ継承されてゆくのは、それぞれの時代の価値観に色づけされ、しばしばその姿が「現代文学」として装われ再生されるからでもある。

他方、オリジナルの『竹取物語』では最も重要な末尾（形式上からいえば、この物語は富士山の名の由来を語るために書かれている）、富士山頂で不死の薬を焼くというシーンは、ほとんど場面化されることなくカットされる。「富士山と不死の薬」との関連がイメージとして共感しにくいこととともに、「富士」の名を、不死の薬のフシ、その仙薬を焼いた煙が尽きずに燃えている「不尽《ふじ》」の音通（通俗的な掛詞）を予測させながら、さらにひとひねりして「士に富む」（大勢の兵士）と読みなすに至っては、現代人の感覚ではさらに難しいものがあろう（特に映像的には表現しにくい）。

しかし、富士山と不死（神仙）とのイメージの結合や、仮名文字によることば遊びの即興などは、上記の不可思議な霊能の数々とともに、作品が成立した当時にあっては、この作品固有の、最も表現性豊かに訴えかける部分でもあった。その生き生きとしていた表現性を同じように味わうためには、当時の作者―読者たちと同様の文学環境に立ち返ることが不可欠である。

文字による作品《テキスト》はすべてが書かれるわけでない。大部分はその時代のものの見方、思考の枠組みを暗黙の（無意識裏の）前提とし、それら自明の書かれざる周知の基盤のうえに、意識的な一部分がつづられるに過ぎない。同時代人としての知識感情が共有されている現代文学がすなおに作品世界に没入できるのに比べ、そうした了解事項の共有・共感を欠く古典作品は、容易に近づきがたく充分な理解が阻害される難しさがある。古典を読むためには、その作品を生み出し支えていた、今はすでに失われてしまったその時代の知識やものの見方に寄り添うことからはじめなければならない。

従来のアプローチ

『竹取物語』は、平安朝の物語文学の始祖（「物語の出《い》で来《き》始《はじ》めの祖《おや》」『源氏物語』）とみなされ、竹から生まれた小さ子譚（申し子）と白鳥処女説話の伝承をベースとし、致富長者譚、難題婿譚、地名起源譚などに加え、全体が「なむ―ける」の語りの様式・文体をもつことから、日本在来・固有の物語とされてきた。今もこの見方は一般には根強いものがある。

一方『日本書紀』（雄略《ゆうりやく》天皇紀）にその名のみえる「浦島」の話もまた、奈良朝以来の最古の伝承のひとつとされ、中、近世を通じ近代に至るまで、時代を越えたさまざまな異本《バリアント》を生み出しながら、「乙姫―浦島太郎」の「竜宮」訪問譚に定型化した江戸前期刊行の『お伽草子《とぎぞうし》』を介し現代に継承されてきた（阪口保『浦島説話の研究』、林晃平『浦島伝説の研究』ほか）。この作品の幅広い国民的な受容は、明治期以降隆盛するナショナリズムや戦前期の国家主義的な天皇制下、国定教科書の権威ともあいまって、その日本在来の固有性がいよいよ強調された（三浦佑之『浦島太郎の文学史―恋愛小説の発生』、三舟隆之『浦島太郎の日本史』）。

この傾向は、戦後の研究史にあっても、専制的な天皇制を想起させかねない貴族文学を超克し、より広範で基層的な民衆や民意の現れとしての固有の伝承的価値を重視しようとする評価軸（無意識裏にすりこまれた研究史的反省）にも迎えられ、一世を風靡した感のある民俗学（民族学）的発言の活況化とともに、よりいっそう、国内の氏族の伝承や土着性の探索に向かうか、あるいは反転して、環太平洋地域に広がる文化人類学・神話学的共通性の発見をめざすかであった。そして後者の場合もまた、わが国の古代にも確かに存在したであろう共同・共通の口承説話の一伝播形態を探究するアプローチのひとつであった。

一九七〇年代、それまで『竹取物語』の創作性の最も旺盛な箇所とみなされていた求婚譚の部分（かぐや姫と五人の貴公子との難題求婚の応酬話の筋立て。物語全体の過半におよぶ分量）と酷似する内容をもつ、中国の四川省～チベット地域に伝わる説話の記録とされた「斑竹姑娘」の存在に注目が集まり、学会を大きくゆるがす話題となった。両者の関連は、その当初から一部の専門家の間では疑念が寄せられていたが、その後の総合的な検証を経て（奥津春雄『竹取物語の研究―達成と変容―』は、この反証のために一六〇ページ余を費やす）、中国奥地の伝承話にもとづくかに喧伝《いいはや》された「斑竹姑娘」は、実は、二十世紀前半に中国で『竹取物語』を翻訳した「竹公主《チュウゴンチュウ》（竹姫）」をもとにして創作された児童文学であることが証明された（宋成徳「『竹取物語』、「竹公主」から「斑竹姑娘」へ」）。

今では、「騒動」ともいえる事件の顛末だが、当時を学生として過ごした筆者にも、『竹取物語』が遠く大陸につながる広範な伝承の古層の一翼を担っていることを期待する、ロマン的な想いがひそんでいたことは否定できない。当時は、「説話文学会」が創設され、民俗学（民族学）が隆盛で、出版界も民話・昔話など口承文芸に関する書籍の刊行が盛んであった（1）。

急激な高度経済成長と人口増加のなかで、大衆化社会における民衆的視点・観点が浮上し、貴族的価値・天皇制への反省・反発から、個人よりもマッスとしての大衆に照準があてられた。他方、大都市化のなかで、失われゆく村落共同体の記憶遺産としての「昔話」の採集・保存があり、国力の増進にともなう、自国意識・アイデンティティー、始原・ルーツへのあこがれがあり、文字（漢字文化形成）以前の固有の口頭伝承の発掘期待などがあいまって、民俗（族）学的アプローチが活況化されていったものと思われる。「斑竹姑娘」の存在が大きく注目された背景には、こうした時代の雰囲気のもとで〈竹取説話〉の口承性は疑いないものとの強いバイアスがかかっていたゆえのことといえよう。

しかしながらまた、『竹取物語』には、確かに、上記のような説話のモチーフ（小さ子譚、白鳥処女説話、致富長者譚、難題婿譚、地名起源譚等）が組み込まれているが、それらは口頭伝承・昔話の中では、本来それぞれ単体で語られるものであるのに、それらを吸収・再編して成り立つ『竹取物語』の筋立ては、「昔話とは認めがたい構造」を有し、そもそも「竹中生誕と翁の致富・難題求婚・帝の求婚・月宮帰還（あるいは昇天）という要素の揃った竹取説話なるものは、現在までに知られた限りの民間説話の中には存在しないし、それにとどまら

1　昔話・説話等口承文芸に関連した出版等の概況（1950〜1980）

◎1950〜1958　関敬吾『日本昔話集成』全6巻（角川書店）
※各地で採集した方言のままに収録

◎1954〜1957（65〜68等）『折口信夫全集』全31巻・別巻1（中央公論社）

◎1960　益田勝実『説話文学と絵巻』（三一書房）

◎1962〜1971　『定本柳田国男集』全31巻・別巻5（筑摩書房）

○1962「説話文学会」設立

◎1965〜1968『絵巻物による日本常民生活絵引』全5巻（角川書店）

◎1966　関敬吾『昔話の歴史』（至文堂）

◎1967〜2012　『宮本常一著作集』全51巻（未来社）

◎1970　稲田浩二『昔話は生きている』（三省堂選書）
※「我が国の昔話調査は近年いよいよ充実進展をみて、年間3,000話に及ぶ資料が公表されつつある」（1977新版・あとがき）

◎1970〜1972　『石田英一郎全集』全8巻（筑摩書房）←1956『桃太郎の母』法政大学出版局

◎1971　『日本昔話名彙』（日本放送出版協会）初版は1948

◎1971〜1981　『菅江真澄全集』全12巻・別巻1（未来社）

◎1973〜1975　『日本の説話』全7巻（東京美術）、1976『説話文学必携―日本の説話・別巻』

◎1974　『増補改訂日本説話文学索引』（清文堂出版）

○1975〜1994　「まんが日本昔ばなし」テレビ放映

◎1977　『日本昔話事典』（弘文堂）

◎1977〜1998　『日本昔話通観』全31巻（稲田浩二・小沢俊夫責任編集　同朋舎出版）
※現在の最大の「昔話」の資料庫。第28巻はモチーフ分類による検索が可能

◎1978〜1980　関敬吾『日本昔話大成』全12巻（角川書店）
※『集成』版を標準語表記に改訂・大幅増補

◎1980〜1992　『柳宗悦全集』全22巻（筑摩書房）

ず、そもそも民間伝承としては〔説話学上原理的に〕存在しえない」（『竹取物語の研究―達成と変容―』）という指摘は、きわめて重い事実である。実際、おおかたの予断を裏切るかのように、現在までに収集・報告された口頭伝承中、「かぐや姫」の昔話は皆無に近い（高橋宣勝『語られざるかぐやひめ』）。

柳田国男の「竹取翁」「竹伐爺」であげられた「類似」の口承話・昔話は、どこまでさかのぼることが可能か。草創期の物語が、語られる世界に支えられながら成立してくるという初期物語文学の性質上、『竹取物語』がなんらかの口頭伝承・昔話を含みもつことは当然のことであろうが、それら「類似」の口承話がそのまま九世紀後半以降成立の『竹取物語』に直結するものでもない。

また、『万葉集』巻一六に見える「竹取翁歌」は、『竹取物語』の先例として当然のように参照されるが、「竹取翁」の名前以外には、ほとんど共通点がなく、「竹」そのものもまったく登場しない。高齢の老人（翁）が山中で九人の乙女（仙女）に出会い、求婚もどきにからかわれる話に過ぎず、『竹取物語』（『源氏物語』では「竹取の翁」と呼称されていた）の遠い「原型」が翁と仙女の求婚話にあったと仮定する危うい想定のうえに成り立つもので、むしろ現行の『竹取物語』から逆算し強引に関連づけたという印象は否めない。『竹取物語』の《原型》への希望《ロマン》がなければ、普通には着想しえない幻想であろう。

『竹取物語』と白鳥処女説話との関連にしても、昇天（天の羽衣）の一コマのみで、しかもその羽衣説話もまた中国渡来の小説類にみられるものであり、昇天のアイテムである「羽衣・天衣」も神仙小説類にはよく登場する。ついでにいえば、天上から派遣された仙女が男に幸福をもたらすというのも、大きな螺《にし》（巻貝）から変身した女が家事を手伝う話（『白水素女』『太平広記』巻六二・出『捜神記』）、あるいは、難題譚についても、男やもめのもとに現れた田螺女房が隠れて家事一切をこなすが、その美貌を聞きつけた横暴な県の長官が難題を吹っかけて女房を奪おうとするものの、女房の助力で解決する事例（『呉堪』同巻八三・出『原化記』など）もある。

一方の浦島は、思いがけず亀の背に乗り睡眠のうちに蓬莱山に入り込み、美女・美食の歓待を受けながら、望郷の想いにたえられずに故郷に帰還するが、時は遥かに過ぎ去り、天涯孤独の悲哀に打ちひしがれ、禁じられていた玉手箱のふたを開けるや、老衰（死）にみまわれるという一連の話は、どこから来たものか。この最古のまとまった作品は、『逸文丹後国《いつぶんたんごのくにの》風土記《ふどき》』に収められた「浦島子」の伝記（漢文）であるが、この当初の形態は、モチーフ・話型・語彙・表現の細部まで、中国種そのものであり（第八章参照）、はやくから、奈良時代の知識人の机上の産物とする見方も根強い。

かぐや姫の物語が「昔話」として成立し難いのと同様に、浦島太郎の現在に伝わる「昔話」

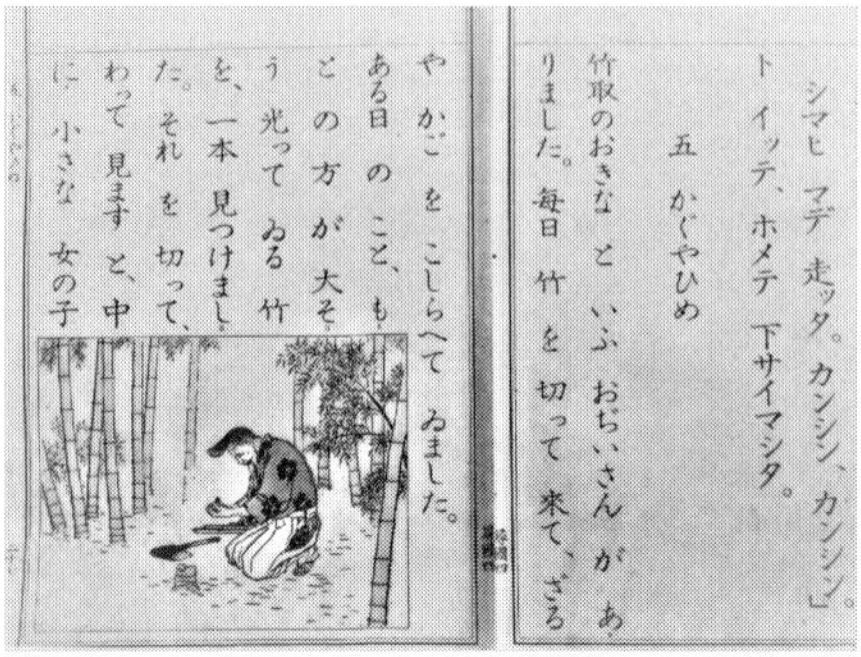

2　『かぐやひめ』尋常小学校　小学国語読本

も明治以降に国定教科書に書かれた内容の範囲に留まり、近世以前にさかのぼる口承文芸としての痕跡は認めにくいという（『浦島太郎の文学史』）。このことは、現代人が共通に抱いている「かぐや姫」の話のもととなったものが、実は、文部省選定の国定教科書（第四期）『尋常科用　小学国語読本』（巻四）版（俗称『サクラ読本』）の「かぐやひめ」（昭和八年〔一九三三〕）であるという、意外に新しいものであることと呼応している（2）。

ただし、筆者は、『竹取』『浦島』に、それらのきっかけとなったある種の伝承が存在したことをすべて否定するものではない。浦島についていえば、正式な国史である『日本書紀』（雄略紀）にその名と記事が登場することに加え、平安前期の史料にも記録があり、仁明《にんみょう》天皇四十歳の長寿を祝賀する宴席には「天人が不死薬を捧げ来る」造形物と「浦島子が昇天して長生を得た」像の造り物が提出され、その折に寄せられた興福寺の僧侶の長歌には、この故事が、《言霊《ことだま》の幸《さきはう》国《くに》の伝来の古語《ふること》》である（『続日本後紀《しょくにほんこうき》』嘉祥《かしょう》二年〔八四九〕三月二十六日）と記されていることからみれば、話の源泉に古来の伝承とされる部分があったのであろう。

ただし、それは『万葉集』巻九の高橋虫麻呂《たかはしのむしまろ》の長歌も含めて、すでに神仙譚的な粉飾が施されていたことが否定できない。この上書き部分を除けば、ある地域に関連したごく簡単な内容のものであっただろうから、中国渡来の神仙小説的なモチーフ・表現で新規に整理(翻案)しなおされた奈良時代の伊預部馬養《いよべのうまかい》や平安時代の知識文人の手になる「浦島子伝」とは大きく一線を画するものである。これは、仮に想定される口承の〈竹取説話〉と現行の『竹取物語』との相違の大きさと同様に、両者間には、まったくの別物といってよいほどの隔たりがある。

ところで、この浦島の話は、ちょうど『竹取物語』が作られたとほぼ同じ頃に並行して、平安前期の知識文人たちの熱烈な愛好に迎えられていたものである。「天仙」としてのかぐや姫と一対になるかのような「地仙」としての浦島の登場である。現代人にはなじみの中世・室町頃に改作された浦島太郎の話とは別に、平安時代にはもうひとりの浦島がいる。『竹取物語』と『続浦島子伝記』は、この時期に存在した共同の文学基盤である「神仙ワールド」への愛好が生み出した、いわば双子の作品というべきものである。

本書のアプローチ

『竹取物語』の作者は、平安時代前期の九世紀後半から十世紀前半頃へかけての男性知識人層の出身であり、この時期は神仙譚の大流行期でもある。それゆえ、天界の仙女・かぐや姫を描く『竹取物語』を理解するためには、この当時の文学状況下に立ち戻る必要がある。戦後の『竹取物語』の研究は、在来の口頭伝承との関わりを重視する方向で進められてきたが、近年はしだいに中国渡来の漢詩文の受容の問題に力点が置かれるようになった。しかしながら、仏典や漢籍類などの個別的な典拠・材源のあれこれが、単発的に指摘・比較されるばかりで、しかもそれが真に『竹取物語』が直接依拠した材料か否かは明らかにはならない。

渡来の神仙小説『漢武帝内伝』（九世紀末編の『日本国見在書目録』は葛洪〔二八三―三四三〕著とする）翻案説にしても、不死薬の獲得（昇仙）に失敗した帝の登仙物語の一類型としての参照資料とはなるものの、天界の罪の償いに人間界に堕とされたかぐや姫の受難と帰還という核心の筋立てを説明しえないし、その他の材源類も、ひとつとしてそのものと確定できるほどのものはない。ちょうどそれは、『竹取物語』と同様の内容・構成をもつ昔話がまったく存在しないことと対応している。

また、このような、書承的な比較を試みようとしても、現実には、材源となったであろう作品群のほとんどは失われ、多くは伝わらないものである。ここに、従来の材源論・出典論ではとどかない、なかなか越えられない研究方法上の限界がある。

そもそも作品創造とは、手わざの未熟な頃ならば単純な翻案もありうるが、初期物語の中でも抜きん出て熟成した物語である『竹取物語』（↓一〇七ページ）に、材源のあからさまな利用などは、一部の痕跡を除き期待すること自体に無理があるのではないか。ましてや男性知識人が、出典・典故に厳密な漢詩文述作というフォーマルな著述から自由になって、より通俗的な仮名ぶみで物語を「語るように」書く場合であればなおさらである。

作者とは、あれこれの材源を、ある理想・想念のうちに熟しながら自在に想像世界を描こうとするものであり、その際には、いちいちの作品を書物として手元に置いて原稿に書き写すなどということはない。むしろ、当時の作者たち（読者たち）が当然のように抱いていたものの見方、認識の型・様式のようなものに従って無意識のうちに、いわばオートマチックに筆を走らせている（読み進めている）というのが実態であろう。

『竹取物語』の表現を生き生きと機能させていた、いちいち書かなくても「自明」と了解されていた知見を共有するためにはどのような視点をもって臨んだらよいであろうか。その

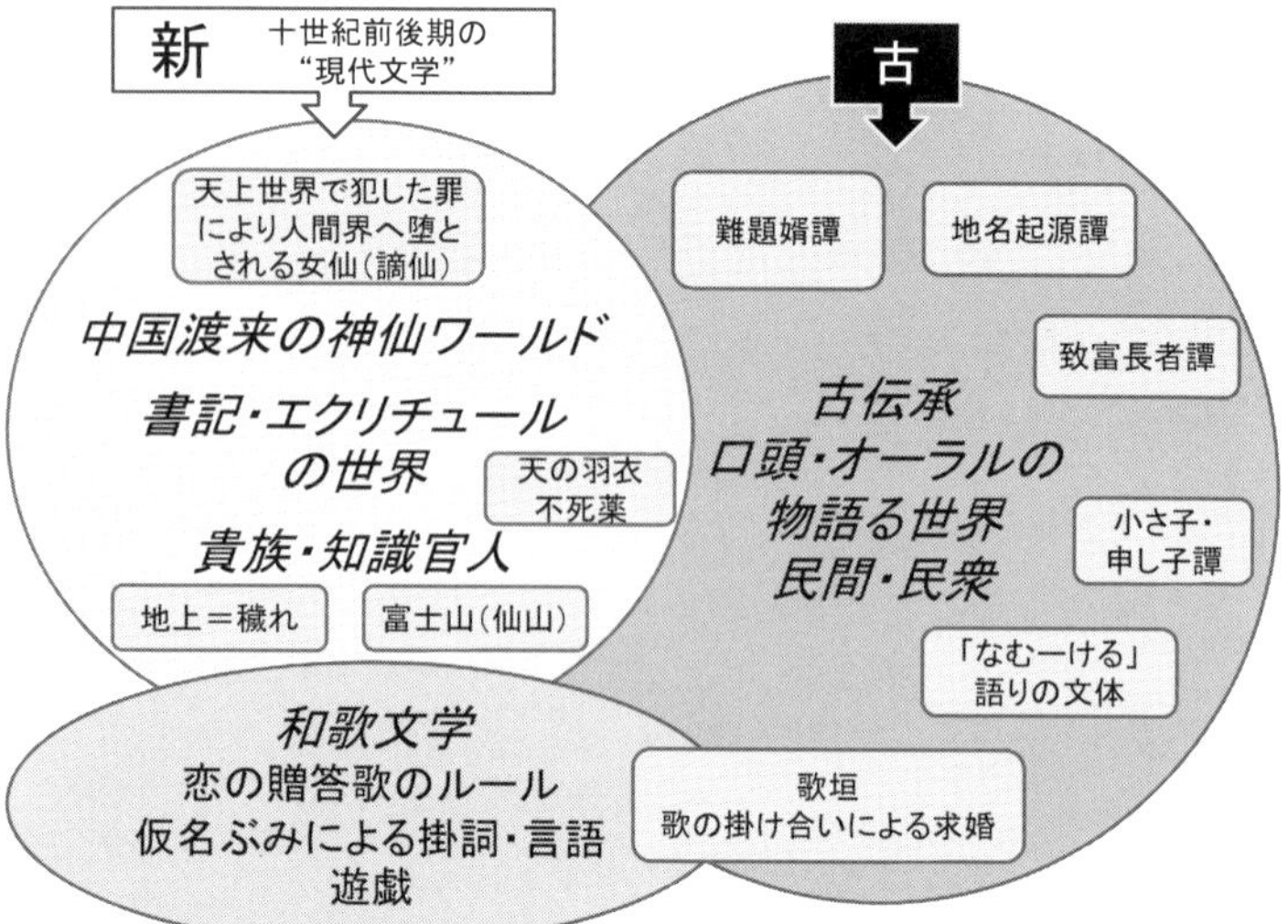

3　『竹取物語』の材源とされる「古伝承」(古)、「和歌文学」(古一新)、および中国渡来の「神仙ワールド」(新）との相関概念図

ためには、平安前期文人社会における神仙・志怪・伝奇小説の流行状況の共有（当時の作者・読者たちが等しく抱いていた「神仙ワールド」の復元的理解）が必要であろう（3）。

本書では、北宋『太平広記』（九七八年成立。全五百巻・七千余話。三～十世紀までの小説類、四百余種を収める。以下、適宜『広記』と略称する）所収の、巻一～五五「神仙」二五九話、巻五六～七〇「女仙」八六話、計三四五話に加え、神仙に関わる話題をもつものを含め、約五百話ほどを基本材料として、「神仙世界と竹」「仙界の諸相」「仙人の方術」「天上界の構造」「仙人の降誕と帰還の論理」

「男仙の罪・女仙の罪」「仙薬の諸相」「謫仙人譚のプロット構成」などを抽出・整理しながら、これらを平安前期知識人たちに広く共有されていたであろう「神仙ワールド」の指標として、『竹取物語』の解読を試みてみたい。

むろん、平安びとが直接『太平広記』を読んだというのでなく、同書に収められているような志怪・神仙小説類（一部現存するものもあれば、その多くはすでに失われてしまったもの）が広く受容され、当時の読者たちの間に共同の観念・イメージとしての「神仙ワールド」が共有されていたであろうと仮定してみるのである。この仮説が有効であるか否かは、今まで不明瞭ないし忘れられていた『竹取物語』の同時代的な表現力・創造力の豊かさをいかに幅広く理解できるようになるかによって試されるべきものである。

なお、『太平広記』所収話のほかに、「神人艶情小説類（神女と人間との恋愛話）」を典型化した唐代の伝奇小説『遊仙窟《ゆうせんくつ》』（中国内では早くに失われ、日本にのみ伝存。奈良朝以来愛読された）に加え、これら神仙小説の趣向や世界観に影響を与えたとされる、神降ろしの方士《シャーマン》の口語りを記録した中国梁代の陶弘景『真誥《しんこう》』（四九九年成立）をも適宜参照することにしたい。

「真誥」とは「真仙（真人・仙人）」の「誥（お告げ）」の意。本書の受容は、初唐（六一八―七〇九）にはじまり中唐（七六六―八三五）には盛んになるが、同書で創造された神仙の形象、修真故事（修行の経験談・物語）等は、後世の詩歌や小説の材源となっただけでなく、その神仙世界のしくみや仙人像の趣向は人々の想像をかきたて、文学性豊かな境地をもたらしたという（〔梁〕陶弘景撰・趙益点校《道教典籍選刊》『真誥』）。

このような観点に立つ以上、『竹取物語』という「小テキスト」をその背景で支える、「大テキスト」としての神仙ワールドへの着目・言及がおのずから必然的なものとなる。その点、本書の論述が『竹取物語』本文から離れることの少なくないことを、しばしお許しいただきたい。

ところで、神仙小説世界における、神―人邂逅（神仙と人との出会い／主として美貌の仙女と人間界の男子との遭遇・恋愛）には、「謫降《たくこう》」型と「誤入《ごにゅう》」型という二つのタイプがあることが報告されている（李豊楙『誤入与謫降　六朝隋唐道教文学論集』）。かぐや姫は天上界で罪を犯した罰としてこの世に堕とされた仙女（天仙）であり、浦島は思いがけず蓬莱の仙境へ入り込んだ男（男仙・地仙）であり、それぞれ「謫降」型と「誤入」型に対応している。『竹取物語』と『浦島子伝』は物語と漢文伝記という異なるジャンルの作品ではあるが、その出自はいずれも「神仙ワールド」を共有したものである。

そして、奈良時代成立の『浦島子伝』は平安時代の『続浦島子伝記』に継承され、より神仙化・伝奇化への傾向を増してゆくが、これらの作者層は『竹取物語』の作者層と重なりあう。罪の償いとして地上に堕とされた仙女・かぐや姫を主人公とする『竹取物語』が新たな書かれる物語として男性知識人によって（より通俗的に、仮名ぶみを用いて、女性向けに）創造されているほぼその時期、並行して同じく男性知識人たちによって、地仙としての「浦島」の伝記が、厖大な漢籍類を自在に引用しつつ、第一級の正格《フォーマル》できらびやかな漢文章をこらして熱烈につづられていたのである。通例の平安朝文学史では、「物語文学」作品と「漢文学」作品は、異なる領域のものとして別個に扱われるのが一般だが、本書では、この両者を積極的に比較対照してみようというわけである。

仙境を訪問する浦島（地仙）と天上界から堕とされて地上にやって来たかぐや姫（天仙）は、神仙譚の典型的な二つのタイプをなすが、一方は漢文伝記（小説・伝奇）に留まり、他方は物語文学に変容・成長していったのはなぜか。漢文体を離れ仮名ぶみでつづることの新たな創造力ともからめて、草創期の物語文学に果たした「神仙ワールド」の役割の解明にも迫ってみたい。

第一章　神仙ワールドの「竹」

今は昔、竹取の翁といふ者ありけり。野山にまじりて竹を取りつつ、よろづの事に使ひけり。名をば讃岐の造《みやつこ》となむいひける。その竹の中に、もと光る竹なむ一筋ありける。あやしがりて、寄りて見るに、筒の中光りたり。それを見れば、三寸ばかりなる人、いとうつくしうてゐたり。

『竹取物語』がその冒頭で、ヒロインの発見を語るに際し、それを他ならぬ「竹」の中からとしなければならなかったのはどんなわけがあるのだろうか。

本書では、『竹取物語』の題号にもあげられ、一見して強い印象を与える「竹」に関し検証しなおすことからはじめたい。和漢（和歌・和文と漢詩文）、日本・中国の竹にまつわる文学的イメージを探ってみると、もともと竹の旺盛な繁殖地が中国南方地域であっただけに、中国の神仙関連の小説類をのぞいてみると、日本の古代文学に散見されるのとは比べものにならないほどに、竹の霊異に関する事例が予想外に多いことに驚かされる。

竹の霊威・霊能

竹と龍・蛇

費長房は、仙人の壺公に従って仙道修行の旅に出た。中途で修行に失敗し帰路は壺公が与えた青竹の杖《つえ》に騎乗して帰ったが、これを葛陂《かっぴ》（河南省汝南郡）に捨てたところ、よく見るとそれは青龍であった（〈壺公〉『広記』巻一二・出『神仙伝』／『後漢書』第七二—方術伝）。また、仙人の蘇仙公が持っていた竹の杖も、もとは龍であったという（〈蘇仙公〉『広記』巻一三・出『洞仙伝』）。仙人が騎乗する龍が青竹の杖に化す話は少なくない（晋・鄧徳明『南康記』ほか）。

晋の太元《たいげん》年中（三七六—三九六）に、汝南の人が山に入って竹を伐っていると、不思議な竹を見た。竹の中ほどまでが蛇の形で、上の方の枝は竹のままであった。また、呉郡の桐廬県（浙江省）の人が伐った竹を見ると、頭から首までが雉《きじ》で胴体はまだ竹のままというものがあった。これらは竹が蛇に化し、蛇が雉に化すという証拠である（『異苑』）。なお、竹の節《ふし》の中に美しく輝く子蛇がいたという別伝もある（〈陳絢〉『広記』巻三九五・出『北夢瑣言』）。ちなみに、「龍孫」とは竹の異名でもある。

竹葉が舟と化す

季卿が長い道のり、とても家へ帰り着くことは難しいと嘆いたところ、仙人とおぼしき翁が、「なに、たいしたことではないさ」と言い、一枚の竹の葉を採って「葉の舟」を造り絵図の河の上に置き、季卿にこの舟を注視して家路を念じさせると、たちまち、河浪が立ち、葉が大きくなり帆をかけた舟に変身、乗船したかと思う間もなく家路への水路をまっしぐらに走り出した（陳季卿）『広記』巻七四・出『纂異記』）。

なお、これと関連して、『竹取物語』の作者層の一員ともいうべき、平安前期の知識官人・都良香《みやこのよしか》（八三四—八七九）の『道場法師伝』（『本朝文粋』巻一二）に類似のモチーフがみえる。天上から落下した雷（姿かたちは、小児のようであった）が天上に帰還するために要求したのは、楠の木の舟を造り、その中に水を満たし、そこに竹の葉を浮かべてほしいとのこと。さっそくその通りにすると、ただちに竹の葉に乗って天上へ帰って行ったという。竹は龍（水神）ゆえに雷と関連するわけであろう。

さらに志怪・神仙小説類から、竹の霊性を表す事例のいくつかをあげてみよう。

竹杖の呪力・効能

仙人の馬自然は、特に薬を持ってはいなかったが、病人がやって来ると、腹の中や体のどんな病気でも、竹の杖で痛む所を叩いて患部を指し示し、その杖の頭に雷鳴のような声とともに息を吹きかけると、ただちに治癒した（『馬自然』『広記』巻三三・出『続仙伝』）。

江東の江西山には、「楓木人《ふうぼくじん》」という樹がたくさんある。楓の樹の下に生じ、人の形をしていて、丈は三、四尺。夜に雷雨があると、すぐに丈が伸びて楓の樹と同じになるが、人が来ると元通りに縮む。かつて、ある人がその先端に笠をのせておき、翌日見ると、なんとその笠は楓の樹のてっぺんにかかっていた。日照りで降雨を望む時には、竹をその上にしばりつけて、みそぎをして祈れば即座に雨が降る。ちなみに、この楓樹を用いて「式盤《しきばん》」（正方形の地盤の上に、北斗七星や二十八宿の星座を描いた円形の天盤が載せられた、占いの道具）を造ると、占いの効能は抜群であるという（『楓生人』『広記』巻四〇七・出『朝野僉載』）。

これに関連して、『武昌記』には、陽新県の朔山には二本の大竹があり、その高さは十余丈、太さは数尺もあり、いつも風雨のような音を響かせ、人の生死の占いにおおいに効験があるという（『太平御覧』巻九六二—竹上）。

竹は邪気を払う

さらに、もうひとつ、「新鬼」と題する面白い話を紹介しよう。新鬼（死んで亡者になりたての鬼。死者の霊魂を鬼という）になったばかりの者がいた。空腹に耐えられず、先輩の鬼に食い物を手に入れる方法を聞くと、「そんなことはわけもないさ、そこらの人の家に行って、ちょっとばかり祟《たた》りをなして脅せば、恐れてすぐに供え物にありつけるさ」とアドバイスを受ける。

そこで、新鬼が尋ねた一軒目は、仏教の信者であった。石臼を回して驚かそうとしたが（鬼は人間には見えない）、その家の者は普段の信心の功徳《くどく》に違いないと思い込み、喜んで何度も石臼を挽かせたために、新鬼はすっかり疲れはて、結局食事にありつけない。やむなく別の家へ向かい、今度こそはと同様に脅してみたが、こちらは道教の信者。やはり福神のありがたい加護とばかりに、目いっぱい働かされる。先輩の鬼に文句をいうと、信心をしていない普通の人家に行けといわれる。そこで、門前に竹竿が立てかけられている家を尋ね、庭にいた白い犬を抱えて空中を歩かせて脅し、まんまと食い物を得ることができた（「新鬼」『広記』巻三二一・出『幽明録』）。

これは一種の笑い話ではあるが、門前に竹竿の立てられた家は、邪悪な霊物への恐れを抱く人家のしるしで、竹には、それを排除する霊性が宿るとされた。庶民の門前に立てられた「竹竿」は邪気を鎮める物であるという（李剣国『唐前志怪小説史』）。

仙境・仙山に生える竹

「木にもあらず草にもあらぬ竹」（『古今集』巻一八―雑下・九五九／晋・戴凱之「竹譜」）は、植物としてもかなり特異な存在だが、その性質にみあうかのように、しばしば「竹」は、この世とは隔絶した仙境・仙山に生えるものとして描かれる。

旅の途中大風に遭い、たまたま分け入った山中の仙境には、天高く鬱蒼《うっそう》と翠竹《みどりのたけ》が茂り、清らかな風が吹くと竹の葉が触れあって琴や笛のような音色を響かしている（〔柳帰舜〕『広記』巻一八・出『玄怪録』）。怪しい老人の後をつけていくと、そこは仙人（真君）の居館で、王侯貴族のような立派なお屋敷が立ち並び、道の両脇には修竹（長い竹）が茂っている（〔温京兆〕『広記』巻四九・出『三水小牘』）。

また、宋玉「高唐の賦」に描かれた楚《そ》の懐王《かいおう》（襄王）の夢に現れた神女（西王母の第二十三女・雲華夫人）を祀った大仙という祠には石造りの「天尊神女の壇」があり、その傍《かたわ》らに茂った竹は箒のように垂れ下り、枯れ葉や塵が積もると風に揺れた竹の枝が壇上を掃《はら》い、年中清潔に保っており、楚の民びとは、古来祀ってきたという（〔雲華夫人〕『広記』巻五六・出『墉城集仙録』）。この竹の枝が風に揺れて塵を払い、つねに仙界の穢《けが》れを除き清浄を保つことについては、やや後に再び触れよう（↓七四ページ）。

仙山上の竹と池――仙山としての富士山と不死薬

竹は、数多くの仙山の中でも最も崇高な山・崑崙山《こんろんさん》（この山頂から天上の不死の世界に登ることができる）や蓬莱山に生えるという。

昔、黄帝が伶倫に命じて「律」（音律・十二音階）を造らせた時、伶倫は大夏の西の阮隃（崑崙）の北にある嶰谷《かいこく》の谷で竹を伐り、空洞があり厚みの均一なものを選び、両節の間を切り取って、三寸九分の長さにして吹き、黄鐘の笛の宮の音（十二音階の最初の音・ドに相当）を確定し、音律の基礎としたという。これがすべての度量衡（長さ・容量・重さ）の基本となったという不可思議な伝承を伝える（『呂氏春秋』古楽／『漢書』律志ほか）。

嶰谷は崑崙山にあり、すばらしい竹を産出するといい（『百二十詠詩註』芳草十首・竹詩注）、崑崙山の底知れぬほど広大な嶰谷にはその谷を覆うほどの尋竹が生え伸びているともいう（『文選』巻三五・張協・七命）。なお、呉都には、この崑崙の嶰谷にも勝る竹があるとも詠まれる（『文選』巻一二・呉都賦）。

この崑崙山は、五城十二楼からなり、すべての河の源であり（『河図』）、崑崙山には銅柱があり、高く聳《そび》え立って天上に至るほどで、いわゆる天の柱で、囲周は削り取ったように険しくそそり立つ（『神異経』）といい、その山頂には醴泉《れいせん》・華池《かち》があり（『史記』大宛伝に引く、『禹本紀』）、神物の生まれる所であり、聖人神仙の集まる所であるという（『博物志』）（以上、『芸文類聚』巻七―崑崙山所収）。

一方、蓬萊山には玉の色をした小さな竹があり、葉は青くて茎《くき》は紫、その果実は珠《たま》のようで、青い鸞鳥《らんちょう》がその上に集《つど》う。その下には 粉《おしろい》 のように細かい砂礫《されき》があり、風が吹くたびに竹の枝が揺れてその細かな沙《すな》を払い、まるで雲霧のよう。仙人がやって来てはこれを見て遊ぶ。風が竹の葉を吹くとその声はあたかも鐘《かね》磬の音《ね》のようだという（『拾遺記』蓬萊山／『初学記』巻二八―竹上、『太平御覧』巻九六二―竹上）。

また、穆天子《ぼくてんし》が西に遠征し玄池のほとりで休息し、そこで三日間「広楽」を演奏したことにちなみこの池を楽池と命名し、そこに竹を植えて竹林としたといい（『穆天子伝』／『芸文類聚』巻八九―竹）、さらに、黄帝の時、鳳凰が帝の梧桐の木に棲んでいたが、その鳳凰は同じく黄帝の竹の実しか食べなかったというのも（『韓詩外伝』同）、竹の神聖性をよく表すであろう。先にあげた「竹の譜」には、仙人の住む員丘の「帝竹」は一節で船になるという記述もある。

上記のように、崑崙山には人の登攀《とうはん》を拒む険峻な絶壁があり、ここを登れば不死に至るといい、蓬萊山とともに、竹が生え、すべての河の源となり、その山頂には池があるなどという仙山のイメージは、そのまま、平安前期の知識人が描く富士山の姿そのものである。
前出の都良香によって書かれた『富士山記』（『本朝文粋』巻一二）は富士山を以下のように表す（抜粋）。

駿河国にある富士山の霊峰は削りとったように直立して天にとどく。其の高さは測り知ることもできないほどで、あらゆる記録を読み尽してもこれより高い山はない。数千里に広がる巨大な山裾は、数日歩いても渡りきらない。思うに神仙の集まるところであろう。

承和《じょうわ》年中（八三四―八四八）に、嶺から珠玉が落ちて来た。玉には小さな穴が空いていたから、仙人の用いた珠簾《たますだれ》の宝玉が零《こぼ》れ落ちたものだろう。また、貞観《じょうがん》十七年（八七五）十一月五日、官民挙《こぞ》って例祭をしていたときのこと。空が美しく晴れ渡った昼頃、嶺を仰ぎ見ると、白衣の美女二人が頂上の上一尺ばかりのところで舞い踊っているのを、土地の民びとたちも目撃した。

山頂中央部は甑《こしき》（円筒形で底に蒸気を通す穴がある＝蒸籠《せいろ》）のように凹《へこ》み、底に神池がある。また頂上の池の周囲には青く柔らかな竹が生えている。山腹からは常に大泉が湧き出し、遂《つい》には大河となって流れる。

ここに描かれた巨大かつ高峻な山容の描写は、周囲が三千里もあり、まるで削ったように高々と聳えて天に入る「銅柱」、いわゆる「天の柱」があるという崑崙山の威風を借りた表現であろう。神仙の多く集まる所というのも、同じく崑崙山が「神物の生ずる所、聖人神仙の集まる所」というのをならうものである。しかも、富士山頂に池があるというのも、穆天子が西王母と酒宴をしたという崑崙山上の「瑤池」にならっていよう。

また、崑崙山にも竹があったが、山頂の池の周囲に竹が生じるというのも、名山記にはよくみられる。「崑山の高く険しい峰は常に雲の上に聳えている。古老が伝えていうには、頂上に員池があり、魚や大亀が住み池の周りには大きな竹が茂り、風が吹く度に地面を払って、人が掃除するかのように、つねに清潔にしてある（まるで仙人を待つかのように）」（『鄭緝之東陽記』／『初学記』巻二八―竹「掃員池」）など。さらに、富士山が大河の源となっているというのも、「河は崑崙に出づ」（『禹本紀』）という、崑崙山が黄河の源となっていることにならったものであろう。

こうしてみてくると、『富士山記』は富士山の様子を上記の仙山の映像を借りて記述していることがわかる。

文中の「貞観十七年（八七五）」は、良香の没年の四年前であり、ここに書かれた見聞は、ほぼ現在形の「事実」として描かれているとみられ、事実を記す「記」の文体に沿った書きぶりではある。しかし、富士山は、貞観六年（八六四）にいわゆる貞観の大噴火を起こし、これと連動するように五年後の貞観十一年には、陸奥国東方沖大地震（東日本大震災に相当する巨大地震・大津波が発生）などの大災害が頻発していた。こうした深刻・重大な事件はいっさい記述されない。

『富士山記』は、「事実の報告」というより、その霊峰富士を描く筆法が、中国渡来の神仙の山の型に依拠していることからすれば、崑崙・蓬莱にも匹敵するほどの仙山としての映像を優先して描かれたものといえよう。

ここに、富士山―崑崙・蓬莱の仙山―不死・登仙、という、この時期の人々がもっていたイメージのつながりが確認できるのである。『竹取物語』の末尾が、不死薬はなぜ富士山で焼かれねばならなかったのか、天界の仙女・かぐや姫への伝言が富士山頂でなければならなかった理由はここにある。

仙界・仙人と竹

さらにここでは、地上を越えた天上世界における竹の霊能についてものぞいてみよう。

シャーマンの神降ろしの記録である『真誥』には、「竹は北斗神の上精であり、玄軒の宿（黄帝・太一君《たいつくん》）の気を受けている」、「試みに竹を宮殿の北の屋敷の庭に植えてその下に美人を遊ばせれば、天は北斗神を動かしてお世継ぎを齎《もたら》し、その子は健やかに育ち長寿となる」

4　北斗龍神図　江戸時代

とあり、そこに記された詩には竹を「霊草」と呼ぶ（『真誥』巻八甄命授第四）。さらには、天人の中候夫人が告げたことには「竹を家の北に植えれば、後嗣（跡継ぎ）に恵まれるであろう」と（『真誥』巻一九翼真検第一）。

　黄帝と北斗七星との関係については、『帝王世紀』（『初学記』巻九―帝王）によれば、黄帝は北斗の枢星（北斗七星の第一星）の申し子だという。母が巨大な電光が北斗の枢星を囲んで光る光景に感応し懐妊して生まれたのが黄帝であり、また在位百年の後、昇天して太一君となったが、それが天神である軒轅の星宿で、黄龍の形をしているなどという（『雲笈七籤』巻一〇〇―軒轅本紀）。竹は龍であり、黄帝は龍に乗り昇天したから、龍―黄帝―北斗は、一連のつながりがあるというわけだ（4）。

　もうひとつ、天上界で犯した罪により、穢れた地上に降下させられたかぐや姫にとって、ぬきさしならないことは、清浄無垢な天界に戻った後、人間界で過ごした穢れはどのように除かれるのかということである。

かぐや姫の昇天をうながす天人が壺に入った不死薬を与え、「壺なる御薬奉れ、穢《きたな》きところの物聞こし召したれば、御心地悪しからむものぞ」と服用を勧められたのに従い、「わづか嘗《な》め給ひて」とあるのは、昇天に際して、汚濁に満ちた地上生活の穢れ（特に穀類などの摂取）を浄化する所作と言えるが（→一四八ページ）、さらに『太上九変十化易新経』には、不浄・汚穢の場所に触れた際に、これをぬぐい去る方法が説かれている。それによれば、「竹の葉十両、桃の皮四両」を清水一石二斗をそそいで釜で沸騰させた液体で体をぬぐえば、体内の邪穢《けがれ》を取り除く効能があり、人間界へ降りた天人は、天上に帰るや、必ずこれで身を清浄にしたという（『真誥』巻九協昌期第一）。

天界へ戻ったかぐや姫もまた、この竹の葉と桃の皮を煮詰めた仙液で身体をぬぐい清めたものであろう。太古の仙人彭祖の弟子の一人で殷の時代に仙去したと伝えられる仙人の離婁公もまた、竹汁を飲み、桂を食して仙人になった（『神仙伝』／『芸文類聚』巻八九―木部下・桂、『太平御覧』巻九六二―竹上）。このように、竹は仙界・仙人にとって格別に霊妙な存在であった。

なお、「竹は道教信仰の中で、特別に愛好された植物で、道教を信奉する人々は好んで竹を植え、あるいは竹林を選んで修行の場とした」（李豊楙『六朝隋唐仙道類小説研究』）という。

竹の中から人が生まれる

従来の注釈書（契沖《けいちゅう》『河社《かわやしろ》』ほか）の中で、「竹中誕生」の先行話としてあげられていたものは、『後漢書』（巻八六・南蛮西南夷列伝七六―夜郎《やろう》）にみえる、夜郎国の成立にまつわる以下の説話である。

ある女子が遯水《とんすい》の川で洗い物をしていると三節の大竹が彼女の両足の間に流れて来た。その竹の節の中から泣き声が聞こえ、竹を割ってみると男児がいたので、連れて帰って養育した。成長して大人になると、文武に優れていたので夜郎侯となり、竹を姓とした。武帝の元鼎《げんてい》六年（紀元前一一一）に、南夷を平定し牂柯郡《そうかぐん》とし、夜郎侯をここに迎え、天子から王の印綬を賜わった。後に殺されたが、夷獠の民びとはみな竹王が人間から生まれたものでない特別な異人であるとして王とすることを求めた。牂柯太守呉霸《ごは》はこれを天子に伝えたところ、その子供たち三人を侯に封じた。今の夜郎県の竹王三郎の神がこれである。

このいわゆる竹王伝説は、この『後漢書』のほか、『華陽国志』をはじめとして、『水経注』、『金楼子』、『異苑』、『述異記』、『独異志』などの諸書にみえるので、よく知られたものであった（李剣国『唐前志怪小説輯釈』）。

実は、竹の中に人がいるという話は、これに限らず少なからず見られる。

臨川の陳臣の家は大変な富豪であった。永初《えいしょ》元年（四二〇）、陳臣が書斎に座っている時のこと。邸内に生えていた筋竹（竹の一種）の中から、白昼、忽然と一人の男が現れ出て来た。身の丈は一丈余りで、顔つきはまるで方相氏《ほうそうし》（疫鬼・邪気を払う四つ目の神）のようで、竹中から出て来るや陳臣にこう言った。「ずいぶん長いことそなたの家に住んでいたが、そちは知るまい。今ここを去ることにするので、お前に知らせてやるぞ」と。

彼が去ってから一月もするとその家から出火して下男下女たちはみな死んで、すっかり貧乏になってしまった（陳臣）『広記』巻二九五・出『捜神記』）。

また、『異苑』には、「建安郡（福建省）に、篔簹《うんとう》という竹（水辺に生じ、長さは数丈、太さは一尺五、六寸、一節が六、七尺～一丈もあるという大竹（『異物志』））があり、その節の中には人がいて、身長は一尺ほどで、頭も足もみな揃っていた」という記述がみえる（『太平御覧』巻九六三―竹下）。『盛弘之荊州記』によれば、高さが数十丈で、太さが数十抱えもあるほどの大竹があるというから（『芸文類聚』巻八九―竹）、竹の中から人が誕生したり、竹の中に人が棲むなどという想像は、容易に生まれやすいものなのであろう。

一般に、竹中誕生者を祖先とする神話・伝説は、中国南方の少数民族や台湾地域などに広く見られるというのも（王平『中国竹文化』）、当然のように思われる。なお、松本信広「竹中生誕譚の源流」は、東南アジア地域における十数例を提示する。

「竹中誕生」に付随して、ちなみに、橘の実の中から生まれた仙人の話もある。姓はわからないが、巴邛《はきょう》（四川省）の人が橘の園林を持っていた。もう霜が降りた後なので、橘はみな収穫してしまったが、三、四斗入りの甕のようなかたちをした二つの大きな実だけが残っていた。

巴人はこれを怪しんで摘みとってみると重さは普通の橘だが、中を割いてみるとそれぞれの実の中に、鬚《あごひげ》も眉も真っ白ながら若々しい肌つきをした二人の老人が向かい合って将棋をさしている。身長はわずかに一尺余りでゆったりと談笑し、橘の実を割いた後も驚いた気配もなく勝負に熱中していた（「巴邛人」『広記』巻四〇・出『玄怪録』）。この話は、滝沢馬琴の『燕石雑志』（巻四・⑤桃太郎）に、わが国の桃太郎に似た説話のひとつとして指摘されたものでもある。

唐代の文人道士の描く竹の霊威

玄宗をはじめとする唐代皇帝ばかりでなく、李白（七〇一—七六二）や白居易（楽天・七七二―八四六）といった唐代文人たちも、みなこぞって不老長生薬の精錬・獲得に狂奔していたという（川原秀城『毒薬は口に苦し―中国の文人と不老不死』）。

呉筠《ごいん》（?―七七八）は、唐代に流行した道教に薫陶された新しいタイプの文人道士の典型といわれる（孫昌武『道教文学十講』）。道教への崇敬が最も高まった玄宗の時代、彼は皇帝にも認められた著名な道士で、同じく生涯にわたって道教を信奉した詩仙李白とも深い親交があった。嵩山《すうざん》に分け入り潘師正（の弟子）に師事して道士となり、正一《しょういつ》の法を伝授された後、苦心精励して、そのすべての術に通じていたという（『旧唐書』巻一九一―隠逸伝・呉筠）。

この、〝神仙は学べばなれる〟と主張する呉筠には「竹の賦」という作品がある。その概略は、上記の黄帝が初めて音楽の十二律を発明した折の不可思議な神話伝承を含め、以下のようなものから成る。

この音律により、天地・季節の巡行が調和し、これを竹製の笛・竽籥《うやく》で演奏すれば鳥獣もみな喜んで舞い踊る。竹（笛）こそは何物にも負けない真正・純粋な自然の音である。（中略）蓬萊山では紫の茎に珠の実をつけた竹が鮮やかに輝き、風に揺れる竹の葉が砂礫を払うと柳絮《やなぎのわた》や雪を散らすかのようで、その度に美しい鐘の響きが起こる。ここは、実に仙人たちがそろって楽しむところなのだ。

呉の国では竹が雉になり、葛陂では竹の杖が龍に成るといい、大竹の中では人が育まれ、竹は子孫をもたらし、節の中からは赤子が生まれる。また、病気に苦しむ母のため、竹を束ねて灯とし日夜祈祷したところ、その孝養に感じた天が病気を平癒させるという奇瑞が起きた（『南史』巻四四―南海王子罕伝）。

さらに、仙山の頂の仙人の石床には、竹の葉が繁って緑陰をなし、その風に揺れる枝は箒のように塵を拭い去って常に清浄である。これら竹にまつわる霊妙不可思議なことがらは、とてもすべて知りつくせるものではない。

このように竹に関連する故事を連ねた後、末尾は、張騫《ちょうけん》が遠征の折に伝えた邛《きょう》山《ざん》産の竹の杖に加え、穆天子が玄池の辺に植えたとされる竹の故事で結ぶ（『歴代賦彙』巻一一八〔草木〕・正集下）。

以上、〔a〕崑崙山上の竹、〔b〕蓬莱山上の竹、〔c〕雉に化成する竹、〔d〕龍に変じる竹、〔e〕人を育み産む竹、〔f〕母の病を治す竹灯（孝養の奇瑞）、〔g〕仙人の石床を清潔に払う竹、および〔h〕穆天子の楽池の竹など、上記に指摘してきた、《人知をはるかに超越する竹にまつわる霊変の怪奇》がふんだんに詠みこまれていることがわかる。

このほかに、神仙の山（霊丘）に生える竹を詠む「霊丘の竹の賦」と題する作品も少なからずみえる。南朝・斉《せい》の王倹（四五二―四八九）の「霊丘の竹の賦」には「仙山は深々と静まり、生い茂る竹が鬱蒼と蔭《かげ》をなし、その巨大な根は幾重にもからまり、芳《かぐわ》しき緑の枝は崑崙山の嶺高く伸びる」（『芸文類聚』巻八九—木部下・竹）といい、梁の江淹《こうえん》（四四四—五〇五）の「霊邱の竹の賦」には「この仙山の竹の珍奇で貴重な価値はあらゆる仙草を凌《しの》ぎ、あらゆる霊樹にも勝る……常にその霊妙な名声を天下に轟《とどろ》かす」（『初学記』巻二八—竹）とある。

また、「霊丘」は「丹丘」ともいい、白居易の友人でもある元稹《げんじん》（七七九—八三一）の「竹を植える」という詩（『全唐詩』巻三九七）は、庭先に移植した竹を詠んだものだが、そこには、「丹丘は信《まこと》にここに遠し、いづくんぞ仙壇に臨むことを得ん——竹をわが家に移植してみたものの、根も葉も元気がない。……このぶんでは、竹が茂るという仙山は遥かにおよばず、仙人の住処に至ることもかなわぬ……、長く伸びた仙樹のように青く輝く愛すべき竹だが、竹の実しか食べぬという鳳凰も訪れて来ず、秋たけなわの時節がら、それでなくても秋は悲しさ募る季節、ますます心を傷めるばかり」という、仙山に生え茂る竹を慕う述懐が示される。

和漢両世界の竹——和歌と漢詩文にみるイメージの差

さて、ここで、あらためて和漢両世界における竹のイメージをまとめておこう。

竹は一晩で最大一二〇センチ伸びた記録があるというように（上田弘一郎『竹と日本人』）、

「竹」の和語「タケ」の語源は、「高《たけ》・長・猛・武」など、その成長力の著しさの神秘性に由来するとされる。細い竹を短く切り玉のように紐に通し神事に用いられる祭具「たかたま」（『万葉集』巻三―三七九／巻九―一七九〇）や、枕詞「さす竹の」がタケの旺盛な生育力から、皇子・大宮人《おおみやびと》などの長寿・繁栄の祝意を表す（同巻二―一六七／巻六―九五五）のは、こうした竹の呪性・霊性を示す一例であろう。

「竹」の万葉仮名表記を「多気乃波也之爾（竹の林に）」（同巻五―八二四）のように「多気」とするのは中国文化になじんだ知識人の漢字の遊びでもあるが、満ちあふれる「気（天地宇宙の根源をなすパワー）」を竹の特性とみたからでもあろうか。

竹を用いた豊富な民具や、長岡京の排水施設にも使用されたマダケの筒管など、古来、人々の日常の生活空間は、身近な竹細工にあふれていたことがわかる。しかしまた、その一方で、〈竹取説話〉が貧弱であったように、古典文学における竹の文学的映像は意外なほど希薄である。中国文学の中で「竹」は重視されるものの一つなのに対し（前野直彬『風月無尽』）、やまとことばのエッセンスを育んできた歌語（うたことば）としての竹の形象、和歌的イメージは、むしろ貧弱でさえある（拙著『詩歌の森―日本語のイメージ』では、歌語としての代表的例には遠く及ばない）。

平安朝の和歌が竹を題材とする場合、「なよ竹の夜長きうへに初霜の」（『古今集』巻一八―

雑下・九九三)、「呉竹の世世にも絶えず」(同巻一九—雑体・一〇〇二)のように「よ(節と節の間の円筒状の部分)」を「夜・世」、あるいは、以下のように「節《ふし》」を「時節《ふし》・伏し」の縁語・掛詞とする音通上の利用が大半をなす。『竹取物語』と同時代の『古今集』をのぞいてみよう。

今さらになに生《お》ひ出《い》づらん竹の子の　憂きふししげきよとはしらずや
(『古今集』巻一八—雑下・九五七)

(いまさらまたどうしてこんなに生え育っているのか。竹の子はこの世がつらい折節《こと》ばかりだと知らないのだろうか)

よにふればことの葉しげき呉竹の　憂きふしごとに鶯ぞなく(同・九五八)

(この世に生きていると、非難や中傷にさらされて辛い目に遭うことが多く、その度にいやになって泣き嘆くことばかり)

木にもあらず草にもあらぬ竹のよの　はしにわが身はなりぬべらなり(同・九五九)

(私は世間からはものの数にも入らぬ疎外された身の上になったようだ)

これらの『古今集』雑下の巻中で連続する「竹」を題材とする三首は、いずれも人生の不如意を詠むもので占められる。

これに対し、『竹取物語』の作者層に属する平安前期の漢詩人たちの作例は、中国詩文のそれを規範として模倣する。この時期を代表する菅原道真（八四五―九〇三）や島田忠臣（八二八―八九一？）の詩には多くの「竹」を題材とする作品があるが、王子猷《おうしゆう》（徽之）が竹を自宅の庭に植えて「此の君」と称して愛でた小話（『世説新語』）――『続日本後紀』には、自宅の庭に好んで植樹する藤原吉野《ふじわらのよしの》の趣味に関連して、かの王子猷が自邸に竹を植えて暮していた理由を尋ねられて「何ぞ一日も此の君無からんや（この君（竹）なしには生きられない）」と答えた故事を引用し、「千古なお隣ありと言うべし（昔も今も同好の士はいるものだ）」という批評文がみえる（承和十三年八月十二日）――や、竹林七賢人（隠遁）の故事、あるいは寒気きびしい冬（逆境）にも負けず青々と茂る竹の葉に「貞潔な節操」のイメージを重ねるものを基調とする。

そして、道真の「竹」詩には、竹の杖が龍となった費長房や、竹の実を食らう鳳凰とともに、竹のように常に変わらぬ貞堅なこころざしが詠み込まれる（『菅家文草』巻五）。

平安中期の文人学者もまた、「修竹（長い竹）は冬にも青し」と題する詩序の中で、「そもそも竹というものは、羅《あやぎぬ》を切り揃えたような青く美しい葉、碧玉《へきぎょく》にも似た幹ゆえに、かの晋の王子猷も、特に植えて《この君》と讃えたし、唐の白居易もことさらに愛でて《我が友》とした……竹の生い茂るこの庭はまるで仙境（「壺中・象外」）のような楽しみに満ち、この理想郷の竹に負けない忠節な志を誓おう」という（『本朝文粋』巻一一）。

白居易の詩文集（『白氏文集』）は、承和期に移入されて以来、平安びとの絶大な支持のもと、作詩・作文の手本となったばかりでなく、広く彼らの気のきいた言語生活上の愛玩物ともなっていた。

右の詩序は、当時の王朝漢詩文のほとんどがそうであったように、白居易の数多くの「竹」を題材とする作品中の語句を利用しての作のひとつ。しかもその白居易は、「松」や「菊」よりも「竹」をこそ最も愛好するとまでいう。「西省の松を憶《おも》わず、南宮の菊をも憶わず。唯《た》だ憶うは新昌堂の、蕭蕭《しょうしょう》たる北窓の竹のみ」（「思竹窓」『白氏文集』巻八）と。

白居易にとって、竹は特別なものであった。長慶《ちょうけい》二年（八二二）、彼が五十一歳、杭州の刺史（州の長官）の時、西湖《さいこ》の孤山の傍らに多くの竹を植えた小閣にしばしば休息したが（朱金城『白居易集箋校』）、その折の感興を次のように表す。「夕べに竹の繁る宿に眠れば、清虚なること仙薬を服用したかのよう、一人静かなること隠居の如く、修道せずとも悟りの境地に至るようだ」と（「宿竹閣」『白氏文集』巻二〇）。

なお、竹林は、道教徒のみならず仏教徒にも宗教的な霊的空間として特別視されたというから（居閲時・瞿明安主編『中国象征文化』）、竹・竹林は、いずれも現世を隔絶した特殊な雰囲気をもつものと知られる。わが国で「竹を詠む」詩は、九世紀後半期の島田忠臣、菅原道真からはじまるという（後藤昭雄『平安朝文人志』）。

『竹取物語』と竹

以上みてきたように、漢文世界、とりわけて神仙世界に関わって「竹」を特別のものとする記述の多いことが注目される。

『竹取物語』冒頭のかぐや姫の竹中誕生の部分は、いかにもおとぎ話の一コマとして古代伝承の残存と見られやすいが、不思議なことに、作品中、この冒頭場面以外に竹が再び登場することはないし、竹が物語を推進するモチーフとして機能することもない。しかも「竹」に関する平安文学の世界でのイメージは決して豊富なものではなく、むしろわれわれの期待を裏切るほどに希薄でさえある。このようにみると、竹中出現を主人公誕生の重要なモチーフとして採用するには、より大きな別のインパクトがあったと考えなければならない。

当時の第一級の知識人である作者の価値観からすれば、野卑で通俗的な古来の伝承をそのまま記録するはずはない（現代の民話学のように、原話を忠実に録音するように採取することに価値観を抱くことはなかった）。そこには、より積極的な新たな意味合いを見出してのこと、すなわち、中国渡来の神仙小説類から触発された「竹」のもつ強力な価値（イメージ）を抜きにしては考えにくいのではなかろうか。「竹」といえば仙境・仙人・崑崙山等が直接イメージされるものであったから、仙女の誕生を竹の中からとするのはまことに適切な選択であった。

わが国在来のハチク・クレタケ等を中心に、実用性に富み、身近にありふれたものとして存在していた「竹」は、神仙小説類を耽読《たんどく》する知識人により、その日常的な風貌を一新して、神仙世界と密接に関わるイメージに転換・更新されて登場してきたというのが実情であろう。むろんそこには、漢語「竹」の訓《よみ》である、和名「タケ」の呼称の由来であった呪力・霊力を古来より保存していたことが、新来の神仙世界の「竹」のイメージを重ねやすかったこともあろう。

言い方をかえれば、古来必ずしも明示的には現れにくかった竹の霊性は、新たな神仙譚の乗り物を得て、あらためてより強力《パワフル》な呪性を発見的に付与されたということなのであろう。文化の移入・摂取は、常に習合的なものである。受け手側に受け入れる素地（の自覚）があって初めて、摂取・受容されるのである。

ところで、八月十五夜・中秋観月の風習は、中国の初唐にはじまり中唐から盛んになる行事に由来し（君島久子「嫦娥奔月考」、大曽根章介「八月十五夜」）、わが国では九世紀後半期の漢詩人、島田忠臣や菅原道真の漢詩に初めてみられる。忠臣は道真の父是善《これよし》の門人であり、かつ道真はその女婿《むすめむこ》でもあるから、平安前期に菅原家周辺で発祥したことがわかる。もともとの行事は、菅家の故事として道真の父是善が貞観年間（八五九—八七七）に創始したもので、やがて寛平《かんぴょう》九年には宮中での公式な詩宴の場にも登場するようになった（北山円正「是善から道真へ」）。事実、『万葉集』には満月（望月）を詠む歌は多いが、中秋名月を詠むものは皆無である。

詠作年次が確認できる和歌の初例は、『源公忠朝臣集《みなもとのきんただあそんしゅう》』に収められた延喜《えんぎ》五年（九〇五）中秋の「いにしへもあらじとぞ思ふ秋の夜の月のためしは今宵なりけり」とされる。公忠は紀貫之《きのつらゆき》の親しい友人であり、貫之・凡河内躬恒《おおしこうちのみつね》らの歌にも散見されるので、総じてこの行事は、九世紀後半期の日本の漢詩人たちが、熱烈な『白氏文集』受容のなかで中唐の先進の風習にならって移入・模倣したことにはじまる。その後、半世紀を経て和歌の世界に流入されたが、十世紀初頭成立のわが国最初の勅撰和歌集である『古今集』にはまだ歌材化されないほどに、目新しい題材であった（巻四—秋上の五首、巻一七—雑上の九首中に「中秋名月」の歌は無い）。

このようにみてくると、仙女かぐや姫の竹中誕生場面の構想を描くに際し、旧来の「竹」のイメージを当時流行の神仙世界の新素材として更新するとともに、中国渡来の、これまた新しい文学素材である中秋観月の故事をかぐや姫の昇天の場面にとり入れるなど、『竹取物語』は、きわめてホットで「現代性」にあふれた作品だったことがわかる。

第二章　『竹取物語』の作者層と神仙ワールド

前章では、「竹」が神仙小説世界にあって呪力や霊能を備えた特別なものであったことが確認された。『竹取物語』の作者は、中国渡来の新たな「竹」の霊性や神仙世界に魅せられていたわけだが、当時の知識文人たちは、先進の学術・教養を身につけ儒教的な合理主義に長《た》けた考えをもっていた。

孔子は「怪・力・乱・神を語らず」――奇怪なもの、鬼神に関わることは話題にすべきでない（現世さえわからぬのに、人知を超えた不可思議なこと、あの世のことは、みだりに口にすべきでない）ときびしく戒めたという。これは、表向きの儒教的な倫理として守るべきこととされたものの、彼ら知識文人たちは、不可知で非合理な怪奇・妄妖な世界に深い関心を抱いていた。

本章では、当時の知識人たちが現実界を超えた、怪奇に満ちた向こう側の世界（鬼神・精怪・もののけ等）に強く魅かれる様子をいくつか紹介しながら、『竹取物語』の作者層と考えられる人々が、いかに深く神仙的な世界と関わっていたかという実態を浮き彫りにしてみたい。

平安前期の史書に見える怪異の世界

九世紀後半（八七九年）に編纂された正史『文徳実録《もんとくじつろく》』は、越前守藤原高房《ふじわらのたかふさ》の伝記として次のような記事を載せる。

身長は六尺の長身で、人なみ外れた筋力・体力に優れ、意気軒昂で細かなことに拘泥《こうでい》しない性格の持ち主。かつて美濃介に任じられて現地へ赴任した時のこと。安八郡《あんぱち》（現岐阜県内）にある堤防はしばしば決壊し、貯水もままならず、農民の苦しみの種であった。

そこで高房は堤防を堅固なものに修築しようとしたが、その国びとたちは「この堤には神がいて、水を溜めておくことを嫌っている。もしこれに逆らえばたちまち死ぬであろう。だから今までの国司も諦《あきら》めて改修しなかった」と。これを聞いた高房は、「民びとのためならばたとえ死んでも悔いはない」と言い放ち、遂に民を駆使して堤を築きあげ、その結果、溉灌がよく整備され、国びとからは今も称賛されている。

また、同国の席田《むしろだ》郡に、妖術で人の心の奥底を見通す妖巫《ようふ》がおり、その害毒が蔓延し人々を苦しめていたが、古来の役人はみな恐れてだれもその部落に入ることはなかった。しかし、高房は、たった一人で馬に乗って部落に入り、妖巫の一党をみな捕縛し厳罰に処してその弊害をすべて取り除いた。その後、備後、肥後、越前等の国守を歴任しておおいに声望をあげたが、背中に悪性の腫れものが出来たことが原因で亡くなった（仁寿《にんじゅ》二年〔八五二〕二月二十五日）。

ここには、儒教的な徳治主義に応じた、国家の期待する理想の国司像（循吏・良吏）が掲げられているわけだが、その理想的な行為・業績の果てに、まるで撲滅させた霊の祟りによって死病に憑《と》りつかれたかのような筆致がうかがえる。

また、十世紀初頭（九〇一年）に編纂された『三代実録』には、大宰大弐清原岑成《だざいのだいにきよはらのみねなり》の伝記として、以下のような記事がある。

ひととなり清廉正直で細かいことにとらわれず、豪放磊落《ごうほうらいらく》。初めて大和守に任じられ、盛んに官舎を築造し、政治的力量を讃えられた。

その後、大宰府の大弐となった時、庁舎の倉庫の荒廃が著しかったので、その修築に専念する余り、神社の神木をも伐採してその資材に充てようとした。その時、あるひとが強く諫めて「この神様には特別な霊力があるといわれている。祟りにあたると大変なことになる」と。しかし、岑成はきっぱりとこれを拒んで、強引に伐採したため、病に罹《かか》り、ほどなく死亡した（貞観三年〔八六一〕二月二十九日）。

これと類似した話は、中国の小説類に広くみられるもので、巴国の人、百余人が樹木を伐採しようとしたところ、一人の老人（実は金星の精であった）にこの木は「神樹」だから伐採したらみな命を失うぞ、無益なことは止めよと諫められるが、無視して強行した結果、全員が虎に食い殺されてしまった（〔巴人〕巻四二六・出『広異記』）とあるのをはじめ、『宣室志』（巻五）には樹木の怪を伝える説話が収められている。

竇寛《とうかん》は公務を終えて帰宅し、家屋を修繕するために童僕に命じて樹を伐採させたところ、その伐り口から大量の血が地面にあふれ出て、しばらくして止まった。これは神怪のしわざだと恐れ慎んだが、やがて閉門蟄居した後、誅殺されたという（〔竇寛〕『広記』巻四一六・出『宣室志』）。これらもまた、樹木を伐採したことにより無残な死を遂げる類似例のひとつ。なお、『太平広記』には樹木の怪異を集めた部類（巻四一五・四一六）がある。

話を再びわが国古代の例に戻すと、西大寺の東塔の礎石をこなごなに砕いて道路に廃棄した祟りにより、天皇が病に罹ったので、巫覡《ふげき》の進言により改めて清め直し、今度は人馬にもふませぬよう鄭重に措置して事なきを得た（『続日本紀』宝亀《ほうき》元年〔七七〇〕二月二十三日）などという類の記事は、早くから国史中にも散見されるが、このような怪奇な説話、特に鬼に関する話題は、九世紀後半期以降、顕著に記録されるようになる。「侍従所の庭中に、鬼足の遺跡あり」（『三代実録』貞観五年〔八六三〕一月十九日）、「是の日、太政官の候庁の前に、晨《あさ》に鬼の跡を見る」（同・貞観十三年〔八七一〕六月十七日）、「時の人以為《おも》えらく、鬼物変形して、此の屠殺《ひとごろし》を行うと」（同・仁和《にんな》三年〔八八七〕八月十七日）など。

平安京の都市機能の本格的な進展とともに拡大する個の不安や恐れが肥大化し、貴族の精神世界に「心の闇」「心の鬼」が登場する。光輝く完全消費都市の出現は、かえっておおいなる闇をその周辺（意識の深層中）に深く蔵することとなる。平安京の始発とともに初めて登場する「もののけ」（史料類に表記される「物怪《もののけ》」、正しくは「鬼《もの》の気《け》」）の跋扈・跳梁であり、これがそのまま『源氏物語』の「もののけ」の形象を底支えすることになる。

これらの現象（流行）は、現実界の向こう側にある不可知な領域、異界の超人、仙人、仙郷が確かにありうるものとして広く受容される世相と呼応するものであろう。

平安前期知識人層と神仙世界

九世紀の半《なか》ばころのこと、仁明天皇が延暦寺に定心院《じょうしんいん》を建立するために発した詔勅には次のような記述がみられる。

壮麗な王城で天下を治めるのも、昇天を求めて神仙の道に励むのも、煩悩に穢れた俗世や空虚な仙道の囚われ人に過ぎない。仏の悟りの境地をめざすべきである（『続日本後紀』承和十三年〔八四六〕八月十七日）。

これは仏教的な立場から、儒教・道教（神仙）を貶《おとし》めた主張に沿った発言だが、否定されながらも帝王権力や仙人・仙境そのものの大きな存在は無視しえないものとして論じられている。

しかも幽邃《ゆうすい》な山中修道に適した場所を探すための手引きには中国渡来の仙山類を載せる『名山記』をも参照するのである。儒教・仏教のみならず、道教を加えた「三教」が、並行し複層的に交流していた当時の世相の実態がうかがわれる。

さて、以下には、ほぼ『竹取物語』の作者層に該当する、九世紀後半から十世紀初めに活躍した男性知識人たちの作品例に焦点をあてて、その神仙ワールド愛好の具体的な様相を明らかにしてみよう。

参議中納言の身分をもつ上層貴族の一員である紀長谷雄《きのはせお》（八四五—九一二）には、『紀家怪異実録』『白箸翁《はくちょおう》』『白石先生伝』という作品がある。

『紀家怪異実録』には、弘法大師が書いた門額の筆跡にまつわる奇怪な話が記される。

大学助の紀百枝《きのももえ》の家宅は皇嘉門に面していた。その「皇嘉門」の額の字は弘法大師が書いたものである。この「門」の文字はまるで力士が四股《しこ》を踏んだようなかたちをしている。古老が伝え聞いた話としていうことには、「この額には霊がいる」と。

百枝はいつも窓を開けてこの額を見ていたが、あるとき、昼寝をしていると、枕もとに力士が立ち拳をあげて殴りかかろうとする夢をみて、驚いて目覚めると力士は即座に飛び還って額の字となった。このことがあってから百枝は病気にかかりにわかに死んだ。その後、この家に住んだ者はみな同様の目にあった（『高野大師御広伝』）。

大学寮で文章博士《もんじょうはかせ》を勤めるほどの長谷雄にとって、同族の紀百枝はいわば同業の大学関係の身内と思われるから、この奇怪な話はごく身辺に起こった事実なのであろう。同じく彼がみずから見聞した事実にもとづいて作られた神仙を描いた『白箸翁』をとりあげよう。

『白箸翁』――「神仙の伝」を創る

貞観の末に、ひとりの翁がいた。出自も姓名もわからない。市中で白い箸を売ることを生業《なりわい》としていたので、当時の人は「白箸の翁《しらはし》」と呼んだ。人はみな厭がって誰も箸を買い求めないが、特に悲しむ様子もみせない。一年中同じ衣を着、痩せた体つきで気ままに暮らし、髪や頬の毛は真っ白で帽子も履物《はきもの》も破れたまま。

人がその年齢を問うと、いつも七十歳と答えていた。当時、市《いち》の建物のもとに八十歳くらいの占い師がいて、ひそかに人に告げたところによれば「昔、わしがまだ小さな子供であった頃、この翁を街中で見たことがある。衣服容貌ともに今とまったく変わりがないのじゃ」とのこと。これを聞いた人々は、翁がとてつもない長寿者ではないかと怪しんだ。

この翁の人柄は、ある時は気ままに、またある時には謹厳にと、日によって異なるものの、いつも穏やかで決して感情を露《あら》わにすることがない。人から酒を飲ませてもらっても、心地よく酔えばそれでおしまい（もっと飲ませろと不平を言うことも無い）。何日も食事を摂らなくても全然餓えた様子もない。その後、にわかに病気にかかり市の楼門の傍らで死んだ。人々は馴染みの翁ゆえに憐れんで、死骸を東河（鴨川）の東に埋めてやった（鴨川、桂川の河原は、いずれも庶民の葬送（死体遺棄）の場であった）。

その後、二十年余り経った時、ある老僧が人に語ったところによると、「去年の夏、南山（吉野山）に修行に登ったが、そこで昔の翁が石室の中で香を焚いて『法華経』を読誦している姿に遭遇した。思わず近づいて挨拶し、お元気でしたかと声をかけたが、翁はただ笑みを浮かべるだけで何も答えない。ひとまずそこを去って、後日また尋ねて行ったが会えず、もはや行方を知るすべもなかった」と。

筆者である私（長谷雄）はこの話を聞いて、嘘偽りではないかと疑ったが、しかし、古来の仙伝類には梅福や赤松子という仙人の存在は明記されているから、全く否定することはできない。また、いま記録に残しておかなければ後世に伝えることができなくなるので、聞いたまま書き残すのである（『本朝文粋』巻九、5）。

①出自、姓名も知られないこと、②市中で物売り（薬売り・草履売り・酒売り等）をして暮らすこと、③夏冬変わらず同じ衣服を着ていること、④白箸翁の不老長生の様子を、ある老人の少年期にも今と変わらぬ姿を見たという懐古の証言によって印象づけるモチーフが使われていること、⑤何日も食事せずとも飢色を表さないこと、⑥死後、あるいはいったん姿をくらましたのち、再び山中に現れること（死体を残して死んだ後、もぬけて仙人となるのを尸解仙《しかいせん》といい、名山に遊ぶ仙人を地仙という）等は、中国渡来の神仙の小説類に、きわめて一般的、類型的なモチーフとしてみられる。

なお、神仙道教では、人は死ねばすべて冥界へ落ちるとされるが、尸解仙はいったん死ぬものの、冥界へは行かずにそのまま再生して仙人と成る者だという（麥谷那夫「道教における天界説の諸相」）。

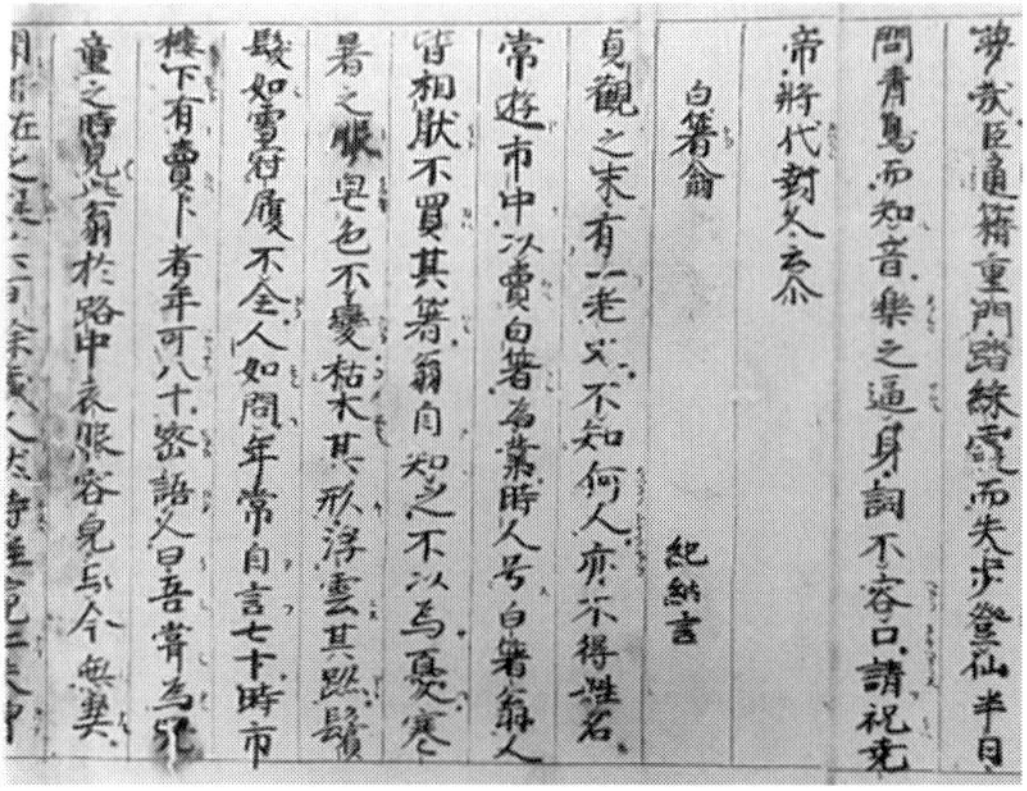
問青鳥而知音樂之通身詞不容口請祝充
帝將代封文本
白箸翁　紀納言
貞観之末有一老父不知何人亦不得姓名
常遊市中以賣白箸爲業時人号白箸翁人
皆相狎不買其箸翁自知之不以爲憂寒
暑之服冬夏不變枯木其形浮雲其跡鬢
髪如雪冠履不全人如問年常自言七十時市
樓下有賣卜者年可八十〻語人曰吾爲兒
童之時見此翁於路中衣服容貌与今無異

5　『本朝文粋』巻九・鎌倉時代写本

この『白箸翁』という作品は、「白箸翁」と題する漢詩の「詩序」として著されたもので、現在漢詩は失われて伝存しない。詩の前に「伝記」を付属する様式の作品は、この当時一般にみられる。陶潜（淵明）「桃花源の詩」の序として書かれた「桃花源記」がその先例であり、本書で扱う『続浦島子伝記』もこの形式をもつ（→一三六ページ）。従って、『白箸翁』も詩序ではあるが、実質的には、翁の伝記という内容をもっているわけである。

『白箸翁』は、市中で見聞された不可思議な老人の生涯に焦点をあて、長谷雄の耽読したであろう数多くの神仙小説類の中から自在に引用・モザイクしながら、「神仙」の型に当てはめ潤色してとらえなおしたものといえる。世間で起きた伝聞的事実を、かっちりとした神仙譚の様式で迎え取る、この時期の知識文人たちが深くなじんでいた《神仙ワールド》の様相をよくうかがい知ることができるであろう。

『白箸翁』が神仙譚のさまざまなモチーフを数々の神仙小説類からモザイクして作り上げたのに対し、『白石先生伝』は、中国渡来の『神仙伝』中の「白石先生」を直接の手本とする（→八四ページ）。いずれも長谷雄が深く神仙伝に傾倒していたさまをよく物語る。

仙境場面の絵画化

さらに、父が唐代の《中秋観月》の風習を移入したことで知られる菅原道真については、ここでは彼の漢詩を書きしるした神仙屏風の例をとりあげよう。寛平七年（八九五）、大納言源《みなもとの》能有《よしあり》の五十賀（五十歳の長寿を祝う行事）のための屏風作りには、長命を祝福するにふさわしい画題が選ばれ、それは神仙小説類に著された仙山（洞天）のめでたい場面が抄出されたのである（『菅家文草』巻五）。

小説本文の抄出（場面の選択）は神仙の伝に詳しい紀長谷雄が行い、それにふさわしい新たな漢詩は道真が作詩したほか、筆写は名筆の一人藤原《ふじわらの》敏行《としゆき》、絵は当時の巨匠巨勢金岡《こぜのかなおか》というたいへん豪華なものである。この五つの場面は、『述異記』（二例）『列仙伝』『幽明録』『異苑』からの抄出が明記（検索）されている。道真が詠んだ「盧山《ろざん》の異花の詩」は、従来典拠が不明であったが、『述異記』から選定されたものであったことがわかった。

『法苑珠林《ほうおんじゅりん》』に引用された逸文によれば、盧山に松を採りに行った人が、「この花はまだ採ってはいけない」という声を聞きつけて、尋ねて行くと、不思議な花を見つけた。とても可憐でしかも強い香りがするので、これぞ神仙の賜物と確信し、採って食べたところ三百歳の長寿を得た、というものである（新間一美『源氏物語と白居易の文学』）。

長寿祝いのめでたい引き出物にふさわしく、その他の画材もみな、ふと分け入った仙界の様子を切り取ったもので、身近な室内空間にも仙境があふれていたわけである。当時の宮中の図書目録・藤原《ふじわらの》佐世《すけよ》撰『日本国見在書目録』（寛平三年〔八九一〕頃成立。日本最古の当時現存する漢籍目録（一部国書を含む）。現存本は抄本）に著録されていないものや、伝存の現行本にはみえない本文もあり、当時数多くの多様な神仙小説類が存在していたことがうかがえる点でも貴重な情報である。

なお、ここに抄出されたうちの数例が『修文殿御覧』（北斉・五七二年成立の類書）の逸文であることから、原典からの直接引用でなく、当時移入されていた身近な「類書」（詩文作製用の百科事典）を利用した形跡も想定されている（谷口孝介『菅原道真の詩と学問』）。すでに失われてしまったものの、当時は、渡来・和製にかかわらずいろいろなタイプの〝神仙ワールド案内〟があったのではなかろうか。

服薬と長寿

次に、三善清行《みよしのきよゆき》（八四七―九一八）についても言及しておかなければならない。彼には、『善家異記』（『善家秘記』『善家異説』『清行卿記』とも）があり、そこには、不老長寿にまつわる養生や、鬼・妖狐の怪異に関する不可思議な実話が多く記録されている。

まず、「服薬駐老験記（長寿の薬を服用し老化を止める効能著しい事例の記録）」と題する養生の記事をみよう。

竹田千継《たけだのちつぐ》は、枸杞《くこ》の葉と根を煮た汁を服用あるいは沐浴剤として用いて、九十七歳で髪は黒々、肌もつやつや、耳目聡明で虫歯も皆無であった。彼は、その不老の資質を評価され、典薬寮、次いで左馬寮の激職に相次いで就任したため、枸杞を服用する暇もなくなり、老衰して百一歳で亡くなった。

千継と同様に枸杞を服用し、百十九歳の長命を保った者のほか、

大蔵善行《おおくらのよしゆき》（八三二―?）は鍾乳丸を一日一丸服用し、耳目は聡明で、動作も機敏、多くの妻妾を持ち房事も欠かさずに、八十七歳にして一男児をもうけた。高齢にもかかわらず要職に精励する強壮なさまをみて、世間の人はみな「地仙（昇天せず名山に住み、まれに人間界に姿を現す仙人の一類）」と呼んだという。

唐代皇帝の先例にならうかのように、淳和《じゅんな》・仁明二人の天皇が金丹《きんたん》（不老不死の薬）を服用したという事例はやや例外的なものだが（『続日本後紀』嘉祥三年〔八五〇〕三月二十五日）、この当時、仙薬の一種に比すべき名薬を服用して駐老・長寿を実践する知識人は数多い。藤《ふじ》原清公《わらのきよとも》はつねに名薬を服用し、容貌もいつまでも若々しかったという（『三代実録』承和九年〔八四二〕十月十七日）。

鬼の記録

次は、「巫覡鬼を見て徴験《しるし》有るの記（巫覡《シャーマン》が鬼を駆逐する優れた方術の記録）」と題する、清

行自身の体験談である。

今は亡き父親が淡路守だった時（八五九—八六二）のこと。父が病気になり危篤状態に陥った。折から、阿波国から来た老婆で、鬼を見る能力があり、人の死生（寿命・命運）を判断する者がいた。

母がこの老婆を父の枕元に呼んで病状を見せると、「槌《つち》を持った裸の鬼が国守様（御父君）の寝所に居て、その傍らで一人の大男が怒ってこの鬼を追い払おうとしています」と言い、このようなことが、一昼夜に五、六度起こっていると診《み》立てた。しかもこの大男は父君の氏神のようだというので、父君はこの氏神にひたすら祈祷・祈願した。するとまた老婆が言うことには、「この大男が裸の鬼を阿波の鳴門の彼方まで追い払い終わりました」と。すると父はたちまち平復した。

その後六年が経ち、再び父は病臥した。そこで例の老婆を呼んで診せると、今度はこう言う、「以前現れた大男が御父君の枕上で泣きながら、『この人の運命はすでに尽きたので、死ぬほかはない』と言っています」と。そして、その後数日して父は亡くなったのである。

寛平五年（八九三）、余（私）は備中介となり赴任したが、着任後数十日で疫病が蔓延し、道路には死骸が累々として悲惨な状態となった。近親者や門人らも相次いで亡くなる始末。

折から、「能く鬼を見る」という優婆塞《うばそく》（出家していない男僧）が小田郡からやって来ていたので、召喚して診てもらうと、「貴方様に仕えている子ども〔源　教《みなもとのおしょう》〕の頭を鬼が槌で叩いています」と言う。しばらくすると、この児は発熱し頭痛の苦しみが著しい。また、ひどく驚愕した様子で、大声で「二人の鬼が居て、従者の菅野清高の首を奪おうとしています」と大声で叫ぶ。すると清高はおおいに恐れた様子で狼狽して座を起って走り出したが数十歩も行かぬところで突然倒れ伏した。

その後七日経って優婆塞がやって来て「これまで清高に憑いていた鬼は、今日去って行った。一人は大和国葛城郡へ、もう一人は京へ行くはずだ」と告げた。この日、菅野清高は平癒したのである。また、児童（源教）に憑いた鬼は、丁寧にお祭りをしてやると、おおいに喜んで賀夜郡の大領・賀陽豊仲《かやのとよなか》の家へ赴いて行った。この日になって、やっとこの児童も平癒したが、二日後に豊仲の家は大変な疫病に見舞われた。

この事は、とても信じがたいものだが、自分が実際に見聞したことなので、そのまま書き残した。後世の人は、余（私）を「鬼」の董狐《とうこ》と評するであろう（「董狐」は、権力者におもねらずに事実を直筆した春秋時代の優れた歴史家「良史」）。

末尾の「此の事迂誕《ありえぬこと》と雖《いえど》も、自ら視《み》る所、聊《いささ》かに以て之を記す。恐らくは後代、余を以て鬼の董狐と為さんことを」という文には、この不可思議な出来事が、身辺に起きた体験的事実ゆえに疑いのないものであり、確実に存在する「鬼」（幽霊・死者の霊魂―現世と冥界の連環）の記録を誠実に伝えようとする清行の強い意識がみられる。なお、ごく一般的な自称の語としての「余」は唐人小説、唐宋伝奇集に顕著に出現するとされるが（小川環樹『中国小説史の研究』）、まさにここで使われている「余」は、それにならった用法でもあろう。

妖狐の怪奇

これも同じく備中介となった時のこと。賀夜郡に賀陽良藤《かやのよしふじ》という者がいた。大変裕福だったので官位を買い取って備前少目《しょうさかん》（国司の四等官で最下級官）となった。

寛平八年（八九六）任期が満ちて郷里に住んだが、彼の妻は他の男と駆け落ちして京都へ逃げてしまった。男寡《やもめ》となった良藤は一室に閉じこもっていたが、急に心身狂乱して独りで机に向かい、筆をとり和歌を詠み始めた。まるで、熱愛する女に恋文を贈るかのよう。ある時には、女児と懇《ねんご》ろな言葉を交わしているようだが、その様子は誰の目にも見えなかった。

こうして十日ほど経って、突然彼が姿を消す。家中総出で探索するが見つからない。一族はみな良藤は気がふれて失踪したのだと思った。悲嘆にくれながらせめて亡骸だけでもと探すが見つからない。一家をあげて発願（仏に願かけ）して『もしも良藤の遺骸が見つかったならば、十一面観世音菩薩の木像を造ります』と。

柏の樹を伐り良藤の姿かたちそのままに造りあげ、これを拝んで誓願すること十三日目、なんと良藤が自宅の蔵の下から這い出て来た。げっそり疲れ果て、黄疸《おうだん》の病人のよう。また、その蔵には柱は無く石の上に桁《けた》を置いて造られていたので、桁の下は地面から四、五寸の隙間しかなく、とても狭くて身を容れることはできない。

正気に戻った良藤の語るところによれば、「やもめ暮らしも久しくなり、心中に常に女を抱きたいものだという妄念を抱いていたところ、一人の女児が菊の花を付けた手紙を持ってきた。女児は『公主《こうしゅ》（天子の娘・内親王）様が貴方をお慕いしていますので、懇ろなお手紙をお持ちしました』という。手紙を読んでみると、なまめかしく艶《つや》っぽいことばで、心をとろかすよう。

何度か手紙のやり取りが続いた後、和歌の贈答を交わすようになり、遂に美しく飾り立てた牛車でのお迎えが来た。騎馬の先導者が四人、数十里ほど行くと宮殿の門に到着。一人の老大夫が出迎え『わしは公主の家令じゃ。公主様がそなたをお迎えするようにとのこと』と言って奥座敷に招き入れられたが、帷帳《カーテン》はみな豪華に飾り立てられ、最高級の料理が出た。

日が暮れるとすぐに寝室に入り、交歓の限りを尽くし、死んでもいいと思うほどの歓楽を極めた。昼夜をわかず同衾《ベッドイン》し、その睦《むつ》まじさといったら「比翼連理」も羨《うらや》むばかり。ついに男子が産まれた。聡明で美麗、一日中手元に抱いて離さず、常に今の長男に替えて、母の血筋が尊いこの児を嫡子《あとつぎ》にしようと思った。

こうして三年経った頃、突然、杖を持った優婆塞が公主の殿舎の中に上がり込んで来たので、お付きの者達はみな散り散りに逃げ去り、公主もまた姿を隠してしまった。優婆塞が私の背中を杖で叩いたかと思う拍子に、狭い空間から出たと思ったところで周りを見ると、なんと我が家の蔵の土台の下であった」と。

これを聞いた家中の者はみな不可思議な事と怪しみ、蔵を壊して中を覗うと、突然数十匹の狐が走り出して山中へと逃げ去った。蔵の下には確かに良藤が臥せっていた形跡が残っている。彼がここに居たのはわずかに十三日間だが、彼の記憶では三年間（『今昔物語集』巻一六所収話等は十三年間）のことだという。蔵の桁下はわずか四、五寸しかないので、どう考えても、良藤の身体が縮んで出入りしたと思われるし、蔵の下にあったという大邸宅や豪華な調度品もすべて幻であった。

かの優婆塞は、例の柏の樹で造った観音の化身であった。仏の大悲の力がこの邪妖を取り除いたのだろう。その後、良藤はつつがなく十余年を過ごし、六十一歳で亡くなった。

この話に関しては、『捜神記』（阿紫）の説話との類似性が指摘されている。それによれば、いったん失踪した男が空の墓穴から発見されるが、顔つきは狐そっくりで、「阿紫（妖狐）」の名をひたすら呼びつづける。十日あまりしてようやく正気に戻り事情を聞くと、訪れてきた美女（阿紫）と楽しく暮らしていたというものである（〔陳羨〕『広記』巻四四七・出『捜神記』）。ちなみに、狐は五十歳を超えると婦人に化け、百歳になると美女（または「千歳の狐は淫婦」）に変じて、人間を魅了し心を惑わす。千歳になると天と通じ、これが天狐だという（〔説狐〕『広記』巻四四七・出『玄中記』／魯迅『古小説鉤沈』）。

このことから想像されるのは、この妖狐の怪を記す清行の話は、見聞的事実をベースとしながらも、これを一個の怪奇譚として仕上げる際には、中国渡来のこの種の小説的関心によって整理し創作された可能性が大きいということである。それはちょうど、市内の物売りの老人の特異な姿を神仙譚の話型・モチーフによって整えた『白箸翁』がそうであったのと同じようなものである。

いずれにしても、このように、仙人・仙境・服薬・長寿や鬼・霊魂・妖怪などのこの世の常識を越えた怪奇な世界に、当時の一流の知識官人たちがこぞって強い興味と関心を寄せていたことがわかる。これらはいわば私的な個人的な記録であるが、神仙の実在を信じる意識は、より公式なステージでも存在した。それが、次に掲げる、高級官吏登用のための最終、最高の論文試験（「対策」）の問題とその解答例である（『本朝文粋』巻三・『都氏文集』巻五）。

国家最高試験に出題された「神仙」とその「答案」

出題者は当時の文章博士である春澄善縄《はるずみのよしただ》（七九七―八七〇）で、解答者は、先にあげた『富士山記』の著者の都良香。

問題

多くの仙人が集まり住むという天上界の宝石作りの楼閣や黄金の宮殿は、遥かに人間世界を隔て凡人の想像を絶する世界ではあるけれど、琴高は赤い鯉に乗って仙人として現れ、二百余歳の長寿を誇る老子の事跡や、不死薬や不老長生の術は、現に伝えられている。王子晋は約束通り七月七日に鶴に乗って山頂に現れたが、項曼都は偽の仙人であった。生まれながらに仙人になれる人もいれば、努力してもなれない者もある。

これらについて、諸説を具体的にあげて論じなさい。

答案

三つの神山（三壺＝蓬莱・方丈・瀛州《えいしゅう》）は大海中に浮かび、それぞれ七万里の間を隔て、崑崙山上の五城十二楼は高く聳え天に連なっている。この列真の住処・群仙の都は、俗人のたどりえない不死の世界であり、存在するようでもありまた無いようでもあり、言葉では言い表せぬ境地ゆえ、耳目もおよばぬもの（じかに見聞できないもの）。だから、一般には神仙は存在しないかのように思われているが、それは浅はかな考えに過ぎない。事実、不老不死の証拠は、数多くの書物に著されている。

九千歳に一度実るという扶桑の実を食べる仙人は、体は金色に輝き空中に飛揚するといい（『海内十州記』）、姮娥《こうが》は西王母の不死薬を盗んで月に昇った（『淮南子』覧冥訓）。弄玉は蕭史と夫婦となり鳳凰に連れられて昇天したし（『列仙伝』）、丁令威は、霊虚山中で仙道を学び鶴となって帰郷し、「吾は丁令威、家を去って千年、いま故郷に帰って来た。街なみは昔のままだがもとの人はいない、人はなぜ仙道を学びもせず、空しく白骨累々となるのか」と告げたという（『捜神後記』）。また七月七日に赤龍に迎えられて昇天したという陶安公（『列仙伝』）の事例もあり、これらはみな天地の間を自由自在に飛遊する仙人である。

その仙人の住処には、彩雲のかかる三十六の洞天や、そそり立つ岩壁にある七十二の石室（福地）があり——唐・司馬承禎（六四七—七三五）の『天地宮府図』では、「洞天と福地が区別され、神仙の住む聖地が十大洞天と三十六小洞天と七十二福地に分類されている」（小林正美『中国の道教』）——、服用すれば長生不死を得るという五種類の霊芝（仙草）が鮮《あざ》やかに生え、千尋の松が高々と聳える（『海内十州記』）。桃源郷では神奇な犬が桃の花に吠える声が聞こえ（陶潜「桃花源記」）、群仙がその実を食するという紫桂の香りが馥郁《ふくいく》として風に匂う（『拾遺記』顓頊）。

これらのことは、多くの書物に記されて今も知ることができるから、確実に神仙というものは存在する。ただ、神仙の道は、奥深く測り難くて、選ばれた稀有の逸材を除き、凡庸な世俗の者には得がたいというまでのことなのだ。真の神仙である王子晋と、偽仙人の項曼都との両者の違いは、それぞれの天稟《てんぴん》（宿命づけられた、生まれながらの資質）の相違であって、もとより人力のおよぶところではない。

神仙になれるかどうかは、その人の天賦の資質にあるという末尾の発言は、良香個人の判断というよりも、仙人の存在を力説する『抱朴子』（論仙篇）の論法を踏襲したもので、当時の共通的な理解を示したものである。「神仙のことはすべて虚妄というわけではないが、神仙になれるかどうかは、天命による」（『顔氏家訓』養生）、「神仙は確かに存在するけれども、天与の資質に恵まれなければ凡人が努力してなれるものではない」（「夢仙」『白氏文集』巻一）

などは、いずれもこのような考えを示す。

　この答案は、試験官が求める設問の趣旨に則り、古来より伝えられた神仙の伝記類を多数引用して解答する帰納法からみれば、これらの一見虚妄かと思える事柄さえ、古来の書籍に明晰に記されているゆえに、まぎれもない事実として論議されていることがわかる。

　貞観十一年（八六九）の陸奥国東方沖大地震が発生した翌年には、「地震を弁《わきま》えよ」という題が、この国家最高試験の場で出題されることとなる（『都氏文集』巻五、『菅家文草』巻八）。これは、この大地震が国家経営にとって見逃すことのできない重大な事件であり、この種の天変地異が天皇王権の正当性を揺るがしかねない深刻なものであったことからすれば、「神仙」の課題もまた、それに劣らずリアリティーに満ちたテーマであったと推察される。

天皇御所の「竹」――蓬莱山の記憶

　光孝《こうこう》天皇（在位八八四―八八七）は東宮御所から内裏の仁寿殿《じじゅうでん》へと移り住むことになるが、これに先立ち、所轄官庁の役人らに清掃を行わせるとともに、「風流（造形芸術）」に造詣の深い官人を召し、父・仁明天皇の御代の旧風にならい、竹を植樹した庭一面に沙を敷きつ

6　清涼殿南庭の呉竹

め、水の流れを引く造作《ぞうさく》をしつらえたという（『三代実録』元慶《がんぎょう》八年（八八四）二月二十八日）。なお、この竹はハチクかという（室井綽『ものと人間の文化史　竹』）。現在も、清涼殿の白沙の敷かれた南庭には呉竹・河竹が植えられているが（6）、白沙と竹の取り合わせは何を意味するのであろうか。

ここで想起されるのは、先にあげた蓬莱山の描写である。

珠のように美しい竹には仙界に住むという青い鸞鳥が集まり、その下には白粉《おしろい》のような細かな沙礫が敷かれ、風が吹くと竹の枝がひるがえって、その白沙をまるで雪や霰《あられ》のように払う。その様子を仙人が見に来ては遊ぶが、風に揺れる竹の葉は、鐘のような音を響かせるという（『拾遺記』巻一〇―蓬莱山）。

また、山上にある霊祠の内に一本の竹が生え、その美しく高々と伸びる竹が、風に吹かれて塵穢《じんわい》を掃き払う（『袁山松宜都山川記』／『太平御覧』巻九六二―竹上）とか、壇のほとりに高さが二、三丈ほどの数本の大竹があり、その枝は二本の竹が向き合うように枝が垂れ、もしも壇上が塵で汚れたりすれば、すぐに掃き払って、つねに清潔になっている（『風土記』・同上）というモチーフは、名山・霊山記類に多くみられる（→三〇ページ）。

歴代の宮域の庭園の構築物には、須弥山《しゅみせん》や蓬莱山等を象《かたど》った苑池が造成されてきたから、やや簡略化（理念化・抽象化）されたこの造作もこの延長上に位置づけてよいように判断される。特に、仁明～陽成期《ようぜい》（八三三―八八四）の大きな宮廷行事には著しく神仙化された唐風の様式を志向する特徴がある。

その一例として、二つの標《しめ》（山型《やまがた》・山車《だし》）の造形物をあげよう。一つは、仁明天皇即位の折の大嘗祭の造り物（『続日本後紀』天長《てんちょう》十年（八三三）十一月十六日）であり、もう一つは、元慶六年（八八二）の左相撲司標所《ひだりすまいづかさのしめどころ》の造形物（『菅家文草』巻七）である。

まず、仁明天皇即位の折の大嘗祭の造り物である悠紀《ゆき》国、主基《すき》国の標は、いずれも「慶山《よろこぶやま》」という山岳模型を基台としたもので、前者は、二羽の鳳凰（鳳が雄・凰が雌）が舞う梧桐が植えられ、その樹の中から五色の雲が立ち、その上に日像と半月の像がかかる。その山の前に天老と麒麟《きりん》の像、その後ろに連理・呉竹が配してある。

後者・主基国のものは、樹上に五色の卿雲（慶雲）を漂《ただよ》わせた恒春樹が植えられ、その山の上には、西王母が益地図を献上する場面と、その王母の仙桃を盗む童子の姿に加え、鸞《らん》鳳《ほう》麒麟等の神話上の鳥獣の像が配置され、山の下には鶴（仙人が乗る聖鳥）が立っていると

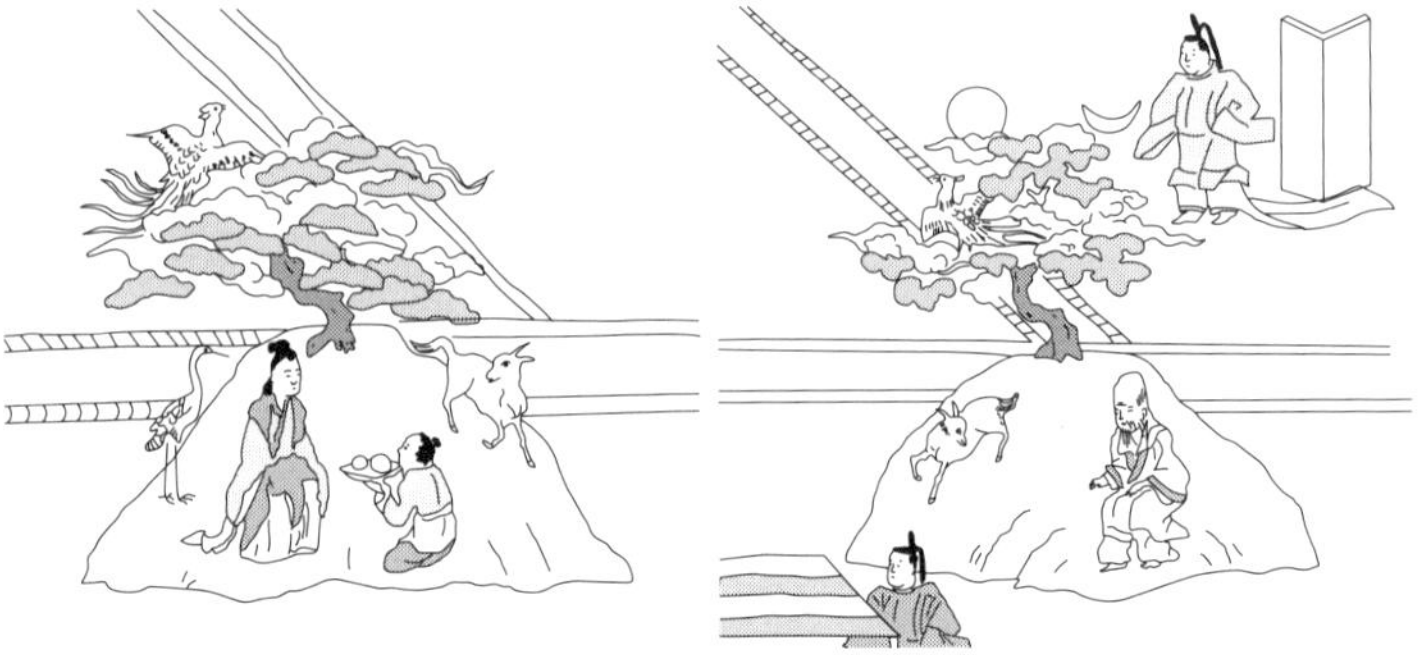

7　大嘗祭の標山　天老と麒麟、標山の樹上の鳳凰や五色の雲の上に、日と月がかかる（右・悠紀）、西王母に仙桃を捧げる童子、麒麟・鶴・鳳凰（左・主基）

いうものである。

それぞれの意味は明確で、一方は、黄帝即位の折、天下に仁政が施かれ世の中が良く治まったので、天老（黄帝七輔の一人）に聖代に出現するという鳳凰のことを問うと、すぐに鳳凰が黄帝の庭園に来臨し、梧桐の樹に棲みつき、竹の実をついばんで長く去らなかったという、黄帝の偉大なる治世を場面化したもの。

他方の「恒春樹」は、仙人が燕の昭王に貢いだ神樹（西王母が訪れる通霊台にあり、蓮華のような葉、香りは桂《モクセイ》のようで、四季折々に花を咲かせるという）で、これを授かった昭王は、これを得て、もはや仙人になる必要もないと言ったという。「益地図」も西王母が舜《しゅん》の徳を慕って献じたものとされ、三千年に一度実をつけるという王母の神桃（不老長生の果実）のモチーフとともに、全体が西王母説話で統一され、天下に覇たることが神授された帝舜に仁明天皇をなぞらえたものである。

天皇即位式・大嘗祭という公式な場での神仙世界的な演出に注目されよう。この折の悠紀国の標は、にわかの強風を受けて壊れるというハプニングがあったというから、仮設の模型なのであろう。これは大嘗祭〈天皇即位式〉にともなう古来の伝習が、大陸の新知識を用いて儀式的に整頓、再構成された結果、このような築山《つきやま》（標山）の形を採ったのだという（平野孝国『大嘗祭の構造』）。なお、この標に関しては、近世末期書写の絵図にほぼ同一内容の構図をもつものが伝存する（7）。

次に、元慶六年の左相撲司標所の造形物は、以下のようなものである。二丈五尺（約七メートル半）の標屋の中に中心をなす山型は、龍・虎・鹿等の瑞獣の棲む崑崙山をモデルとした形態をもつ。よく知られた王質爛柯《おうしつらんか》の故事（山中に迷い込んだ木こりの王質が仙人の対局する囲碁を見ているうち、気がつくと、手にしていた斧の柄が朽ちていたという仙境訪問譚・『述異記』）や、数人の道士が弟子を駆使して釜に火を入れ、不死の霊薬・金丹の精錬に励む場面に加え、仙薬を採取するために山神に捧げる目的で樹木につながれた白犬（『抱朴子』仙薬篇）の模型を配置するなど、神仙の世界が事細かに写されている。

この造形物は、承和十三年（八四六）の様式を踏襲したものだという。この時の左相撲司の別当は仁明天皇の皇子、一品式部卿常陸太守時康親王（後の光孝天皇）であり、その点でも、承和の帝（父帝）を強く意識したものであった。

なお、平安中期、『源氏物語』の時代に作られた啓蒙書（幼学書）、源　為憲《みなもとのためのり》『世俗諺文《せぞくげんぶん》』（一〇〇七年成立）には、貴族社会に深く浸透し、日常の言語生活のなかに一般化して慣用されていた漢文世界由来の故事（世俗の諺）として、神仙に関わる六つの故事《ものがたり》が、連続したひとまとまりとしてあげられている。

「東方朔《とうぼうさく》三たび西王母の桃を偸《ぬす》む」（三千年に一度実るという西王母の仙桃にまつわる逸話）（『漢武故事』）、「七世の孫《むまご》」（浦島型の仙境訪問譚）（『続斉諧記』／『幽明録』）、「青鳥の使い」（西王母の使者となる青い鳥の話）（『漢武故事』）、「鶏犬　薬の臼を舐《な》めて天に昇る」（昇天した劉安《りゅうあん》が残した不死薬を舐めた鶏や犬も共に天界へ昇った話）（『神仙伝』）、「槎《いかだ》に乗る」（漁師が筏《いかだ》に乗って海の果てから天の川に至り織女と逢った話）（『博物志』）、「東海　三たび桑田となる」（仙女の麻姑《まこ》が、地上界の大変貌をなんども目撃した話）（『神仙伝』）。これらは、かつての神仙ワールドの流行が時を経て貴族たちの言語生活に深くなじんだ痕跡でもある。

こうしてみてくると、九世紀後半期には貴族、知識文人社会一般に神仙ワールドがすみずみまで息づいていたことがわかる。仙女かぐや姫の物語が生み出される時代背景はまさにこのようなものであった。次章ではさらに具体的に、かぐや姫が住むという天上世界の様子をうかがうことにしよう。

第三章　神仙小説からみる仙界の諸相——天上界のしくみ

月の都の人にて父母《ちちはは》あり。

さて、かぐや姫は、月の都の人であり、そこには父母も住んでいるという。月の都の仙女、かぐや姫の住む天界とはどのようなところだったのであろうか。神仙小説類に描かれた仙界の諸相についてみてみよう。

身分階層——全員が官僚の一員

仙人の凡八兄という者の紹介が、「仙人の登録名簿の中で、どの階級の者かは知られない」（凡八兄）『広記』巻三〇・出『仙伝拾遺』）というように、仙界には身分・序列がある。

仙人となった者にも九等の階級がある。第一は上仙で天九真王、第二は次仙で三天真王、第三は太上真人、第四は飛天真人、第五が霊仙、第六は真人、第七が霊人、第八を

8　元時代の道教寺院（中国山西省永楽宮）の壁画に描かれた神仙（部分）
上から、玉皇太帝、西王母、月星君。壁面は、高さ４ｍ、長さ100mにおよび、神仙の総数は286神に達する。

飛仙、第九を仙人と呼び、これが仙人の九階級制である（「太真夫人」『広記』巻五七・出『神仙伝』）。

『真誥』は、「崑崙山上には九つの役所があり、九宮という。太極が太宮で、ここにいる仙人はみな九宮の官僚たちである。仙官には上下の身分秩序があり、左右府、左右公、左右卿、左右大夫、左右御史などである」（巻五・甄命授第一）という。『南真説』にも「崑崙山上に九府があり、九宮太極という。太宮にいる仙人たちはみな九宮の官僚で、それより上位の真人は九宮の公卿だ」（『太平御覧』巻六七四―道部一六・理所）とあり、その仙官の総数は二万四千もあるという（『酉陽雑俎』巻二）。

天界といいながら、その社会構造は、地上の統治機構・官僚体制とまったく同じだというのである。元代の中国最大の道教諸神の朝元図を描いた永楽宮の壁画にみえる仙人の身なり・装束は、官服そのものであるのも、これと対応している（8）。

ちなみに、天仙の住む天上世界は、喜怒哀楽の俗情を超越したものとはいえ、六道の最上界・天人道をも否定しあらゆる煩悩を滅却した絶対の悟りの境地をめざす仏教とは、あい容れないものゆえ、天人の姿は、ジブリのアニメの描くような、釈迦（阿弥陀）とおぼしき姿で降臨するものではない。釈迦や阿弥陀仏が、生への執着の象徴ともいうべき不死の薬を持参するというのでは、やはり、どうみても不自然極まりない。『竹取物語』の終末部、かぐや姫の昇天の場面で、天空から迎えに来た仙人の姿は、元来、こうした官服をまとった高級官僚のようなものであっただろう。

ただし、浄土教の浸透した平安中期以降、『法華経』を読誦し阿弥陀浄土を称える文人・僧侶による宗教結社「歓学会《かんがくえ》」等を通じ、阿弥陀仏の光輝く円満な尊顔は清らかな満月に重ねられたから、その享受の過程で、かぐや姫の昇天の場面が聖衆来迎図のイメージに重ねて理解されたことも否定しがたい。慶滋保胤《よししげのやすたね》（？—一〇〇二）『日本往生極楽記』（寛和《かんな》年間〔九八五—九八七〕成立）には、八月十五日の満月の夜に来迎を受け往生する人の姿も描かれる。

こうした新たな潮流を受け、かぐや姫の昇天場面が仏教的な来迎のイメージで理解されたことも想像に難くない。古典がしばしばそれぞれの時代の好みを映した「現代文学」として再生される命運にあることの一例でもある。

さて、話を仙界の官僚制に戻そう。竇玄徳《とうげんとく》が赴任旅行の途中で、たまたま船に乗り合わせた旅人は、「司命」（人の寿命を管理する仙官）であった。船中で玄徳から食物を恵まれた恩義に感じた司命から、「あなたは赴任先の当地で寿命が尽きることになっている」と伝えられる。驚いた玄徳は著名な道士に必死に延命を願い、天界へ上申書を出すが、その文書に誤字・不体裁があったので、その望みを再三棄却される。その後、なんとか訂正された結果、さらに十二年の寿命が認められたという（竇玄徳）『広記』巻七一・出『玄門霊妙記』）。ここには、いかにも文書主義に堕《だ》した官僚社会の面影が濃い。

賄賂が効く仙界

仙界が中国流の典型的な官僚社会であるならば、賄賂もまた横行しそうなものだが、案の定、蓄財を貪る罪で死籍（死亡予定者の名簿）に載せられたことを知った男が、なんとか寿命を延ばそうと司命の役人に賄賂を贈る話がある。しかもそこで千万金を用意して口利きを頼んだ相手は、博打《ばくち》に大負けし負債をきびしくとりたてられている金天府の王（冥界の発令文書の統括官）であり、彼の助力を借りて華山の蓮花峰にいる仙官を動かし、とりあえずの助命を成し遂げたというのである。

この中の会話には、「権臣のために口利きしたために、罰せられてこの山岳に謫居《たっきょ》するハメになった。二度とこんな目には遭いたくない」とか、「偉い方への賄賂が効いた以上、いまさら取りやめることはできない」と、理非に拘《かか》わらず、上意下達の、上官の権能に逆らえぬ仙官の生態を生々しく伝えるものまである（〈浮梁張令〉『広記』巻三五〇・出『纂異記』）。

不如意な仙界――官僚的天界への忌避

こうしたいかにも息苦しい官僚制そのものの天界ならば、昇天そのものを避け、地上に留まる仙人もいることになる。そのひとりが白石先生。

白石先生は、彭祖（殷の末年に七百余歳と伝える不老長寿の仙人）と同時代の人で、その時すでに二千余歳という。昇天の道を選ばないので、彭祖に、どうして昇天の仙薬を飲まないのかと聞かれて、「天上世界は人間界に比べて楽しいものではない。ただ老死しないだけだ。天上には至尊《おえらがた》が沢山いて、新たに天仙となった者は位も低く、使役されることが多く人間界より労苦が多い」と答えた。

そこで人々は、彼を隠遁仙人と呼んだ。昇天して天仙としての名誉や栄達に汲々《きゅうきゅう》としないからだと（「白石先生」『広記』巻七・出『神仙伝』）。

なお、文人官僚・紀長谷雄の『白石先生伝』はこれをさらに隠逸者ふうに翻案しなおしたパロディ的作品で、実在の矢田部某に仮託して、官僚世界の生き難さを自嘲気味に諷刺した作品とみられる（拙著『平安朝文学と漢文世界』）。

『真誥』は、名山・五岳中で仙道を学ぶ者は数百万人いるが、昇天を望まず五岳に長く留まる者も数知れないという（第一四巻・稽神枢第四）。事実、昇天することは願わずに仙薬を半分だけ服用し、地仙となって常に人間社会に住み、三年に満たぬうちに居所を替えて暮らした馬鳴生（「馬鳴生」『広記』巻七・出『神仙伝』）をはじめ、天仙資格を保有しながら、仮に人の世に住みつづける仙人は少なくない（「田先生」『広記』巻四四・出『仙伝拾遺』など）。

『抱朴子』の対俗篇では、安期先生・龍眉寧公《りゅうびねいこう》・修羊公・陰長生（いずれも著名な仙人）らは、みな、金液（昇天の仙薬）を調剤の半分だけ服用し、ある者は千年近く人間界に留まってから昇仙した事例をあげ、「なぜ長生を求めるかといえば、現在の命が惜しいからで、昇天することに汲々とするわけではない。幸いに地上世界で不死が可能ならば、必ずしもすぐに天界を求めるわけではないのだ」とまで言う。

この、天上界へは行かずに地上で暮らす仙人を地仙という。階級的には天仙よりも劣るが

（上士を天仙、中士を地仙、下士を尸解仙という）、幽邃な山岳・名山に住む地仙こそは、その自由・気ままさにおいて格別の価値をもっていた。名山の中でも、地上世界の中心に位置しその頂上から垂直に登れば天界に至るという崑崙山が、堅苦しい天上界と直結していたのに比較し、遥か東海に浮かぶ蓬萊山等の三仙山（蓬萊・方丈・瀛洲）こそは、地仙が悠々自適するにたる理想的な境域とされていたという（『誤入与謫降』）。

北斉の文宣帝（在位五五〇—五五九）は方士に命じて九転金丹（不死薬）を錬成したが、玉製の箱にしまったまま服《の》まず、「わしは世間の楽しみを貪り、ただちに昇天することを願わず、死に臨んだ時にはじめて服む」と言ったという（『北斉書』巻四九—方技伝、汪涌豪・兪灝敏著・鈴木博訳『中国遊仙文化』）。

言語・文字——人間には理解不能

汝《なむぢ》、幼き人、いささかなる功徳を、翁つくりけるによりて、汝が助けにとて、片時のほどとて下ししを、そこらの〔多くの〕年ごろ、そこらの黄金《こがね》を賜ひて、身を変へたるがごとなりにたり。

これは、八月十五夜の夜半に天から降り立った天人が、竹取の翁に向けて言った会話文の一部である。天人は人間に直接語りかける時は、この世の人と同じ言葉でしゃべっているが、天人同士で語らう折には、まったく異なる言語を話すという。

仙女の崔少玄《さいしょうげん》のもとに天界から折に触れて二人、あるいは四人と、友人の女仙が降りて来る。身体は光輝きまるで昼のような明るさ。彼女の静室（修道部屋）にやって来ては奥の部屋に入り、共に椅子を連ねて夜通しおしゃべりをしている。夫の陲《すい》が近寄って聞き耳をたてるが、彼女らは天人のことばをしゃべっていて、内容は全然わからない。なんの会話かと訊《たず》ねてみるが、「神仙のことは秘密よ。漏らすことはできないわ」と断られる。

また少玄は、別れに際してこう言う、「詩一篇を貴方に残し置きましょう。この上界天人の書は、みな『龍雲の篆《てん》』で書かれ下界にはないものですから、誰ひとり読めないでしょう」と言って、みずから筆を取って書きつけた。「あなたは、仙道には未熟なので今は読めずとも、後年、琅琊《ろうや》先生に遭遇することがあろうから、それを機縁に解くことができるでしょう」と。言い終わると、その場で亡くなった（仙界へ旅だったことを意味する）（〈崔少玄〉『広記』巻六七・出『少玄本伝』）。

ある日、仙女である妙女の父母が多くの天仙や召使とともに地上界に降りて来て、霊に仮託してこう言う。「我が末娘（妙女）は愚昧《ぐまい》ゆえ、罰を受けて人間界に堕とされましたが、あなた方に長らく情けを蒙り大切にして頂き感謝に堪えません」と。その家の人々は大変驚いたが、しばらくすると、妙女と受け応えをし、他の仙人たちもみな、霊に憑依してしゃべり出す。「しばらくは、この末娘の家であなたたち人間とおしゃべりを楽しみましょう」と。父親のことばは、普通の男性がしゃべるようであり、母親の声も普通の婦人のそれと変わらない（妙女）『広記』巻六七・出『通幽記』）。

このように、天界は、地上界とは言語・文字の異なる世界であり、下界の人間と話す時には、霊に憑依したりなどして、言語モードを操作して語りかけるものであった。『抱朴子』には、入山符など、何種類かの特殊な書体文字を伝え、『雲篆度人妙経』（『正統道蔵』洞真部神符類。一巻）は、この種の書体を載せる。

夫婦・親子・男女関係

さて、これまで見てきた仙界の様子から予想されるのは、言語・文字こそ異なるものの、天上界にもまた親子・男女関係も当然のように存在するだろうということである。事実、そうした人間（仙人）関係を具体的に表す仙伝も少なくない。

崔氏の下女として仕える仙女妙女が、天上界での記憶を呼び覚まして語ったところによると、彼女は罪を犯して地上に堕とされたが、本来は天仙で、天界の提頭頼吒天王《ていとうらいたてんのう》の末娘であり、父の姓は韋、名は寛。その夫人（母）の姓は李、善倫と号し、東王公はその叔父だという。そして天界では逍遥という名の男子を産んで、今もその関係は続いており、近頃、天界の金橋の辺で別れたばかりなのだという。

その折に詠んだ詩は、わずかに二句のみ記憶しているが、「手に橋柱を攀《よ》じて立てり。滴《お》つる涙は天河に満つ（天上の金橋の欄干にすがって立ちすくみ、我が子と別れる悲しみで流す涙に天の川もあふれるばかり）」というもので、みずから吟詠して悲しみに堪えない様子であった（〔妙女〕『広記』巻六七・出『通幽記』）。

また、西王母は崑崙山の玄圃《げんぽ》の宮殿で女子の登仙者を統括しているが（〔西王母〕『広記』巻五六・出『墉城集仙録』）、彼女にもたくさんの娘がいる。雲華夫人は西王母の第二十三女で、名を瑤姫（炎帝の女）という（〔雲華夫人〕『広記』巻五六・出『墉城集仙録』）。瑤姫は、巫山の雲雨の神として著名で、いわば古代神話中の神女が道教の女仙に昇格した一例という（苟波『仙境　仙人　仙夢―中国古代小説中的道教理想主義』）。

さらに、十六、七歳の太真夫人は、西王母の末娘で、名は婉《えん》。字《あざな》を羅敷《らしき》といい、玄都太真王に仕え、三天太上府の司直を勤める子がいるという（『広記』巻五七・出『神仙伝』）。このほかに、南極王夫人（第四女）、雲林右英王夫人（第十三女）、青蛾（第二十女）、玉巵《ぎょくこ》（第三女）などがいるとされる（『誤入与謫降』）。

なお、『真誥』によれば、「出でては易遷・童初の二府に館《す》み、入りては東華（宮殿）の台上に晏《やす》む」（巻一三・稽神枢第三）とあり、易遷館・含真台は宮名で、女子の宮殿。童初と蕭閑堂の二宮は男子の学舎（巻一二・稽神枢第二）といい、仙界の男女はそれぞれ別々の宮殿に住むとされ、人間界とは異なる男女の関係性が保たれていたようである。これについては、後に詳しく述べよう（↓一四〇ページ）。

天上界は星にあり

かぐや姫は月の都の人だという。それは天上界が星の世界に存在することを意味している。毎夜のように郭翰《かくかん》のもとに訪れて来る仙女の織女は、天上の星界のことを尋ねられて、次のように答える。

人間には、ただの星空にみえるだけだけど、実は、その中に宮殿の住まいがあり、たくさんの仙人がその中で暮らしているの（〔郭翰〕『広記』巻六八・出『霊怪集』）。

『洞淵集』（北宋・李思聰編撰）は、日月五星や北斗七星、および二十八宿等の星君（星座の神）の名前とその職掌に関して詳しく記す。同書（巻七）によれば、太陽に居る「太陽帝君」

と対をなすように、月中には「(西王母の不死薬を盗んで月に昇った姮娥と同様に) 奔月の道」を修めた「太陰元君」(月の女帝神) をはじめ、多くの仙官、神吏などの神仙がいる。「元君」とは女性の仙人に対する尊称。また月には「広寒洞陰」という宮殿があり、彼らはそこに生える紫桂や玉蘭といった仙草を食して永遠の寿命をもち、仙界最高位の玉清天に至るという。月の魄精《エキス》の気は化して玉兎《ぎょくと》となり、一月に天を一めぐりする。

太陽帝君が二十八宿の星君を管轄するのに対し、月宮の太陰元君 (正式名は、「月宮黄花素曜元精聖后太陰元君」) は、地上世界の五岳 (泰山、衡山、華山、岳山、恒山) のほか、四瀆《とく》(長江、黄河、淮河《わいが》、濟水《せいすい》)、五湖 (洞庭湖等)、四海 (東海、南海、西海、北海)、十二渓 (諸渓川) 等の水界および冥府を管轄し、常に三元の日に、冥官の役人はみな月宮に詣で、地上人の生死罪福を審査し、これを上帝に提出するのだという。「三元」とは、旧暦の正月、七月、十月の十五日を上元、中元、下元といい、これを合わせて三元という。この日に天官・地官・水官による功過の糾弾がなされるという。

しばしば仙人が星界に遊ぶという姿が描かれるのは、天帝の宮殿が北極星にあり、人の死を管理するのが北斗七星であるというように、天人の住処が天界にあったことによる。

天仙の住処が天界 (星界) にあるからには、そこの住人であった仙人はどのようにして人間界へやって来るのだろう。天界と地上界との往還は、神仙道教的な転生によって可能なものだが（→一二五ページ）、仙人（や偉人）の誕生話に、その母親が就寝中に流星に感応したり口から呑《の》んだりした夢を見てその子を孕《はら》んだというものがみられるのも（〔老子〕『広記』巻一・〔葉法善〕『広記』巻二六ほか）、星界と仙人のつながりをうかがわせる例のひとつであろうか。

月宮に遊ぶ・望月に昇天

かかるほどに、宵うち過ぎて、子《ね》の時ばかりに、家のあたり、昼の明《あ》かさにも過ぎて光りたり。望月の明かさを十合わせたるばかりにて、ある人の毛の穴さへ見ゆるほどなり。大空より、人、雲に乗りて降り来て、土より五尺ばかり上がりたるほどに、立ち列《つら》ねたり。

かぐや姫は、八月十五夜に月に帰還するが、この中秋明月の夜半に月世界に周遊する仙人の話をいくつか紹介しよう。

仙人の葉法善は、かつて八月十五夜に、玄宗皇帝とともに月宮に遊び、月中の天楽を聴いた。玄宗がその曲名を問うので「紫雲曲」と答えた。玄宗は生来音楽に詳しいので、その曲調を覚えておき、これを宮廷に伝えたのが「霓裳羽衣《げいしょううい》」である（〔葉法善〕『広記』巻二六・出『集異記』／『仙伝拾遺』）。

同じく玄宗皇帝にまつわる話として、

開元年間《かいげん》（七一三―七四一）の宮中での中秋翫月《がんげつ》の夜のこと、仙人の羅公遠が月中遊覧を提案する。持っていた杖を空中に投げると銀色に輝く大きな橋と化したので、玄宗とともに天空へ登る。数十里ほど行くとまぶしい光があふれ、寒気に襲われ、遂に大きな宮殿に至る。公遠が「ここが月宮《つきのみやこ》です」という。数百人の仙女がゆったりとした白絹を着て広い庭で舞っている。

玄宗がこの曲名を問うと「霓裳羽衣」というので、密かにその曲調を記憶しておいた。月から還る時、降りて来た橋を振り返ると、降りるに従って橋が消滅して行く。宮中に戻ってから音楽の役人に命じて「霓裳羽衣」の曲譜を作らせた（〔羅公遠〕『広記』巻二二・出『神仙感遇伝』『仙伝拾遺』『逸史』）。

この話は、柳宗元・仮託書『龍城録』にもみえ、そこでは、開元六年（七一八）に中天師の仙術により、月中の大きな宮府（宮殿と官舎）に至ったという。そこには光のうちに浮遊する大門があり、寒気が厳しく衣がぐっしょり濡れるほど。その宮城の門額には「広寒清虚之府」と書かれていたとされる。月は太陰のもので、その陰気の積もった寒気が水となり、その水気の精が月なのだというから（『淮南子』天文訓）、このようにいうのであろう。

月・月光は、霜・雪・氷などにたとえられ寒冷感をともなうものというのが平安以降の古典和歌のイメージである。「かの都の人は、いとけうらに、老いをせずなむ。思ふこともなく侍るなり」というかぐや姫の言葉から想像される月の都（第一等の美貌・不老不死・あらゆる困苦から解放された理想郷）が、明るく楽しげなパラダイスとは一線を画し、どこか冷厳で人を近づけにくい雰囲気をともなうのは、それなりに理由のあるものであった。

この玄宗皇帝の故事にことよせて、月を取って懐《ふところ》に入れる仙人の話もある。

晴れ渡った天空に中秋の明月が輝く折に、「かの玄宗帝は月宮に遊んだというが、吾ら俗人はとてもできないだろう」と言ったところ、仙人の周生が笑って「わしは、つねづね師より仙術を修得しているので造作もないさ。月を握り取って懐に入れることもできる。信じるかね、それとも嘘だと思うかね」。

……そこで、誰も居ない部屋を用意し、四面を囲って隙間なく暗くする。また数百本の箸と縄で梯子を作り、「わしはこれからこの梯子を上って月を取ってこよう。呼んだら見においで」と言い戸を閉じて籠った。庭で待っている人々がしばし様子をうかがっていると、雲もないのに忽ちあたりが闇となった。突然「やったぞ」という仙人の声が聞こえたので、その部屋に入ると、「月は我が懐にある、見てご覧」と言って手にとって見せる。その衣の中から一寸ほどの月がのぞき、忽ち部屋中が明るくなるとともに寒気が骨に染み入る。「これで信じるだろう」と。

人々は何度も謝って「どうかその光を収めて下さい」と懇願する。そこで、周生が戸を閉めるとしばらくは暗闇だった空も元通り明るい月夜にもどった（〈周生〉『広記』巻七五・出『宣室志』）。

『竹取物語』と同じように、八月十五日に昇天、あるいは降臨する仙人の話もある。元康《げんこう》二年（二九二）八月十五日、天帝の命を受けて天界へ帰る許遜《きょそん》に懇願して、真訣《しんけつ》を授かり霊薬を呑んだ後、共に昇天した仙女（〈盱母〉『広記』巻六二・出『墉城集仙録』）や、中秋の夜半、突然、戸外に誰かが来るけはいの物音とともに、えも言われぬ芳香が充満し、碧雲に翼を広げて飛ぶ鳳凰の模様を付けた冠をつけ、紫の雲霞と日月の柄を織り込んだ衣を着た十八歳ほどの仙女が降臨し、その強い光輝の様は身をすくませるほどであった（〈楊真伯〉『広記』巻五三・出『博異志』）など。これらにもうかがえる、満月の夜半に降臨し、昇天する仙人の描写には『竹取物語』のそれとよく似たものも少なくない。

十八歳で嫁いだ楊敬真は、常に静室を清掃し、生来俗慮を好まず夫によく仕えて三男一女を産んだ。二十四歳になった元和《げんな》十二年（八一七）五月の夜、家族との接触を断ち沐浴・焼香して独り静室に籠った翌朝、着ていた衣服をベッドに残したまま姿を消した。辺りには異香《ふしぎなかおり》が充満していた。付近の住民らは、昨日の夜半に雲中に天楽の演奏が聞こえ、少し経ってからまた昇り去る物音を聞いたという。さらに数日後の暁がたに、再び雲中に仙楽の音が響き異香が匂い、しばらくして収まったが、あたりが明るくなってから彼女の居室内で榻を発見した。

事情を聞いてみると、彼女は、十五日の夜半に仙人が迎えに来て西岳（華山）へ招かれたことを告白し、その時、彩童二人が捧げ持つ玉箱に入った「奇服」を着て、白鶴に乗って華山に行ったのだと話した。

その様子は、「霓《にじ》の旌《はた》や絳《あか》い節《はた》が揺れ、仙境に棲むという鸞鳥や鶴が飛び舞う中、五色の雲が降りて来た。仙界の使者が歩み寄って言うことには『御夫人は仙籍をお持ちですので、こうしてお迎えに参りました。西岳の神仙に逢いに行きましょう』と。そこで二人の仙童が捧げた玉箱には『奇服』が収めてあり、それは綺《あやぎぬ》や羅《うすぎぬ》にも勝る言葉で言い表せぬほどに美しい道士の仙衣のよう。これに身を包み、楽の音曲が三度奏されると、青衣を着た使いの者が白鶴に乗れと勧めた。初めは怖そうな気がしたが乗ってみるとしごく楽ちん。たちまち華山の雲台峯に至ったのです」と（楊敬真）『広記』巻六八・出『続玄怪録』）。

かぐや姫を迎えに来た天人が降臨する場面を『竹取物語』は、昼間の明るさ以上に光り輝き、まるで満月を十個合わせたようで、人々の毛穴までわかるほどだと記す。この描写は、仙女の王妙想が天界へ迎えられる場面のそれとよく似ている。

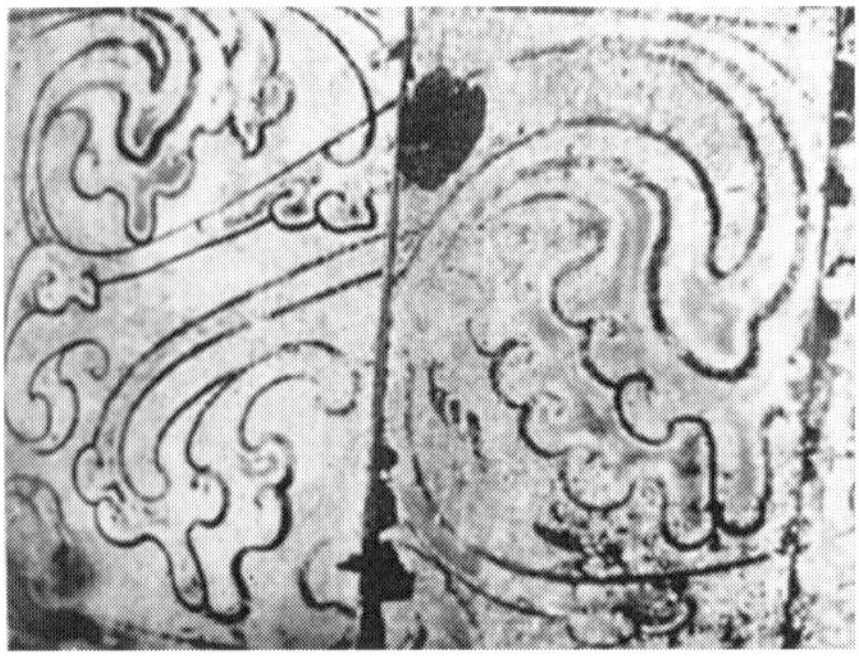

9　瑞雲（祥雲）　墓壁画　前漢時代

何年か経った頃、突然、霊妙なよい香が鼻を衝《つ》くほどに匂い、祥雲《めでたいくも》が庭に満ち渡り（9）、天上の音楽の響きがあたりの山林や谷間を震《ふる》わせ、強い光が建物を照らした。まるで太陽を十個合わせたような明るさで、空中で緑がかった黄金色に輝く光彩がまぶしくてとても目が開けられない。

麒麟・鳳凰・龍や鶴などに乗った仙人と御供の者たちが数千、みな身長は一丈余り、多くの武器や旗印を捧げ持つ儀仗兵たちが登場した。ややあって、仙車が降りて来て、九頭の龍に担がれた輦《てぐるま》の中から羽衣・宝冠を着けた天人が現れたが、これまたその身体は五色の光に輝いている

（「王妙想」『広記』巻六一・出『墉城集仙録』）。

これらを参照すれば、『竹取物語』の天人の降臨と昇天の場面は、こうした神仙小説によくみられる描き方にならっていることがわかる。これまでは、阿弥陀の聖衆来迎図のようなものをそのまま重ねて解釈することが一般であったが、後世の享受はともかく、当初の表現は、あくまでも神仙譚の枠組みのなかで理解されたものであろう。

『竹取物語』には、仏教に関わる語彙や表現が少なからずみられることについては、従来の指摘に加え近年も新たな考察が重ねられている（→一三〇ページ）。儒・仏・道の三教の文化が流布していた当時の時代状況を考えれば、そのことに異論はない。

しかしながら、筆者は、これまでいとも簡単に仏教由来としてのみ読みなされていた事柄のいくつかを、神仙・道教的な要素として再検証してみようというわけである。道士を拒否し、道観（道教寺院）を建立することもなく、いわゆる「教団道教」を持ち込まなかったからといって、道教的な文化や風俗観念がまったく移入されなかったかのように思い込むことは誤りである。中国で撰述（翻訳）された仏教典そのものが結果的に「道教を運ぶ容れ物」でもあったという最近の研究もある（増尾伸一郎『道教と中国撰述仏典』）。

第四章　方術の描かれる物語――『竹取物語』の場面描写

平安時代の物語に神仙・方士の方術（仙術・道術・禁呪《まじない》）が描かれる例はない、ということになっている。事実、これまで、『竹取物語』中の描写が、「方術」との関わりで読まれたことは無かった。しかし、かぐや姫が天界の仙女であるという視点に立ったとき、天上界から降臨した天人が特殊能力を駆使し、いとも簡単にかぐや姫を連れ去る場面の描写はいかがであろうか。

天人と方術

鎖《さ》し籠めて、守り戦ふべきしたくみをしたりとも、あの国の人を、え戦はぬなり。弓矢して射《ゐ》られじ。かく鎖し籠めてありとも、かの国の人来《こ》ば、みな開きなむとす。あひ戦はむとすとも、かの国の人来《き》なば、猛《たけ》き心つかふ人も、よもあらじ。………

大空より、人、雲に乗りて降り来て、土より五尺ばかり上がりたるほどに、立ち列ねたり。内外《うちと》なる人の心ども、物におそはるるやうにて、あひ戦はむ心もなかりけり。からうじて思ひ起こして、弓矢を取り立てむとすれども、手に力もなくなりて、萎えかかりたる中に、心さかしき者、念じて射むとすれども、ほかざまへ行きければ、あひも戦はで、心地ただ痴《し》れに痴れて、まもりあへり（じっと見つめあっている）。

かぐや姫の月世界への帰還を阻止しようとして帝から派遣された二千人の兵士たちも、降臨して来た天人の不可思議な威力により戦意を喪失し、弓矢も使えず、やっと放った矢も思わぬ方角にそれてしまうなど、武器・武力が完全に無効にされるという場面。ここに描かれるような、「兵力（武器の威力）を削ぐ術」は、仙人の用いる方術のひとつである。

ある人が「五兵」を避ける方法を問うと、抱朴子がこう答えた。「現在でも、武器の威力を避ける禁呪の術を持っている人は往往にして居るものだ」と（『抱朴子』雑応篇）。

「五兵」とは「矛《ぼう》・戟《げき》・弓・剣・戈《か》」という五種の武器をいう（『漢書』顔師古注）。

昔、呉の国は将軍を派遣して山賊を討伐させたが、賊の中に禁呪の術にすぐれた者がいて、交戦する度に、官軍の兵士は誰も刀剣を抜くことができず、賊を目がけて射放った矢も皆こちらへ戻って来るという次第で、戦況まことに不利であった（『抱朴子』至理篇）。

従来、『竹取物語』のこの場面描写は、昔物語に残存した口承世界由来の超自然的で荒唐無稽な筋立てのひとつとしてほとんど問題にもされないが、成立当初の「現代文学」としての『竹取物語』では、天上から降臨した天人（天仙）ならば、当然発揮するであろう特殊な能力として、実に生き生きとした表現であっただろう。このような視点から見直したならば、以下のかぐや姫の造形もまた同様のものと考えられる。

かぐや姫と方術

帝、『などかさあらむ。なほ率《ゐ》ておはしまさむ』とて、御輿《みこし》を寄せ給ふに、このかぐや姫、きと影になりぬ。

強引に宮中に連れ帰って後宮に入れようとする帝に対し、かぐや姫は一瞬にして「影」となって身を隠すという所作に出る場面。このような変身・変化の術もまた、神仙のよくするところ。『抱朴子』（雑応篇）には、自在に姿を消す術（隠淪の道）が書かれており、大隠符を十日間服用すると、左転すれば姿を消し、右転すれば再び姿を現すことができるという。同書の「遐覧」篇には次のような方術も描かれる。

その変化の術の大なるものは『墨子五行記』である。もとは五巻であったが、劉安がまだ仙人になる前にその重要な個所を抄出して一巻となした。

その術は、薬や符《おふだ》を用い、思うままに天空を飛行し、自在に姿を隠し、ほほ笑めば婦人に、顔をしかめれば老人に、地に蹲《うずくま》れば小児となる。杖で衝けばたちまち林が出現し、種を蒔《ま》けばすぐに実がなって食べられる。地面に線を描けば河となり、土くれを盛れば山となり、居ながらにして天厨（天仙が食するミシュラン級の高級料理）が届き、雲を興こし、火を熾《おこ》し、出来ないものは何もない。

こうした変化・分身の術に得意な仙人の一人に左慈《さじ》がいる。「石室中に『九丹金液経』を得て、能く変化すること万端、あえて記すべからず」という分身の術に巧みな彼は、時の権力者の殺戮から身を守るために分身・変身の術を使って逃れる。

彼は身を隠すために羊の群れに化し、捕り方が目星をつけてとらえようとすると、物言う羊が多数現れついにとらえることができない。やっと捕まえて牢獄に入れて拷問にかけようとすると、牢内にも、牢外にも左慈がいるという始末でなんともできない（〈左慈〉『広記』巻一一・出『神仙伝』）。

また、『抱朴子』（金丹篇）によれば、丹砂を調合し仙薬を千日間服用すれば、永遠の命を獲得し、あらゆるものに変化し、陽光の中を歩行しても影をつくらず、また別に光を放つことができるという。

空海の自伝的な戯曲小説（『三教指帰《さんごうしいき》』（七九七年成立））は、この箇所も含めた『抱朴子』の引用が著しいが、ここの「日中も影無し」とは、『淮南子』（原道訓）にみえる、天地を自在に周遊する神人の霊能を描く記述――「霜や雪の中を歩いても足跡を残さず、陽光のもとでも自身の影をつくらない」――を参考にすれば、身体の物質性を一時的に消す方術と知られる。突然「影」になって身体性を隠滅するかぐや姫の所作はこれに類似する。

なお、身体を容易に変化させる術を用いる仙女で、このかぐや姫の例に近いものに、帝王の求婚を拒絶して、彼女の本身である虹に化して天上へ帰る天女がいる。

後魏《こうぎ》（北魏）明帝（粛宗）の正光《しょうこう》二年（五二一）、夏六月に、首陽山中で、夕暮れに虹の脚が渓泉に降りて来て水を飲んでいる（虹は龍の化身でもあるので、しばしば虹が泉にかかって水を飲む話は少なくない。『広記』巻三九六・虹部には、虹が宮池の水を飲み、だんだん縮小して男子となる話、虹が首を垂れて飲食を盗み飲む話などがある）。樵《きこり》がこれを見つけたが、しばらくすると、虹は十六、七歳ほどの女子に変化した。不思議なことと思い問いかけたが無言。そこで役人に知らせ、朝廷に奏聞すると、明帝は宮中に召し入れた。

見ればその容貌はことのほか美しい。女は『私は天女です。しばし人間界に降りて来ました』と。そこで、帝が強いて妃にしようとするが、激しく抗《あらが》うので、家来に命じて捕まえようとすると、鐘磬《かね》のような声を発して、たちまちもとの虹と化して天に昇ってしまった（〔首陽山〕『広記』巻三九六・出『八朝窮怪録』）。

これは、仙女が自身の危機に際し術を発揮して自らを守るという、かぐや姫の行動を彷彿とさせる類例といってよい。

このようにみると、天女であるかぐや姫や、天仙の住む月の都から降臨した天人たちは、いずれも仙人の巧みな方術を自在に駆使する能力を備えていることがわかる。『竹取物語』が神仙譚を鋳型《いがた》として人物の造形や場面の描写をつづっている証跡でもある。ひるがえって、『竹取物語』の冒頭部に続く、よく知られた以下の記述も、あらためて仙女の造形として見たならばいかがであろうか。

この児《ちご》、養ふほどに、すくすくと大きになりまさる。三月ばかりになるほどに、よきほどなる人になりぬれば、髪上げなどさうして、髪上げさせ、裳《も》着す。帳の中よりも出ださず、いつき養ふ。この児の容貌《かたち》のけうらなること世になく、屋の内は暗き所なく、光満ちたり。翁、心地悪しく苦しき時も、この子を見れば、苦しき事もやみぬ。腹立たしき事も慰みけり。

「いつき養ふ」の「いつき」は「神や天皇などの威勢・威光を畏敬し、汚さぬように潔斎して、これを護り奉仕する意」（『岩波古語辞典』）を原義とするように、かぐや姫の神性・超越性を語るもので、いかにもそれにふさわしく彼女の身体がまばゆいばかりの豊かな光彩を発するというのである。

『抱朴子』には、「其の次に『玉女隠微一巻』有り。また形を化して飛ぶ禽《とり》・走る獣、及び金木玉石と為し、雲を興こし雨を致すこと百里四方、……光を放つこと万丈、冥き室も自らに明るくなる、これもまた大いなる術なり」（遐覧篇）とあり、仙人のもつ方術として、身体を変化させ、部屋のうちを照り輝かすほどの光彩の発揮をあげる。

仙人の身体が光彩を放つ、または天仙の登場が光に満ちあふれるというのも、仙伝類には定型のようにしばしばみられる。『太平広記』中から任意にあげれば、「光有りて昼の如く、其の家の庭を照らす」（「道士王纂」巻一五）、「容状《すがた》ますます異にして、光彩人を射る」（「楊正見」巻六四）、「光明室に満ち、異香芬馥たり」（「裴玄静」巻七〇）など。これらの表現も後漢代の仏教流入後、諸仏や天人の造形と習合したものとされる。

なお、釈迦など偉人の姿を光で表すことや、中国の皇帝の誕生場面を光輝くモチーフで描く類型も報告されている（久保堅一「『竹取物語』と仏伝」／出石誠彦『支那神話伝説の研究』）。

仙人になるための方法を具体的に説く『抱朴子』は、男性知識官人たちの間で、十世紀前半頃にも愛読されており、その本文は地仙となった浦島の伝記（『続浦島子伝記』）に直接引用されもする（↓二五〇ページ）。『竹取物語』の作者層もこうした教養基盤を共有していたものであろう。かぐや姫の竹中誕生やその特異能力に加え月世界への帰還など、一見「荒唐無稽」とみなされがちな『竹取物語』だが、これらの事実を前提に、その表現やモチーフをあらためて見つめ直してみると、それらはみな神仙譚に関わる当代流行の先進の素材であったことに気づかされる。

『源氏物語』が書きはじめられる直前の頃にも、世の中には、木・草・山・川・鳥・獣・魚・虫などが主人公となった「情《なさけ》無き物に情付けた（山川、動植物等が感情をもち言葉を話す）」物語がたくさん存在していたという。

また、物語と云ひて、女の御心を遣《や》る物なり。大荒木の森の草よりも繁く、荒磯海《ありそみ》の浜の真砂《まさご》よりも多かれど、木草山川鳥獣魚虫など名づけたるは、物言はぬ物に物を言はせ、情無き物に情付けたれば、只海の浮き木の浮かべたる事をのみ言ひ流し、沢のまこもの誠なる言葉をば結び置かずして、……（源為憲〔?―一〇一一〕『三宝絵』〈九八四年〉序文）。

これは、若い女性に仏道を勧める立場から、修行の妨げとなりかねない愛玩物の一つとして、女性たちに圧倒的な支持を得ていた物語を掲げ、一時のたわむれごとに過ぎない荒唐無稽な無益さを非難した文章の一部。多分にバイアスのかかった言説だが、激しく貶める必要があるほど大きな存在でもあった物語の流行ぶりが知られる。

ここにあげられた物語の一類はすべて散逸して現存しないが、これが当時の一般読者に愛好されていた物語のある程度の水準を表しているとすれば、むしろ『竹取物語』は相当程度に洗練された斬新な作品であったことがわかる。「物語の出で来始めの祖」という『源氏物語』（絵合）の記述は、「最初にできた物語」という意味ではなく、数多くの初期物語作品の中で、『竹取物語』こそが「王者」だと認定した批評文として理解すべきだという（中野幸一『物語文学論攷』）。『竹取物語』を早期の物語ゆえに未熟なものと見誤ってはならない。

以上のようなことを含め、『竹取物語』には漢文章をつづることになれた書き手の筆癖が随所にみられる。これは作者が男性知識人であることを示すものだが、同時にそれはまた、草創期の物語が独自の文体を獲得してゆく模索の形跡でもある。

以下に、その痕跡のいくつかをあげよう。

漢文章に手なれた作者の痕跡

今は昔、竹取の翁といふ者ありけり。野山にまじりて竹を取りつつ、よろづの事に使ひけり。名をば讃岐の造となむいひける。その竹の中に、もと光る竹なむ一筋ありける。あやしがりて、寄りて見るに、筒の中光りたり。………

竹取の翁、竹を取るに、この子を見つけて後に竹取るに、節を隔てて、よごとに、黄金

ある竹を見つくること重なりぬ。かくて、翁やうやう豊かになりゆく。

この『竹取物語』冒頭の文章をみると、短文で、重複する語句をもまじえ、語りの場を共有しつつ、「なむ―ける」という、いかにも話し手が聞き手の反応を確かめながら語る、口頭伝承を伝える文体をもつ。係助詞「なむ」は、和歌には使われない。これは散文、会話文、特に語り手が聴き手を意識し、聴衆の反応を確認しつつ語りかける、口頭伝承の場で用いられるもの。いわゆる「～なむ～ける」の形式が「語りの文体」（阪倉篤義『文章と表現』）とされるゆえんである。

しかしまた、その一方で、以下のような文体でつづられる箇所もみられる。

『竹取物語』は、口頭語の「語り」を文章に取り入れたものだが、古来の伝承説話、口頭伝承をそのまま写したものではない。「語り」を文章にしてゆく際、漢文世界に深くなじんだ男性知識人の文章作法がおのずからにじみ出るのは避けられないことであった。『竹取物語』が知識文人によって書き記されたであろう痕跡、単純に古来の伝承を記録するというような文体ではないことはいくつもみられる。

以下の文には、対句ないし対句的構文が随所にうかがえる。

○世界の男《をのこ》、（貴《あて》なるも、賤しきも、）いかでこのかぐや姫を、（得てしがな、見てしがな、）と、音に聞きめでて惑ふ。

○そのあたりの、垣にも、
　　　　　　　　家の門にも、居《を》る人だにたはやすく見るまじきものを、

○夜は、安き寝《い》も寝ず、
　　　闇の夜に出でても、穴をくじり、
　　　　　　　　　　　垣間見、惑ひあへり。

○人のものともせぬ所にまどひありけども、何のしるしあるべくも見えず、
　家の人どもにものをだに言はんとて言ひかくれども、こととともせず。

○霜月師走の降り凍り、
　水無月の照りはたたく、にも、さはらず来たり。

この時期の知識人にとって、文章とは「対（対句・対偶）」をもつべきものであり、その有無が文章と口頭語（俗言＝会話文）との相違点である、というのが、作文上の常識であった（→二二六ページ）。文字や文章をもたなかった古代の日本語が、漢文訓読とともに、中国渡来の文章論に習熟する過程を経て、やまとことばによる文章（仮名ぶみ・国語文）が形成されてきた。当初の仮名ぶみや、これを用いて物語（語り）を書き記す初期の物語の文章は、彼ら男性作家の教養基盤がにじみ出るかたちで、上記のような、対句的な文体をもつことになった。

仮名ぶみで書かれた本格的な論文である「古今集仮名序」は、完成奏上時の正式な漢文序

（真名序）をもとに、和歌の実情に合うように、紀貫之によって改訂・翻案されたものだが、なお、フォーマルな漢文章がもつべき、対句や対句的表現を多く残している。これも彼らのあるべき文章観の反映である。仮名ぶみも、少しでも改まった文章を気取るときは、対句的な文章に整えられたのである。

物語文学の課題のひとつは、こうした借り物の文体でなく、自前の固有の文体をいかに作り上げてゆくかにあった。その解決のための試行として選ばれやがて洗練されていったのが、〝物語るように〟〝書く〟ことであった。伝来、固有の、口頭話の口語りの口調を仮名ぶみで、語るように書くことを選んだわけであるが、男性作家の手になる初期の物語は、なお漢文章の規範を色濃く残していたのである。

現場性をもち生き生きとしてインパクトのある面前の口頭会話は、いかにも魅力的だが、「現場（当事者的文脈）」を共有しない他者にとっては、わかりにくい、というよりも、まったく通じない、意味不通このうえないものである。一方、文章（一定の様式と規格を備えたもの）は、一回的な「現場性」を超越し、地域・時代を超えて、本来の意味内容をほぼ正確に伝達することが可能である。

「対句・対偶的文」は、そこに内蔵された「様式・規格」のソフトに従って読み解けば、いかなる場面でも著者の意味内容をほぼそのまま理解することが可能となる。平安初頭に声高に叫ばれる「文章は不朽の盛事なり（文章は永遠不滅である）」（『文選』巻五二・魏文帝「典論・論文」）とはこのことを言ったものでもある。

これら対句的文章になれた男性作家の筆癖が残されたとみられる箇所を『竹取物語』の文章から指摘してみよう。

庫持皇子のほら話――航海漂流譚と『文選』「海の賦」

> 生きてあらむ限り、かく歩《あり》きて、蓬萊といふらむ山にあふやと、海に漕ぎただよひ歩きて、我が国の内を離れて歩きまかりしに、①ある時は、波荒れつつ海の底にも入りぬべく（海）、／ある時には、風につけて知らぬ国に吹き寄せられて鬼のやうなるもの出で来て殺さむとしき（陸）。②ある時には、来し方行く末も知らず海に紛れむとしき（海）、／ある時には、糧《かて》尽きて草の根を食ひ物としき（陸）。③ある時は、言はむかたなくむくつけげなるもの来て食ひかからむとしき（海）、／ある時には、海の貝を取りて命を継ぐ（陸）。

五人の求婚者の二番目に登場する庫持皇子《くらもちのみこ》は、当初から蓬萊山へ行くことは考えず、ひそかに職人に命じて本物そっくりの蓬萊山にあるという玉の枝を捏造する。これを本物として、かぐや姫のもとを訪れるが、その際、いかに艱難辛苦の果てに手に入れたかを説得するために、上記のような会話をたたみかけるのである。しかも、この偽りの経験談が、いかにも実際にみずからが経験したかのように説得するために、それぞれの文末は、直接体験を表す過去の助動詞「き（し）」が、丁寧に重ねられるという念の入れようである。

前述の「ある時は、波荒れつつ海の底にも入りぬべく（海）、／ある時には、風につけて知らぬ国に吹き寄せられて鬼のやうなるもの出で来て殺さむとしき（陸）」以下は、御覧のようにすべて三組の対句的な文章により、「海」「陸」が対比され組み立てられている。対句法になれた男性作者のくせが露呈したものであろう。

ところで、この箇所については、『文選』（巻一二）に収められた「海の賦」の文章が下敷きにされていることが指摘されている（小山儀著・入江昌喜補『竹取物語抄』）。

是《ここ》に於いて舟人漁子、南に徂《ゆ》き東に極《いた》る。①或《あるときに》は黿鼉《げんた》の穴に屑没《せつぼつ》し、／或は岑崟《しんごう》の峰に挂罥《けいけん》す。②或は裸人の国に掣掣洩洩《せいせいえいえい》し、／或は黒歯の邦《くに》に汎汎悠悠《はんはんゆうゆう》す。③或は乃ち萍《うきくさ》のごとくに流れて浮転し、／或は帰風《おいかぜ》に因りて以て自らに反る（舟人や漁師は南に流されたり、東に寄せられたり。またある時には、砕かれて大亀の棲む穴に沈んだり、高い峰の下に留められたり。ある時には裸人国に吹き寄せられたり、黒歯国に流され寄せられたり、またある時には浮草のように波のままに漂ったり、ある時には追風に乗ってもとの場所に戻ったりする）。

徒《いたずら》に怪を観《み》るの駭《おどろき》を識《し》り、乃《すなわ》ち歴《ふ》る所の近遠《どこと》を悟《し》らず（ただあまりにも不可思議な目にあった驚きで、どこをどうたどって帰ってきたか解らないほどだ）。

なお、この部分は、『竹取物語』が生まれた頃にほぼ並行して創作された浦島の伝記『続浦島子伝記』（→第九章）に、

> 掣掣洩洩として、未だ志《ゆ》く所の遠近《どこと》も知れず、汎汎悠悠として、遊《ゆ》くところの東西《はて》も悟《し》られず。遂に一時の眠《ねぶり》の内に、万里の波上を済《わた》り、蓬莱の山脚《ふもと》に到るなり。

と引用され、海中の波間を蓬莱山へとさまよい行く描写に活用されている。「掣掣洩洩」「汎汎悠悠」とは、風のまま、流れのままに、どこへ行くとも知れず漂う意。

この部分、六朝期の「海の賦」が十字の長句対で述べるのに対し、『続浦島子伝記』は、王朝漢文世界が理想とした律賦にならい、平安中期以降いよいよ流行する、さらに華麗な隔句対で仕上げたもので、典拠に対する表現上のひと工夫が加わる。この箇所は、「海の賦」の全十三段中の第六段目に相当し、内容は、海中の奇怪な神獣が激しい風波を起こし舟を破壊する恐怖の場面、および難破した舟人の遭難やかろうじての生還等を活写したもの（廖国棟『魏晋詠物賦研究』）。『竹取物語』の庫持皇子（あるいは作者）が、千余字の「海の賦」の中からこの箇所をふまえたのは、この場面が苦難の航海を説得するにふさわしいからである。

これは、王朝漢文（『続浦島子伝記』）と初期物語作品（『竹取物語』）に見られる同一素材（漢文世界由来の材源）の応用にともなう表現の比較対照が可能な事例でもある。一方は、男性知

識人にとっては自家薬籠中の、深くしみついた知識観念を浦島の蓬莱訪問を表す大海漂流場面に、より巧妙華麗な駢儷《べんれい》文体にのせて漢文章をつづり、他方（庫持皇子）は、海中漂流の辛苦の様子を、当時の男性知識人ならばひとしく共有していた「海の賦」でつちかわれたイメージを応用して、和文で語る、というわけである。

なお、この海難漂流譚が現実味をともなって、当時の読者に印象深く受け入れられたであろうことは、たとえば遣唐使の悲惨な航海の記憶などが反映されていることも事実であろう。しかしまた、奇怪な化け物がしきりに襲い来る恐ろしげな海の描写は、それら現実の航海記録の単純な写しというものではなかろう。

平安期における「海」のイメージは、伝統的な和歌文学にも希薄で、ほとんど歌語（やまとことば）の埒外《らちがい》にあった。古代中国文化（漢文世界）における「海」は、「海は晦《くらい》なり」（『釈名』釈水）や『山海経《せんがいきょう》』に著されたような、天子の恩徳のおよばぬ、文化・文明の途絶した魑魅魍魎《ちみもうりょう》の跋扈する暗冥な領域であったから、「海の賦」もそのようなものとして描き、王朝の知識官人たちもそれらに応じたイメージを学び抱いていたのである。

前記『竹取物語』の庫持皇子のほら話は、こうした男性知識人が有する海中漂流の観念を下敷きに（対句的漢文章の様式にのせ）、これを対句的な和文にひらいて（翻案しつつ）表現したもので、日ごろなじんだ文章述作における手わざの痕跡、言語生活の露呈・反映である。

こうした、漢文章に手なれた作者の痕跡（作者が男性であること）は、このほかにもみられる。

垣間見の表現――「穴をくじり、垣間見、惑ひあへり」

世界の男《をのこ》、貴《あて》なるも賤しきも、いかでこのかぐや姫を得てしがな、見てしがなと、音に聞きめでて惑ふ。そのあたりの垣にも、家の門《と》にも、居《を》る人だにたはやすく見るまじきものを、夜は安き寝《い》も寝ず、闇の夜に出でても、穴をくじり、垣間見、惑ひあへり。さる時よりなむ、よばひとは言ひける。

「穴をくじり、垣間見」に関しては、従来の注釈に特に指摘はないが、以下にあげる『孟子』に見える、求婚の礼儀・作法を外れた無体な猟色（情欲に駆られた奔放な求愛）を非難する文句が下敷きになっているのであろう。

丈夫生まれては、これがために室《つま》有らんことを願う。女子生まれては、これがために家《おっと》有らんことを願う。父母の心、人皆これ有り。父母の命、媒酌《なこうど》の言を待たずして、穴隙《あな》を鑽《くじ》りて相い窺い、墻《かき》を逾《こ》えて相い従わば、則ち父母国人皆これを賤しまん。

（男子には嫁を迎え、女子には嫁がせたいというのが父母の望みだ。父母の許諾も得ず媒酌人を立てずに、情欲・衝動にかられて、穴をこじ開けて覗き合い、垣根を越えて密会するならば、父母はもとより衆人の非難の的となろう）

『孟子』の後漢の注は、この「穴隙を鑽る」の意味を「淫奔な私通」という（『孟子正義』滕文公下〔趙岐注〕）。「鑽」は、錐《きり》で穴を開ける意。和訓は「くじる」（『観智院本類聚名義抄』僧上）。

ところで、この故事にもとづく「鑽穴逾墻《さんけつゆしょう》」の慣用句は、猟色漢の無軌道な狂態ぶりをほのめかす表現句として、後世の白話《はくわ》・通俗小説（口語体の好色官能文学）中の猟色的な場面にしきりに用いられるものでもある。

明代の『金瓶梅《きんぺいばい》』（第八六回）の、西門慶と死別後も孤閨《ひとりみ》を守れない藩金蓮が、王婆の息子の王潮とできてしまった情事の物音をごまかす場面を唄にして比喩的に表現したくだりに、

お前のからだは小さいが、なかなか大きい胆っ玉、口は尖っていたずらもので、人の影見りゃ姿を隠す。わきのお部屋でチュウチュウ鳴いて、夜の夜中を眠らせぬ。まともな道は歩きもせずに、やたらに穴にもぐり込む（小野忍・千田九一訳『金瓶梅』）。

〔原文は「不行正人倫、偏好鑽穴隙（正しき人倫《ひとのみち》を行わず、ひとえに好んで穴隙《あな》を鑽《くじ》る）」〕

明代末〜清代初の『肉布団』（第一回）の、「この様な婦人を夢に現に思い慕って手に入れようと努めるのには、先ず色々にして心をひき、次には品物を贈りなどして約束が出来るとそれから垣を越えてあいびきし、或は屏に穴をあけてむつごとをささやくという段取りになるのでございますが」〔原文は「或逾墻而赴約、或鑽穴而言私（或いは墻《かきね》を逾《こ》えて約に赴き、或いは穴を鑽りて私を言う）」〕、同（第二回）に、「彼の姿ふるまいを見るに、必ず大色鬼《だいしきま》にな

るにきまっている。今わしのこの皮袋の中にとり入れておかなければ、将来必ずひとの閨房を乱すに違いない」（原文は「将来必到鑽穴逾牆、醸禍閨闥（将来必ず穴を鑽りて墻を逾え、禍《わざわい》を閨闥に醸すに到らむ）」）（伏見冲敬訳『完訳肉布団』）など。

「穴を鑽る」に関しては、『篁《たかむら》物語』に、

いよいよ鍵の穴に土ぬりて、「大学のぬしをば、家の中にな入れそ」とて、追ひければ、曹司にこもりゐて、泣きけり。妹のこもりたる所にいきて見れば、かべの穴いささかありけるを、くじりて、「ここもとに寄り給へ」と呼び寄せて、物語りして、泣きをりて、出でなまほしく思へど、まだいと若くて……

（二人の関係を認めない親たちが、鍵穴を土でしっかり塗り塞いで、「大学生の篁を決して屋内へは入れるな」と言って追い払ったので、異母妹は逢うことができず、部屋に籠って泣いていた。篁がその妹の籠っている所へ行ってみると、部屋の壁に小さな穴があるのをみつけ、穿《こじ》り開けて声をかけ、「こちらへ近寄って来て下さい」と、壁越しに呼び寄せて、親密に睦言を語りあっては泣いていた。妹は、いっそ部屋の外へ出て直接逢いたいと思うが、まだ年若くて、そんな大胆なことは憚られて……）

とあり、やはり、親の意向に逆らって私通・密会しようとする場面に使われていたことが知られる。

あらためて『竹取物語』本文に立ち返って読みなおせば、世界中の猟色漢が親の承諾や礼法のマナーもどこ吹く風、私通・密通もなんのその、続々大挙して求愛に奔走するさまを描き、やがて正式な求婚者として登場する五人の貴公子の前段階の狂態を描出するというわけである。

「垣間見」のモチーフは、平安朝物語の男女の情事の機縁・導入をもたらすものとして大きな意義をもつが、これは『竹取物語』に端を発する。『竹取物語』がこれをとり入れるに際し、『孟子』由来の慣用句にのせ（これをテコに）、その情熱的なモチーフを一つの型として定着させることになったことは、以後の物語史へのおおいなる遺産となった。

この慣用句が、白話小説類にも頻用されることからすれば、おそらくは、『孟子』の読書行為の中からこの句が独立して使われたのであろう。当時の王朝びとたちの間にあっても、いわば会話的なレベルに広く流布していたゆえに、日頃なじんだ言語生活からにじみ出た口さきにのせて、物語の叙述にも反映されたものであろう。

なお、漢文世界由来の材源の指摘に詳しい上掲の『竹取物語抄』の注釈をみると、この箇所の指摘は無い。その理由は、本文が「やみの夜にも、ここかしこよりのぞき、かひまみ」となっており、これは正保《しょうほ》三年（一六四六）刊本を底本としたためであろう。同様に「穴をくじり」の本文が消えた伝本に「闇の夜に出でても、あなをほり、かひばみ」というものがある。これらの伝本の書写は、当初《オリジナル》の言語世界を共有していない新たな読者による「読み」の結果（成果）でもある。

「古典」がつねに「現代文学」としての世態を受け入れて更新される命運にあるという一面をよく物語る。ひるがえって、先の、『竹取物語抄』が庫持皇子のほら話の物語文に、『文選』「海の賦」を読み解いたのも、漢文世界に通じた知識人が「読む」効用でもあろう。

果たして、平安朝の現代文学としての『竹取物語』の読者は、どのように理解したのであろうか。当時は、和文世界の基底に漢文世界が厳然と存在し、現在とは比べものにならないほどに、漢文世界から移入、浸潤した共同の言語生活場があったから、通俗的なレベルでも相応の理解は可能であったであろう。少なくとも、男性知識人が『竹取物語』を読めば、その漢文世界由来の痕跡・手わざにはにんまりとほくそ笑んだはずである。

むろん、そのような知識を共有しなくとも、和文の導くところに従って「自由に」読むことも充分可能で、それが、仮名ぶみによる物語文学誕生の一面でもあった。

「富士」――つはものどもあまた具して
御文《おんふみ》、不死の薬の壺ならべて、火をつけて燃やすべきよし、仰せ給ふ。そのよし承りて、つはものどもあまた具して山へ登りけるよりなむ、その山を富士の山とは名づける。

物語の末尾、富士山の名前の由来を語り収める部分である。不死薬を焼いたのだから、当然のように予測される「不死山」「不尽山」の掛詞のシャレを素通りし、現代人の目からはさらに予期しがたい「士に富む」を正解として呈示する作者の言語感覚は、何に由来するのであろうか。

「富士」を「士を富ます／士に富む」と理解・解釈する言語意識は、たとえば、次の漢籍の訓読になじんだ当時の知識人のそれによるものではなかろうか。

　ゆえに王者は民を富ませ、覇者は士（兵士）を富ませ、僅かに存する国は大夫（特権階級）を富ませ、亡国は筐篋《はこ》（金蔵）を富ませ、府庫を満たす、筐篋すでに富めば、府庫すでに満つ、しこうして百姓貧すは、それ是をこれ上溢れて下漏ると謂う。入りて以て守るべからず、出でて以て戦うべからざれば、則ち傾覆滅亡は立ちどころにして待つべきなり（『荀子』王制）。

（仁徳の政治をめざす王者は何よりも民びとを富裕にするものである。しかるに、武力によって天下を統治しようとする覇者は兵士を優遇し、なんとか維持されている国は特権階級を優遇し、滅亡に瀕した国は国庫にのみ富が満ちあふれている。……このような国家は早晩滅亡するものだ）

ここの「富民」は、民を裕福にする（民勢を盛んにする）、「富士」は武士を優遇する（兵力・軍隊を強壮・増大する）意。この話は、『説苑《ぜいえん》』（政理）のほか、戦国時代の兵法の書『尉繚子《うつりょうし》』にも見られるもの。

清・王先謙の『荀子集解』は、文中の「富士」に注して「士は卒伍なり」という。「伍」は、五人の兵士、「卒」は伍が二十グループ集まった兵力、すなわち百人の兵隊をいう（『礼記正義』郊特牲・孔疏）。「士」は一般に「士　ヲノコ・ヲトコ」（『観智院本類聚名義抄』法中）等と訓《よ》まれるものだが、ここの「士」を「つはもの」と訓み、「富士」を大勢の兵士と解するのは、やはり、日頃漢文訓読に慣れ親しんだ男性作者の口ぶりが露呈したものであろう。

ちなみに、宇多《うだ》天皇に仕えた女流歌人伊勢の「水の上に浮かべる舟の君なればここぞ泊りと言はましものを」（古今・雑上―九二〇）の「舟の君」の歌語が「伝に曰く、君は舟なり、庶人は水なり。水はすなはち舟を載せ、水はすなはち舟を覆す、とはこの謂《いみ》なり」という、同じく『荀子』（王制）の語句に由来することは、よく知られたことである。「伝に曰く（言い伝えにいわく）」とあるように、『荀子』本文の文脈を離れ、より通俗的な意味での「舟＝君」の比喩表現が広く流布していたのであろう。

漢語表現（故事）が広く口頭会話中に用いられたという認識は、源為憲『世俗諺文』（一〇〇七年成立）序にみえる。

夫《そ》れ、言語はおのずから俗諺を交え、俗諺は多く経籍に出づ。釈典・儒書と雖《いえど》も、街談巷説《がいだんこうせつ》となる（※傍線部分は原本から脱落したものとして補って訓読した）。（日頃用いる言葉には決まった言い回しがあるものだが、それらの多くは中国渡来の書籍由来のものである。仏典や儒教典から出た故事も普段の会話に溶け込んでいる）

漢文世界由来の故事等は、必ずしも直接漢籍から取られるばかりでなく、頻繁に使われ慣用されるうちに貴族たちの日常的な言語生活の中に溶け込んだケースも少なくないであろう。ところで、「つはものどもあまた具して山へ登りけるよりなむ、その山を富士の山とは名づけける」の本文に関し、いわゆる古本（新井本）は「つはものども、あまたぐしてなむ、かの山へはのぼりける。そのふしのくすりをやきてけるよりのちは、かの山の名をは、ふじの山とはなづけ丶る」という独自本文を掲げる。確かにこの本文の方が、不死薬を焼いたから「ふじの山」と名づけられ、その煙が尽きず立ち昇っているという結末からすれば、よりわかりやすい（読者の期待にも沿うような）説明ではあろう。

しかしまた、この古本系とされる本文は、「解釈的改訂」「合理的改訂」のあとが顕著なことも指摘されてきた。そのような理解に立てば、漢籍の訓読に育まれた言語感覚を喪失した、より普遍的でわかりやすい書写者（読者）の存在が要請した新たな本文の登場ということなのであろう。

仙と遊――「遊び聞こえて」

かぐや姫の言はく、『月の都の人にて、父母あり。片時の間とて、かの国よりまうで来《こ》しかども、かくこの国にはあまたの年を経ぬるになむありける。かの国の父母のことも覚えず。ここには、かく久しく遊び聞こえて、慣らひ奉れり。いみじからむ心地もせず、悲しくのみある。されど、おのが心ならずまかりなむとする』と言ひて、もろともにいみじう泣く。

この部分、かぐや姫が竹から誕生（転生）して以来、翁夫妻のもとで久しく暮らしたことを「遊び聞こえて」と言い表すが、ここも仙人がしばし人間界へ降りて来て過ごす（悠遊する）様子を記す、下記のような表現をならっているものなのであろう。

「この地は神仙の府にして、俗人の得て遊ぶ所にあらず」（〔張老〕『広記』巻一六・出『玄怪録』）というのは、仙人の資格を欠く民びとが仙境へまぎれ込むさまを「遊ぶ」とする例。事実、唐代小説中、「遊（游）」は、現世から非日常の仙界へ進入する意味で慣用されたという（李豊楙『仙境与游歴　神仙世界的想象』）。

逆に天界から人間界へ降りるケースもあり、「上帝命を賜いて人間《ひとのよ》に遊ばしむ」（〔郭翰〕『広記』巻六八・出『霊怪集』）、「高辛の時に至り、復《ま》た雨師と為り、人間に遊ぶ」（『捜神記』巻一・赤松子）などとある。天仙であるかぐや姫が、地上の人間界で暮らしたことを「遊ぶ」

と表現するのは、こうした、神仙小説の言葉が仮名ぶみにもち込まれたものであろう。

以上にみてきたように、『竹取物語』の作者の言語生活が、漢文世界で養われた深い教養に支えられたものであることが知られるであろう。『竹取物語』が中国渡来の神仙小説のモチーフや話型（特に「謫仙人譚」）を自在に利用して成り立っていることを、次章以下で具体的に述べてゆこう。

第五章　かぐや姫の罪――仙女の降誕と帰還の論理

かぐや姫は、罪をつくり給へりければ、かく賤しきおのれがもとに、しばしおはしつるなり。罪の限り果てぬれば、かく迎ふるを、翁は泣き嘆く。能はぬことなり。はや返し奉れ。

仙界のしくみ――仙・人・鬼と転生する

天界の仙女であったかぐや姫は罪を犯してその罰として地上界へ堕とされ（人間として転生し）、その罪の期限満了とともに再び天界へと帰還するのだという。こうした世界観もまた、神仙世界に共通してみられるものである。神仙小説の世界では、稟質《うまれつき》・功過《おこない》等により仙人―人間―鬼（冥府）と三界を転生・輪廻するとされる。仙人の転生の事例をいくつかあげよう。

母子家庭の娘（小真）は十二歳で忽然と死亡する。母は憐れんで家の傍に埋葬する。殯《かりもがり》して数カ月後、殯宮の中で人の声が聞こえるので棺をあばくと娘が生きている。蘇生した娘が死んだ時のことを回想し「先祖の功績により天界へ呼ばれて往《い》ってきました（その間、地上人としては、仮に死去）。亡くなった父や祖父母もすでに天仙になっているそうです」と告げる。その三日後に、母子ともに昇仙した（『韋蒙妻』『広記』巻六九・出『仙伝拾遺』）。

また、張佐が仙道を乞い同道した翁は、「占者」によれば、前生が薛君冑《せつくんちゅう》という者であり、耳の中にある仙界（兜玄国）を訪問し数カ月間（俗世では七、八年に相当）を過ごして帰郷後、まもなく死去するや、すなわち転生して今の身（翁）となったという。しかも、この「占者」もまた、前世は、かの耳の中に居た仙界中の童子で、君冑が前世で好道の士であったので、その仙界へ誘ったのだと明かされる（『張佐』『広記』巻八三・出『玄怪録』）。

『竹取物語』のかぐや姫の筋立てと似た神仙小説のひとつとしてあげられる杜蘭香の話もまた、転生のかたちをとったものである。

ある漁師が湘江の洞庭湖畔で児の泣き声を聞きつけた。あたりに人影はなく、ただ三歳の女児が岸辺にいるのみ。そこで漁師はこれを哀れんでわが子として養うこととしたが、成長して十余歳になると天性の美しい姿かたちは天女のよう。ある日、漁師の家に突然青い服を着た童形の神たちが天空から降り来たってこの娘を携えて去った（10）。昇天に臨んで娘は育て親の漁師に向かって、「わたしは仙女の杜蘭香という者で、天上界での過ちを償うため人間界に謫《たく》せられていたが、その刑期が過ぎたので、今帰るのです」と告げた（「杜蘭香」『広記』巻六二・出『墉城集仙録』）。

　このような仙―人（―鬼）間の転生は、後漢代の仏教の受容以来おおよそ六朝期までには道教の中に摂取応用されており、梁・陶弘景撰『真誥』（巻一六・闡幽微第二）に具体的な記述がある。この天地の間には、人の善き者は仙人となり、仙人の罪を得た者は人となり、人の悪しき者は鬼となる（鬼の福徳を積んだ者は人となる）というように、為すところの善悪により、仙・人・鬼と、あい循環する理法があるとされる。

10　天界で天仙に仕える侍童

　道教の経典に『度人経《どにんぎょう》』（五世紀成立）というものがあり、この経を唱えれば、地獄にいる祖先の霊魂を救済し、自身の死後の昇仙をも可能にするという。「渡人」とは人を救済すること、冥府から救い出し仙人にする意（増尾伸一郎・丸山宏編『道教の経典を読む』）。

　ただし、仏教の輪廻応報説と道教のそれとの根本的な相違については、次の指摘が参考になる。

唐初に至って「道教の説く三世因果、罪福応報の教説は、すべて陸修静が仏経から盗んだものである」との非難が出されていることは、三世応報説が既に道教々説の中に組み込まれていたことを物語るが、確かに隋代以前の成立である『太上洞玄霊宝業報因縁経』には、仏教の応報説と見間違う三世輪転――輪廻、転生の字句がそのまま現われることも少なくない――が説かれているのを見る。しかし、道教が仏教の教説をそのまま摂取している訳では決してなく、文字通り巧みな換骨奪胎が行われていることを見逃してはならない。

元来、道教の応報説は現世における罪福応報の観念と善悪功過の検察を説く、いわゆる三元思想の所説から成っており、これを統摂する応報の主宰者は天・地・水の三官である。応報はこの三官が一切衆生の善悪功過を検察した結果によって与えられる賞罰に他ならず、応報の及ぶ範囲がたとえ現世一身から三世――過去・現在・未来――の家族まで拡延されることがあっても、輪転の内容はその賞罰の結果に過ぎない。いうまでもなく仏教の応報説の核心は業の思想にあり、応報は他者から与えられるものではなく、自己の形成した業自体の働きによって輪廻転生する。その結果が即ち応報に他ならない。

この様に三世思想そのものは仏教々説の模倣にほかならないが、応報を業の発動作用に帰する仏教と、これを三官の賞罰と説く道教との間には依然として本質的な相違があり、道教教説の基本的立場が失われていないことは注意を要する（秋月観暎「道教史」）。

昇仙と功徳

永遠の福徳を祈念する道教徒には、戒律として「功過格《こうかかく》」があり、功績と過失の基準を示し、その大小に応じてプラス、マイナスの数値を付し、道徳を数量化して登仙（長寿・短命）の指標とした。『抱朴子』（対俗篇）にも、『玉鈐経《ぎょくけんきょう》』の一節を引用し「地仙になろうと思えば、三百善を修めよ。天仙になろうと思えば、千二百善を修めよ。千百九十九善まで行って、そのあと一つでも悪事を行えば、それまでの善行はすべて帳消しになる。あらためて善行を一から積み直さねばならない」という。

同書は、「仙を求めんと欲する者は、要するに当《まさ》に忠孝和順仁信をもって本とすべし。若《も》し徳行修まらずしてただ方術を努むるも、みな長生を得ざるなり」という。単に方術を駆使するだけではだめで、その前提として、「徳行」を正しく身につけ実践することが昇仙の条件だという。

汝、幼き人。いささかなる功徳を、翁つくりけるによりて、汝が助けにとて、片時の程とて下ししを、そこらの年ごろ、そこらの黄金賜ひて、身を変へたるがごとなりにたり。

貧しい暮らしに沈み、跡継ぎの子にも恵まれなかった竹取の翁夫婦が、やがてみずからを大富豪に導くかぐや姫を授かったのは、翁の「いささかなる（ちょっとした）功徳」による果報だったのだと明かされる。「汝、幼き人！（おろか者よ）」という呼びかけは、仏典中で、無知蒙昧な衆生を戒めさとす場合の発語として慣用される「汝、愚癡人《ぐちのひと》！（「愚癡」は仏教語。ものわかりの悪いこと。凡夫の意）」を和らげた言い方なのだとされる（久保堅一「『竹取物語』の仏教・神仙思想」）。『竹取物語』のこの箇所の文脈からみても、また「功徳」という言葉もあり、まことに的確な指摘と思われる。

しかしまた他方、「功徳」とは「功業（立功）と徳行（道徳的行為）」（『礼記』王制）の意で、もともと儒教典に出る語であるが、後漢代の仏教移入以来これが使われ、さらに南朝以後は道教にも用いられて唐代以降は仏教と同様、修道の用語となったものだという（『中華道教大辞典』）。「功徳」を積むことが仙人となるための必要条件であることは前述した『抱朴子』に力説されるところだが、「徳業の優劣、功過の軽重（どれほど徳を積んだか、功績と罪過の大きさ）」は、死後の冥界での位階にも関わるとされる（『真誥』巻一六・闡幽微第二）。

長患いに苦しむ許李山が泰山の神に訴えると、夜半に仙人の張巨君が現れ、病の原因が自らの罪業の故と知らされる。「汝はとんでもない罪人じゃ、とても病気は治るまい」。「そちはかつて父の復讐のために同行の者を殺害し、死体を空井戸に投げ入れ大石で蓋をして覆い隠した。殺された者の訴えが天府に届き、その罰としてこの病を得たのだ」と

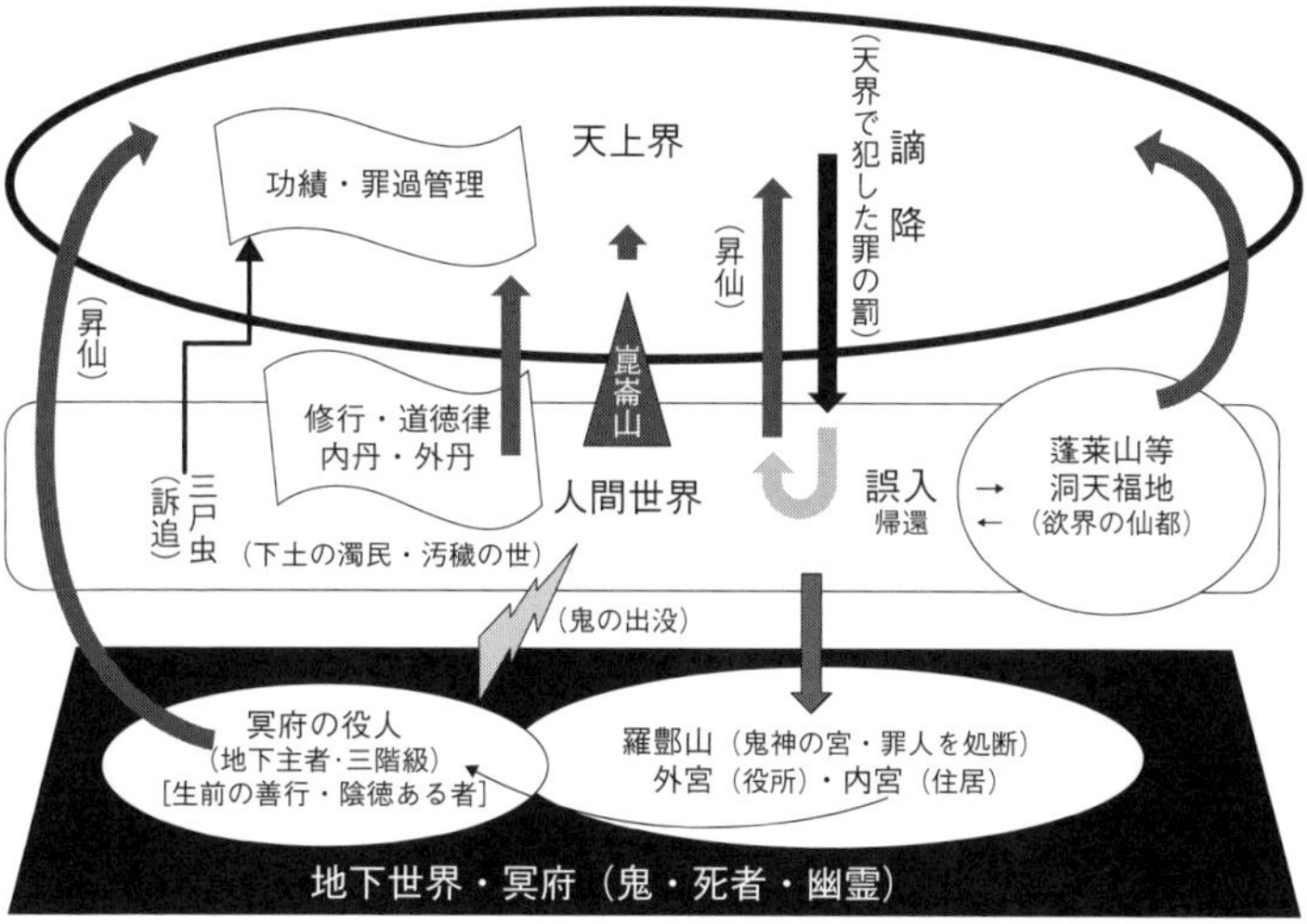

11　仙界の構造――輪廻転生（宿縁）

（張巨君）『広記』巻三三・出『洞仙伝』）。

これらを含め、神仙小説類から帰納し、この三界輪廻の構造を試みに図示したのが、「仙界の構造」の概念図である（11）。

仙界の構造

ひとは、きびしい山岳修行の後、精進潔斎して周到な用意のもと、金丹を錬成（水銀アマルガムから黄金を造成）し、これが万が一成功した暁に服用して天仙となる（これを「外丹法」という）。しかしまたこれはきわめて困難なうえに著しい危険をともなうので、並の人間にはとてもかなわない。

そこで、もうひとつ、気息《きそく》（呼吸法）などの自己の身体的修練や徳行を積んで、やがて仙人の資質を獲得するに至るという方法がもたらされる（これを「内丹法」という）。前者よりも、比較的容易に神仙に近づくことができるタイプである。

その中でも特別な資格・資質（宿縁）に恵まれた修道者は、地上の中心にあり、その頂上が天界に直結するという崑崙山に行くことができる。仙人と遭遇できるチャンスはほとんどなきにひとしいが、凡人でも、特に選ばれた者は、偶然、洞天福地のある地上の仙界（幽邃な名山や東海の果てにあるという蓬莱山等）にまぎれ込んで、仙人と遭い、理想の生活ができたりもする。

地上の人間（下土の濁民）の生活上の行動全般の記録は天界の役所の管理下にあり、庚申の夜ごと、人間の体内の三カ所に棲みつく「三尸虫《さんしちゅう》」が天帝に各人の功罪を報告し、善悪の程度によって寿命が加減される。大罪は三百日を、微罪は三日（一説に百日）をそれぞれの寿命から減じるのだという。この三尸虫は人の睡眠中に活動するので、罪過の報告をさまたげるため、この夜ばかりはみなで一緒に寝ずに夜を明かすことになる。この集まりが、いわゆる庚申講（庚申待）である。

また、人間は、死後はほぼ全員が冥府へ堕とされることとなる。ただし、その冥府でも、功績をあげた者はこの地下世界の管理者に登用され、さらに功績の大なる者のみが、わずかに天界へ上ることができるチャンスがあるとされる。

このようにして、土着の神仙思想に根ざした道教は、後漢代に移入され六朝期には激しく敵対した仏教の理論（輪廻思想）を、独自の論理に従って換骨奪胎し、ほぼすべての罪人もまたその修行・努力によって天界の仙人となれるという「天―人―鬼」と輪廻転生する三界思想を構築し、万民救済をめざす、より大きな教団をもつ宗教としての体裁を整えることとなった。こうした世界観が、神仙小説類のあらすじやモチーフを支えているわけである。

謫仙の罪

仙人の資格は、一度獲得すれば永久に発効するライセンスとなるが、天界で犯した罪に応じ、一定期間を限り、穢れた地上に堕とされることもある（ただし、基本的に天界への帰還が約束されている）。いわゆる「謫仙人《たくせんにん》」である。月世界の天女であるかぐや姫は、「罪」を犯したために、しばらく人間界に謫居させられていたという。では、その「謫」とはいかなる罪なのであろうか。

「謫」の語義

かぐや姫は、罪をつくり給へりければ、かく賤しきおのれがもとに、しばしおはしつるなり。罪の限り果てぬれば、かく迎ふるを、翁は泣き嘆く。能はぬことなり。

かぐや姫は罪科を犯した償いに天上から人間界へ堕とされた仙人、すなわち謫仙である。本書の趣旨に関連した「謫」「謫仙」の語彙は、『太平広記』中に約五十例ほどある。

「謫」の語義については、「人が本来あるべき場所から離れる」「官吏が宮廷の勤務を離れるのは怠業とか失策の結果ではあろうが、反逆というような大罪ではない」「官吏に本来適用されるということ」「きびしい罪悪感を伴うものではない」（宮川尚志「謫仙考」）とされる。道教経典『太平経』（巻一一二所収〈有過死謫作河梁戒第一八八〉）の戒律観にみられる「謫」も軽い懲罰形式であるという（『誤入与謫降』）。

なお、「謫」が官吏に適用されるものというのは、先にあげたように、天界の仙人はすべて男女ともに官僚の一員であることと対応している（→七九ページ）。

そこで、さらに『太平広記』中の「謫仙」を男仙・女仙別に、その犯した罪を整理すると以下のような興味深い結果が得られる。

男仙の罪＝公務上の失態

○壺公は、天上界の公務を怠りその責めを受けて人間世界に堕とされる。

「（壺）公、（費長）房に語って曰く『我は仙人なり。昔、天曹（天上界の役所）に処《お》りて、公《く》事《じ》勤めざるをもって責めらる、因《よ》って、人間《ひとのよ》に謫せらるるのみ』と」（〔壺公〕『広記』巻一二・出『神仙伝』）。

○葉法善は、天界での勤務上の過失・過怠の罪を得て地上界に堕とされる。

「師に謂って曰く『我れ太上の命を奉じ、密旨をもって子《なんじ》に告ぐ。子はもと太極紫微の左仙卿、校録（文書管理）勤めざるをもって、人の世に謫せらる。速かに宜しく功を立つべし、人を済《すく》い国を佐《たす》け、功満ちなば、まさに旧《もと》の任《やくめ》に復《かえ》るべし』と」（〔葉法善〕同巻二六・出『集異記』／『仙伝拾遺』）。

○許碏《きょしゃく》は、崑崙山の酒宴での失態を責められて下界に謫居される。

「常に酔いて吟じて曰く、『閬苑《こんえん》の花前は是れ酔郷、踏翻《蹴りこぼ》す王母が九霞の觴《さかづき》。群仙手を拍《う》って軽薄を嫌う、人間に謫せられて酒狂と作《な》る』と。好事者、或はこれを詰《なじ》って曰く、『我は天仙なり、方に崑崙に在りて宴に就《つ》き、儀《マナー》を失い謫せらる』と。人皆これを笑い、もって風狂となす」（〔許碏〕同巻四〇・出『続神仙伝』）。

○仙官劉綱なる者は、顕官への不適切な口利きの罪により謫居される。

「道士曰く、『吾は頃《ちかごろ》隋朝の権臣の為に一奏し、遂にこの峯に謫せらる。なんじ何ぞ復た請いて、吾を陥れて寒山の叟《おきな》となさんと欲するを得んや』と」（〔浮梁張令〕同巻三五〇・出『纂異記』）。

○蔡誕は、老君（老子）の龍を放牧する役目をしていた縁で拝領した龍を仙人との博打の賭け物にした（負けて質にとられた）罪で謫せられ、崑崙山下での芝草園の苦役に従事させられたと吹聴する偽男仙である。

「家を欺きて云く、『吾は但《た》だ地仙たり、位卑く、老君のために数十の龍を牧《か》う。一斑龍の五色なる有り、老君かつて吾に与う。後に仙人と博戯《ばくち》し、此の龍を輸《いだ》す。此れがために謫せらる。吾を送りて崑崙下に付し、芝草三四頃を芸鋤《たがや》さしむ、皆細石中に生じ莽穢《あれち》多く甚だ苦しむ』と」（〔蔡誕〕同巻二八八・出『抱朴子』）。

これら男仙の謫落の原因となった罪過は、いずれも公務上の過失・失態であり、次に掲げる女仙のそれとは明確な区別が認められる。他方、女仙であるかぐや姫の犯した罪科は物語本文中には明示されないが、〝神仙ワールド〟における女仙謫落の原因にはある種の共通性がある。

女仙の罪＝情欲による過失

女仙の「罪」が具体的に明示されるわずかな例として「天門間の事の漏洩」（妙女）、「妊婦の殺害」（愕緑華）（ただし、いずれもその動機は示されない）のほか、特に顕著なものとして、「愛欲」「性愛」に関する違反を理由とするもの、すなわち、「欲想」（崔少玄）や「世念」（青童君）を抱いたために天帝に罰せられる例がいくつもみられる（男仙とは異なり、公務上の失態を理由とするものはみあたらない）。

仙女である崔少玄は、昔、無欲天に居て玉皇の左持書を勤め、諡《いみな》を玉華君といった。彼女は同宮の四人と犯した過失により「静室」（修道部屋）に退去させられたものの、なおそのことを嘆き恍惚として「欲想」を抱くがごとくであった。そのために、太上帝の処罰を受けて、人間世界に謫居され二十三年間人妻になったのだという（「崔少玄」『広記』巻六七・出『少玄本伝』）。ここにいう、天上界を追放される罪科としてあげられる事由とは、情欲（色欲・性愛）をさす。

たとえば、仙女の青童君は、久しく仙界にいたが愛欲の心やみがたく位は上がらず、「世念」を抱いたゆえに天帝に罰せられ人間界に配流されたという。その彼女が地上に降下して訪れたのは黄老（道家）の修道に励む趙旭のもとであり、折から後を追って来た同じ宮殿に住む仙女（おしゃべりな嫦娥の娘）には、二人の秘めごとが天上世界にばれることを憚って会わず、趙旭と同衾したまま、「仙郎は独り邀《むか》う青童君。情を結べる羅帳は心花を連ぬ（愛しい殿御は私を迎えて、歓楽の限りを楽しむ）」という艶詩をうそぶく（「趙旭」『広記』巻六五・出『通幽記』）。

これと同類のものに、仏前に化生し現れた蓮華を手にした艶冶《えんや》な女人を見た僧が、戯れに

「こういう女性が世間にいたら妻にしたいものだ」と言ったことが機縁で、夜半に妖艶な「蓮花娘子」が訪れて、「今日のあなたの言葉を聞いて、たちまちに欲情を抱いたために、人間に堕とされることになるなんて思ってもみませんでした」と言って僧に言い寄る、男僧の俗情にふれて「俗想（愛欲）」を抱いたために人間に謫降された化生仏（女仙）の話（「蘊都師」『広記』同巻三五七・出『河東記』）がある。

また、太白星《たはくせい》（金星）が織女の侍女・梁玉清を盗み出して少仙洞に隠れたが、天帝は、玉清にその罪があるとして北斗の下に謫居させた結果、その子・休（降雨を司る役を務める）は母が恥ずべき「淫奔」を犯した地・少仙洞を避けたため、古来当地は降雨が少ないという例もある（「梁玉清」『広記』巻五九・出『独異志』）。盗み出した太白星ではなく、彼に盗まれた玉清が罰せられたのは、その主因が彼女の淫奔にあったから（とみなすゆえ）なのであろう。

前述の「天門間の事の漏洩」、「妊婦の殺害」の遠因も、あんがい仙女の情欲に駆られた結果の行為なのではなかろうか。なぜならば、この女仙の謫落の罪過が俗想・情欲に起因することに関連して注目すべきことは、天上界の女仙の中に「愛欲」「性愛」に執着・懊悩する事例が少なくなく、しかもこの特徴は男仙にはみられないという点にあるからである。

「私（天上の織女）は（牽牛との逢瀬がままならぬので）久しく夫がいなくて男女の交わりが途絶え愛欲の思いが鬱積していたので、上帝がこれを哀れんで人間世界の男のもとに遣わしたのです」と言って、眉目秀麗な青年郭翰と同衾し歓楽の限りをつくす女仙がいる（〈郭翰〉『広記』巻六八・出『霊怪集』）。同様に、もとは上仙で地上に堕とされた女仙が、独り身にたえられず地上の男（封陟《ほうちょく》）に熱烈に求愛し、これを拒絶する男に向かって、「この機会を逸し今後六百年間の独り身を強いるなんて、ひどい方ね」と詰《なじ》る例もみられる（〈封陟〉『広記』巻六八・出『伝奇』）。

以下に述べるように、このような天上界での性愛はきびしく忌避されるべきものであったから、こうした女仙の淫奔ぶりは、きわめて特異である。

天仙と性愛の忌避

『真誥』によれば、真人（天仙）の男女の仲は、人間世界のそれとは異なる。夫婦と名づけはするが、実際の夫婦の営みをするわけではない。欲情を抱いていれば、真人に会うことはできない（巻二・運題象第二）といい、男女の情欲を抱いていれば、神仙との感応も霊妙な仙女の降臨もない（たとえ逢えたとしても、せいぜい「地下主者（冥府の管理者）」になれるだけだ）。男女が一緒に真理の道（仙道）を求めることはできない（巻六・甄命授第二）ともいう。

従って、天仙の世界にも、夫婦、子供等の家族関係は存在するが（↓八七ページ）、地上的な性愛が忌避された仙界では、男女の交わりがなくて子供が生まれるとされる。『神異経』

（中荒経）にも、「（天界の）男女は、名づけて玉人という。男は即ち玉童、女は即ち玉女。配疋《カップル》無くして、仙道成るなり」とあり、これは、天仙の社会が、性的交接をともなわない夫婦（親子）関係で成り立っていることだという（王国良『神異経研究』）。

ただし、そんな天界にも時として性愛におぼれる仙女がいるというのは矛盾したようにも思えるが、唐代の道教典の附注では、天上の「三界（欲界・色界・無色界）」のうちの「欲界」下位の二天（太黄皇曽天・太明玉完天）の仙人は、なお男女の淫欲が存在するという（蕭登福『漢魏六朝仏道両経之天堂地獄説　修訂版』）。

このような仙界における男女の性愛に関するタブーが、当時の〝神仙ワールド〟の約束事として、共有されていたとすれば、かぐや姫の罪（あるいは求婚拒否のモチーフ）も、これに類したものと考えることができよう。かぐや姫があらゆる求愛を拒絶するのは、天界からの謫落の原因となった罪（愛欲）から決別しようとするからなのであろう。

『長恨歌』で知られた楊貴妃と玄宗皇帝の関係も、神仙小説の論理では、二人はもとは天仙であって、それぞれ上元宮に使える太上帝の侍女および太陽朱宮真人であったのだが、たまたま「宿縁の世念（情愛・情欲）」があって、その思念がはなはだ強かったので、ともに人間世界へと謫降されたのであり、この世で楊貴妃が玄宗に十二年仕えたのがそれに当たるといい（〔楊通幽〕『広記』巻二〇・出『仙伝拾遺』）、唐代伝奇『長恨歌伝』では、死後太真と名をかえて蓬莱宮中に住む楊貴妃を尋ねた方士によって再び玄宗への愛情を激しく呼び覚まされた楊貴妃は、この愛執の一念によって仙界にとどまることができなくなったので、また下界に堕ちて二人の良縁を結びたいとの思いを述べる。

　みずから悲しみて曰く、「この一念に由りて、又ここに居ることを得ず。復た下界に堕ちて、まさに後縁を結ぶべし。或いは人となりて、決《かならず》再び相い見《まみ》えて、好合《なかよく》することと旧の如くならん」と。

ここの「下界に堕ちて」とは、情欲を抱いた罪過による「謫落」をさすであろう。

なお、わが国に伝来する『長恨歌』写本の一つ、貞享《じょうきょう》元年（一六八四）『歌行詩諺解《かこうしげんかい》（長恨歌并序）』に載る『長恨歌』の序には以下のように記す。

　馬塊《ばかい》で殺されて以後、現在は蓬莱宮で太真と名乗る仙女として転生している楊貴妃が姿を現して、さめざめと涙を流して言うことには、「私は、もとは天上界の仙人でしたが、玄宗皇帝と深い愛情を結んだために下界に堕とされて夫婦となりました。死後この恩愛はすっかり絶えたはずですが、今再び玄宗皇帝の心ざしを知り、また昔の愛情が生まれてしまいました。この罪により、まもなく人間界で夫婦となることでしょう。このことが、永遠の恨みなのです」と（近藤春雄『長恨歌・琵琶行の研究』）。

こうした観点からみれば、かぐや姫の誕生（降誕）と昇天は、天界での罪を得て地上世界へ謫落された仙女の転生と帰還という位相で理解されることになる。

おのが身は、この国の人にもあらず。月の都の人なり。それをなむ、昔の契ありけるによりなむ、この世界にはまうで来たりける。今は帰るべきになりにければ、この月の十五日に、かのもとの国より、迎へに人々まうで来むず。

かぐや姫をしばる「昔の契」とは、本来は、このような仙道小説における輪廻・転生として読まれたであろう。

かぐや姫の罪

以上、みてきたように、女仙の「罪」には、男仙とは明らかに異なる特色があることがわかる。従来、かぐや姫の罪が何をさすかについて、天上界における男女関係にまつわる罪科、淫欲に関わる違犯が推測されてきたが、必ずしも明確な根拠があったわけではない。しかし、これまでの検討結果からすれば、女仙の犯しやすい罪が「情欲・愛欲におぼれること」であることは、〝神仙ワールド〟の一般的な認識として、むしろ共通の理解であったと思われる。だからこそ、『竹取物語』中に具体的に書く必要がなかったわけだ。

先にあげた「天門間の事を漏らした罪」（妙女）とは、どのようなものであろうか。天仙の上元夫人が下界の漢武帝に『六甲霊飛』等の仙書を授けたことに対し、西王母がきびしくさとした言葉がある。「その資質・資格を持たぬ者（武帝）に、天門間の秘密（「天禁」）を妄《みだ》りに説くのは、重罪である。秘すという責務は、伝えることよりもずっと重いものだ。機密漏洩の罪は、天界の司直の厳しく指弾するところとなる」（『漢武帝内伝』）という非難からみても、きわめて重大な違反である。

また、「身籠っている婦人を毒殺した罪」（愕緑華）というのはいささかショッキングな事案である。このような重く深刻な犯罪の背景にも、当該女仙の激しくよこしまな淫欲（情愛）がもたらしたものという暗黙の論理があるように思われてならない。

求婚譚（恋愛譚）が基本である物語文学が、ひたすら結婚を拒絶するかぐや姫を主人公として描き通すのは、それが、情欲・欲想が禁じられた天界へ帰還するための必須条件であったという、神仙小説における謫仙女の定型をふまえるからであろう。

なお、かぐや姫と同様に、両親の結婚の勧めを拒絶して、やがて昇天する仙女の話もある。

「翁、年七十に余りぬ。今日とも明日とも知らず。この世の人は、男は女に婚《あ》ふことをす。女は男に婚ふことをす。その後なむ、門《かど》（一族）広くもなり侍る。いかでか、さることなくておはせむ」。かぐや姫のいはく、「なんでふ、さることかし侍らむ」と言へば、「変化の人といふとも、女の身持ち給へり～思ひ定めて、一人一人に婚ひ奉り給ひね」。

幼年から聡明であった裴玄静《はいげんせい》は、成人となった時、修道のため静室に道像（老子の像）を安置することを父母に願い許される。毎日礼拝に励みただ独り室内に籠っているが、女友達と談笑する声が聞こえる。父母が覗いてみるが誰もいない。

二十歳になり、李言という若者に嫁がせようとするが、彼女は固辞し、ひたすら修道に邁進したいと答える。父母は「女と生まれたからには嫁ぐのがこの世の決まり、婚期を失うことはなりません。仮に仙道をめざしてもかなわなかったら悲惨なことになる。仙女の南嶽魏夫人も妻として子供を産んで普通の人生を過ごしてから上仙になったではないか」と（魏夫人）『広記』巻五八・出『集仙録』参照）。

この母の意志に従いやむを得ず結婚した。しかし新婚一カ月足らずで、生来修道に勤めてきた身ゆえ、「神人は貴方の妻となることを許しません。私と別居して下さい」と頼むと、夫の李言も仙道を慕う者であったので、これを許した。

彼女が独り静室にいて香を焚き修行をしていると、夫は、夜半に談笑の声がするのを不思議に思い、壁の隙間から覗くと、光明が部屋に満ち、異香が馥郁とした中に、歳の頃十七、八ほどの二人の美しい女子と侍女らがいて、玄静はその二人と言談している。李言は不思議なことと思い退き、明朝、玄静にそのことを聞くと、「そうよ。この人たちは崑崙山の友達なの。上仙は昨夜の貴方の覗き見も御存じなのよ。もう二度と覗いてはなりません。仙官から罰を受けるでしょう。あなたとの仲は宿縁が甚だ薄いので、私は人間界に長くいることはできません。あなたの跡継ぎがいないのが心配で、上仙が来るのを待っているのです」と。

数年後、天女が李言の部屋に降臨し、一人の児童をもたらした。「これはあなたの子供です。あなたの妻（玄静）はこれで天上に帰らねばなりません」と。その後三日して、五色の雲が渦巻き仙女の奏楽が聞こえるなか、玄静は白い鳳凰に乗って静かに昇天した（〔裴玄静〕『広記』巻七〇・出『続仙伝』）。

このようにみてくると、『竹取物語』の描く仙女かぐや姫の造形は、特定の作品を模倣してできたものというより、当時存在し愛読されていた、多くの神仙小説（神仙ワールド）の読書のなかに育まれて登場してきたことがわかる。

第六章　かぐや姫の昇天と不死薬——仙薬の諸相

穢き所・地上界——人間界での食事は昇仙のさまたげ

いざ、かぐや姫。穢き所に、いかでか久しくおはせむ。……
天人の中に持たせたる箱あり。天の羽衣入れり。またあるは、不死の薬入れり。一人の天人言ふ。「壺なる御薬奉れ。穢き所の物聞こしめしたれば、御心地悪しからむものぞ」とて、持て寄りたれば、いささか嘗め給ひて、少し形見とて、脱ぎ置く衣に包まむとすれば、ある天人包ませず、御衣《みぞ》を取り出でて着せむとす。その時に、かぐや姫「しばし待て」と言ふ。「衣着せつる人は、心異になるなりと言ふ。物一言、言ひ置くべきことありけり」と言ひて、文書く。

月の都から降臨した天人は、飛ぶ車を近くに寄せて、かぐや姫に向かい「こんな穢れた地上界には、長く滞在なさってはならぬ」と言い、すぐにも天上へ連れて行こうとする。かぐや姫の体は自然に戸外に浮遊しはじめるが、嘆き悲しむ竹取翁夫妻のもとに近寄って、意に反して月へ帰らねばならぬ親不孝を詫び、哀切の情を込めた手紙と自分の衣を形見として残す。

帰還を急《せ》かす天人は、天の羽衣とともに壺に収めた不死の薬を出して、「汚らしい人間界の食事をなさったので、さぞかし気持ち悪いことでしょう」と、一口かぐや姫に嘗めさせる。かぐや姫は少しだけ口にして、残りの不死薬を翁夫婦への形見の品として脱ぎ置いた衣に包んで贈ろうとするが、その場にいた天人に阻止される。

竹取の翁夫婦への不死薬の贈与は天人からきびしく禁じられるが、すぐ後の場面では、帝へ不死薬を贈ることは、天人も黙認している。一般人と天皇との区別が明らかであるが、その相違は、どこから来るのだろうか。天皇と不死薬の取り合わせ・関係は、いくつかの史料類にうかがうことができるが、ひとまずは、仙薬の贈与にはどのような資格が必要とされたのか、仙伝の情報を拾ってみよう。

神仙の道を体得した仙人からみると、人間界は汚濁にまみれた穢らわしい空間であり、そこに住む民びともまた穢れた身分ということになる。

王瑹《おうと》という人は、修行して小洞天に分け入り、仙人の王太虚に向かって、「私は、下土の賤民で、身体も気も穢れていますが、長生の道を慕い幸いに洞天に入ることが叶いました。この霊府を仰ぎ見ることができるのは千載一遇のチャンスです」（〔王太虚〕『広記』巻四六・出『仙伝拾遺』）と言い、また、李紳なる者が仙境に招かれた時、そこに居た者たちから「穢れと辛苦に満ちた俗世の人よ、仙界に戸籍登録されていなければ、ここへは来られないのだぞ」（〔李紳〕『広記』巻四八・出『続玄怪録』）と言われる。

このような、穢れた身体・精神を清めるためには、どのような所作・修行が必要とされるのか。最も大切なことは、地上の食事（五穀や魚肉類等の生もの）の摂取を止めることとされる。

田鸞《でんらん》は、柏《このてがしわ》（ヒノキ科の常緑喬木）の葉を陽光に干し粉末にして服用し、次第に肉類を避けるようにして、心を専一に勤めること七、八年、業火に焼かれるような身体的苦痛に耐えてやっと強壮な体となる。その間、夢の中で天界の上清天の宮殿に拝謁し、古来の仙人たちに挨拶すると、みな「柏葉仙人がやって来た」と言っては、遂に仙術を授け、彼の名を玉牌に金字で刻んで上清宮に所蔵した（〔柏葉仙人〕『広記』巻三五・出『原化記』）。

謝自然は、常に『道徳経』『黄帝内篇』を誦し修道に励んでいた。十四歳になった時、米の飯を食し「これはみんな蛆虫《うじむし》だ」と厭《いと》い、以後米穀を食べず、しばしば皂莢《さいかち》の実を

12　手に芝草（仙草）をもつ背に羽の生えた羽人（中央）と鳳凰（左右）　画像磚　後漢時代

煎じて服用していた。しばらくすると激しく吐瀉《としゃ》し、腹中から様々な虫がたくさん出て来た。すると、身体は軽くなり視力も増したので、これ以後柏の葉を食すこと日に一枝、七年後には、それも食べず、九年後には水も飲まずしていよいよ壮健であった（謝自然『広記』巻六六・出『墉城集仙録』）。

もうひとつ、人間界の食事を摂取したために天上界との交流ができなくなった仙女の話をあげよう。

ある夫婦が飢饉と戦乱に遭い、やむなく女の赤ちゃんを衣に包んで南山の岩の上に捨てた。たまたまこの難に遭った者が哀れんで連れ帰り、泉の水を松葉で浸して飲ませたところ、数日で元気になった。

一歳を過ぎると人語を解するようになるが、松柏しか食べない。口鼻からたくさんの毛が生え、五、六歳になると身が軽くなり空に昇ること一丈余り。折々に幼い異児が三人、五人と現れては共に遊ぶようになる。彼女は肘《ひじ》と腋《わきのした》の間からも次第に一尺ほどの緑の羽毛が生え、身体が軽くなり飛行できるようになって（12）、異児たちと海上に群れ遊び、西王母の宮殿に往っては、天上の音楽を聴き霊果を食べたりした。そして、月に一度は養父母の家を訪れ、名花やさまざまな薬を献上する。

後、十年経って賊が平らげられ混乱が収まったので、もとの両親が遺棄した子の亡骸を拾って葬ろうと山中に行ったところ、この養父母に遭いことの顛末を聞き涙に暮れた。父母は毎日のように一目娘に会いたいと願い、しばらくしてやっと面会したものの、彼女は軒の上に座ったまま降りて会おうとしない。父が嘆き悲しむので、養父母は「この人はお前の実の父母だよ。どうして降りて会おうとしないの」と呼びかけるが、頭を横に振って黙って空に飛び去った。

しかたなく父母は家に戻ったがなお思いは止まず、栗の実を買いこれを携えて往復しては会えるのを待った。数日してその子が戻って来たので、養母に呼んでもらうと空から降りて来た。父母はすぐに走って抱きかかえ暫く泣いて、共に家に帰ろうと諭すのだが、「私はここに居るのがとても楽しいので帰りたくない」と。そこで父母は持ってきた栗の実を食べさせた。

しばらくすると、異児たちが十人ほどやって来て、軒端の樹の上に休みながら呼んで言う。「一緒に遊ぼうよ。天宮で音楽会が始まるよ」と。娘は身を震わせて昇天しようとするが、そのたびに落ちる。異児たちは一斉に「地上の穢いものを食べたんだ。ああ厭だ」と言って、ちりぢりに去ってしまった。そこで父母は、彼女を連れて家に帰った。その後、人の妻に嫁して子供を二人産んだが、飢饉に遭い乳母となった（蕭氏乳母）『広記』巻六五・出『逸史』）。

このように、この世の食事を摂ることは、仙人としての能力を無効にするほどの禁忌であった。松の葉や実を食して夏冬の寒暑を超越し食事をせずとも飢えを感じないほどの能力をもった仙女が、地上の穀物を食し、初めは臭《くさ》くてたえられなかったが日々食するうちに平気になり、一年ほど経過すると身毛（羽衣）が脱落し、老いて死亡してしまったという話もある（秦宮人）『広記』巻五九・出『抱朴子』）。

神仙道教の世界では、穀物は陰濁した土地の気をもつゆえに、生命神を混濁させ、仙薬の効能を阻害し、胎内に取り込んだ元気を乱すと考えられ、また、穀物の摂取が身体内に三尸虫（穀虫）を発生させ、内臓器や精神を害し、欲望をそそり老化をうながすとされたともいう（麥谷那夫「穀食忌避の思想」）。

「五穀は命を剞《えぐ》りとる鑿《のみ》、腐臭の五臓は命を縮めるものだから、五穀を食せば長命は叶わない。もしも不死を望むなら、腸の中に穢れた滓《かす》があってはいけない」（『三洞珠嚢』巻三引「大有経」）といい、「長生を得んと欲する者は、腸中まさに清かるべく、不死を得んと欲する者は、腸中に滓無かるべし」、「草を食らう者は善《よ》く走れども愚かなり。肉を食らう者は多力なれども悍《らんぼう》なり。穀を食らう者は智あれど寿《いのちなが》からず。気を食らう者は、神明《あきらか》にして死せずと」（『抱朴子』雑応篇・「道書」）などともある。

七月七日の夜半、不老不死を願う漢の武帝のもとに西王母が降臨した折、武帝は盛大な宴会を開いて天下の珍味・美食を取り揃えるが、西王母はみずから天厨（天界の料理）を用意し地上の食事には手も触れないのみならず、人間界に降下したことそのものを「吾久しく人間に在りて、実に臭濁と為《な》る（ほんとにけがらわしいわ）」と嫌悪の言葉を発するのも（『漢武帝内伝』）、このことと対応した事柄である。

ちなみに、かぐや姫を迎えに来た天人が、直接地上に立たず、地上から五尺ほど（人の身長程度の高さ）の中空に留まるというのも同様に、穢れた人間界を忌避するからである。天界から降りて来た天仙が、じかに地上に触れないというのは、仙人の降臨場面によくみられる描き方である。

仙薬の効能――仙薬を飲む（神仙化）／吐き出す（俗人化）

そもそも仙薬とはなにか、仙伝にみられる仙薬およびその効能を探ってみよう。

まず、仙薬が異様な形状をしている例をあげよう。

蕭静之《しょうせいし》という人が地下からある物を掘り出す。人の手の形で艶々と肥えて紅色をしている。煮て口に入れると美味いので全部食べ尽くした。一月過ぎた頃、抜けた歯や髪が生え、身体に力が漲《みなぎ》り若返った。後に道士から、食せば、鶴亀と同じ寿命を得る仙薬で「肉芝」というものだと明かされる（〈蕭静之〉『広記』巻二四・出『神仙感遇伝』）。

朱孺子という者が二匹の花犬《ぶちいぬ》の後を追って枸杞の木の下に至り、その根を二つ掘り出した。その形状は「花犬」に似て、しかも石のように堅いので、竈《かまど》で三昼夜煮て、試みにその汁を嘗めてみると、忽ち嶺の上に飛翔し昇天した（〈朱孺子〉『広記』巻二四・出『続神仙伝』）。

酒食をもてなしたみすぼらしい一人の老人に食事を誘われる。出された食物は、肉が腐爛して耳目手足も半ば失われた蒸した児童の形をしている。こんなものは食えないと厭って遠慮した。その後で、これは「千歳の人参」という極めて得難い仙薬で、もしこれを食せば、白日昇天し上仙となったのにと明かされる（〈維楊十友〉『広記』巻五三・出『神仙感遇伝』）。

書生の何諷《かふう》が、かつて購入した黄紙の古書（巻物）を読んでいると、書物の中に巻き髪を見つけた。直径が四寸の環の状態をしている。これを断ち切ると、二つの切り口から水が一升も出た。これを焼くと髪の匂いがする。道者に聞くと、「ああ、そちは根っからの俗人、仙人になれない運命ぢゃ。『仙経』によれば、これは紙魚《しみ》（蠹魚《とぎょ》）が書中の『神仙』の文字を三度食すると化して成るもので『脈望』という。この環を夜、南中した星座にかざせばすぐに星の使いが降臨するから、『還丹（登仙の丹薬）』を望みなさい。それを水とともに服用すれば、即座に昇天できたのに」と告げられる。あらためてこの古書を閲覧してみると、いくつか紙魚に食われた箇所があり、その部分はみな「神仙」という文字であった（『何諷』『広記』巻四二・出『原化記』）。

もうひとつ、体内に蔵された「薬（仙薬・丹薬）」を吐き出すとたちまち仙人の資格を喪失して老衰・死亡してしまう話を紹介しよう。

道士の尹君《いんくん》は晋山に隠れ住み、五穀を食わず、常に柏葉をのみ食していた。髪は真っ白だが容貌は童子のよう。ある八十歳余りの老人の言うことには、「わしが幼年の頃にも会ったことがある。わしが七歳のときから会っているので、それからざっと七十年が経つ。でもちっとも年をとらないから神仙に違いない。もうわしは余命いくばくもない。あんたはまだ若いから、この尹君の姿を記憶にとどめておくとよい」と。そのことがあってからすでに七十余年が経つのに、この人の容貌は若いまま。おそらく千年、百年をも一瞬のこととして生きてきたのであろう。

当時、この尹君を敬慕する厳公は彼を自宅に招き大切に住まわせていたが、仏教を信奉するその妹のために、尹君はスープの中にトリカブトの毒薬を盛られる。死に際に、彼は口中から堅い物を吐き出した。それは不思議な香りを発し、割いてみると「麝臍《じゃせい》（雄麝《じゃこうじか》の臍《へそ》）」であった。この後、容貌は衰え歯も抜け落ちて、その日の夜には忽ち死んでしまった（〔尹君〕『広記』巻二一・出『宣室志』）。

ちなみに、この話の後半は以下のような内容である。この尹君を、汾水の西二十里の場所に埋葬したあくる年の秋、道士の朱太虚が龍に乗って晋山に至った時、山中で死んだはずの尹君に出会った。驚いて「どうしてこんなところにおられるのですか」と尋ねると、彼は笑って「毒薬などわしにはなんの効き目もないわい」と言って、たちまち姿を消した。

これを聞いた厳公は「神仙は不死である。死体を残してもぬける尸解仙に違いない」と言った、というものである。まるで、先にあげた紀長谷雄の『白箸翁』の種本のような筋立て・モチーフであることがわかるであろう（↓五七ページ）。

呂生は児童の時から日常の食事を摂らず、山上の「黄精」（薬草）の根を切って来て、これを煮て服用していた。十年後、世俗の食事を避け、ひたすらこれを服用すると、飄然と風のごとく身体は軽く健やかで寒風にも耐え、記憶力抜群。

母親が心配して、家族とともに常に普通の食事を摂るように迫るが拒絶する。そこで、母親は酒の中に豚の脂を入れて自分で飲んで「私はもう老人だ。それに酒は道家でも禁じてないからね」と言う。呂生は、「私は、幼少の時から酒の味は知らないから飲ませないで下さい」と断るが、母親は強いて彼の口鼻に近づけた。すると酒気を吸いこんだ呂生は、呼気とともに「一物」を口から吐き出した。長さ二寸余り、よく見ると、黄金の人の形をしている。

呂生は倒れ伏したまま困憊して起きあがれない。妹が機転を効かせて、これを香湯で洗い、呂生の衣の帯のところに結んでやると、しばらくして起き上ったが、六十歳近くになるまで黒々としていた漆黒の髪もみな白髪になってしまった（〈呂生〉『広記』巻二三・出『逸史』）。

杜巫《とふ》は、少年の頃に長白山中で遭った道士から丹薬をもらい、これを服用し、一切の食事を摂らずに壮健に過ごしていた。しかし太守（郡の長官）となった今や、このままでは人々に恐れを抱かせるので、この丹薬の除去の方法を思案する。

数年後、たまたま訪れた年若い道士からその方法を教えられる。指示に従って、豚の肉を食らいその血を吸うと、痰《たん》や涎《よだれ》とともに、栗の実のような塊《かたまり》を吐き出した。道士がそれを拾うと、とても堅くて、割ると膠《にかわ》の生乾きの状態で、その中に丹薬があり、洗うと手の中で緑色に輝いていた。杜巫が将来のために持っていたいと頼むが、道士は聞き入れず丹薬を呑みこんで立ち去った。

この若い道士は、かつて杜巫が長白山中で遭った道士の弟子で、杜巫の心変わりを知って「薬」の回収のために派遣されたのであった（杜巫）『広記』巻七二・出『玄怪録』）。これらの事例から考えられることは、「仙薬」は、それを体内に蔵している限りは不老長寿の仙人としての資格・能力を保持できるものの、いったんそれを体外に排泄してしまうと、たちまちその性能を喪失し、老衰死してしまうものだということがわかる。

次に、これらの話と関連して、『竹取物語』のかぐや姫とはちょうど正反対に、「薬」を吐き出し、人間界の女性の衣に着替え、天上界への帰還を断念し、人間界に留まる仙女の話をあげよう。

仙薬を吐き出し人間化する仙女

唐の貞元《ていげん》元年（七八五）五月のこと、崔氏の下女で十三、四歳ほどの妙女が、夕方、庭で水汲みをしていると、一人の僧侶が現れ、彼女の腰を錫杖で三度連打した。恐怖のあまり妙女は昏倒して心臓の痛みを訴えた。その後、精神が迷乱し治療の甲斐もない。数日してやや回復するが嘔吐は止まない。ようやく回復したものの食事は摂らず、また食べてもみな吐いてしまう。ただ蜀葵《たちあおい》の花と塩茶を口にするだけなのに、身体は引き締まり精神は爽快となり顔色も艶やか。

元気になった彼女の言うことには、「混迷した意識のなか、白い霧に乗って天界に連れて行かれました。その宮殿は厳かでまるで西方浄土のよう。その中にいる天仙の多くはみな、私の一族でした」と。彼女はもと、提頭頼吒天王の末娘であったが、天門間の秘事を漏らした罪で人間界に堕とされたのであり、天上世界と人間世界の二世に転生する者であった。

彼女自身の言葉によれば、「父と姻戚の者が揃ってこの地上世界を巡って尋ね求め、今、ここで私を発見したのです。僧侶に腰を打たれたのは、私の臓中の穢れた俗気を吐き出させようとしたもので、こうすれば再び昇天が叶うのです。また、天上のすみかは華やかで親戚や奴婢がいることも人間世界と同じです」と。(中略)

ある日、妙女は泣き悲しんで「天界の息子と母が私を呼び帰そうとしています」と言う。たいそう悲しげな様子で主人の娘に向かって「長いこと人間世界に暮らし、お嬢様をお慕いしていますので、このまま見捨てて去ることはできません」と。こうして泣きながら数日が経ってから、「昇天すれば二度と世上の人との往来はできなくなるでしょう。あなたはここに留まれとおっしゃいます。どうすればよいのでしょう」と。そこで

13　衫子　唐代以降流行した女性用半衣

妙女は、慇懃《いんぎん》に空に向かって天界との惜別の言葉を伝え、これ以降しだいに言葉をしゃべらなくなる。

そして、ついに、「お嬢様をお慕いしていますので人間界に留まります。また再びこの世の食事を摂ることにします。私に紅《あか》い衫子《さんし》（短い一重の上着・婦人服）を着せて下さい」と（13）。そこで、「薬」を吐瀉《はきだ》したので、衫子を与え着せたところ、だんだんと普通の食事を摂るようになり、まま、未来の予言をすることもあったが、全く効験が無くなってしまった（「妙女」『広記』巻六七・出『通幽記』）。

『竹取物語』の昇天の場面で、かぐや姫は着ていた自分の衣を脱いで翁夫妻に形見として与えた後、天人から勧められた不死の薬を嘗め、天の羽衣を着せられて、再び天仙として月世界へと帰って行くが、妙女は、ちょうどこれと反対に、天界への帰還を断念し、地上の娘の着る衫子をまとい、体内から「薬」を吐き出した後、普通の地上人として暮らすことになったという。この例から、「衣」（「天の羽衣」）と「薬」（不死薬）というものが、神仙ワールドのなかで、どのような機能・役割をもっているのかが、よくわかる。

仙薬の所持・獲得には資格要件がある

仙境への訪問がそれなりの有資格者にもたらされる偶然の幸運であるように、仙薬の獲得にはきびしい条件がある。時として、地上の俗人にとって仙薬は劇薬でもある。道術にすぐれた石旻《せきびん》が仙薬を用いて腐った魚を生き返らせたのを見て、ある人が自分の難病（腹部のしこり・癌）を治すためにそれを求めるが拒否される。なぜならば、「お前のようになんでも貪る俗人の臓腑の穢れに触れた丹薬の薬効は激烈な作用をもたらし極めて危険、死に至り兼ねないからだ」と諭される（「石旻」『広記』巻七四・出『宣室志』）。

仙界・仙人と人間界とは、時として、かくも隔絶した両界であることが知られる。ちなみに、これに関連した仙人の特殊な笛の演奏にまつわる話を紹介しよう。

二月の月夜に、笛の上手い呂卿筠《りょけいいん》が一曲吹いていると、その音色を愛でて一人の老人（仙人）が現れた。呂が教えを乞うと、懐から大・中・小の三つの笛を取り出した。一つは一抱えもある大きなもの、次は普通の大きさのもの、最後には筆のように極細のもの。そこで、呂が一曲吹いてみせてくれと頼むと、最も小さい笛以外はだめだと答える。

呂が全て聴きたいとせがむと、「大きな笛は、天上界で上帝や元君、上元夫人のために上天の音楽に合わせて吹くべきものだ。これを人間界で吹けば、天地は動き裂け、日月は光を失い五星は運行を乱し、山岳も崩壊するなどとんでもないことが起こる。また中ぐらいの大きさの笛は、洞府の仙人や蓬莱・姑射《こや》や崑崙の仙山に住む西王母ら仙人のために仙楽に合わせて奏するものだ。もしもこれを人間界で吹けば、沙石が飛び散り、飛ぶ鳥は墜《お》ち走獣は斃《たお》れ、五星は光を失い、幼い児は死に、人々は大混乱に陥り大変なことになる。しかし、この小さな笛はわしが朋輩と楽しむものゆえ、そちが聴いてもよかろう」と。

仙人が言い終わって三度吹くと、湖上に風が吹き起こり波浪が高まり、魚や亀が躍り騰《あ》がったので、呂とその従者たちはひどく驚き恐れた。さらに五度、六度吹くと、山上の鳥獣がけたたましく啼《な》き騒ぎ、月の光が暗くなり船頭もひどく脅え出したところで、演奏が止んだ（「呂卿筠」『広記』巻二〇四・出『博異志』）。

この話は、天界は地上世界とはきびしく隔絶され、その安易な接触は天地の安寧を滅ぼすほどの危険な行為・タブーとされており、両世界の交流には特別の機会を待つほかないことを物語っている。

このように、俗人には仙薬（不死薬）は与えられない。先に記したように、天人は、かぐや姫が翁夫妻に不死薬を渡すことを拒むが、天皇に不死薬を贈ることはあえて禁じない。ここには厳然とした差別がある。

古典文学中にあって帝は特別の存在である。仁明天皇の四十歳の長寿祝いに提出された造形物には、「天人は芥《けし》を拾わず、天衣も石を払うことを罷《や》め、翻《はねをひるがえ》して御薬を棊《ささ》ぐ」（『続日本後紀』嘉祥二年〔八四九〕三月二十六日）というように、天人が帝の長久・永遠の治世を寿ぎつつ不死薬（「御薬」）を奉献する模型が作られる。

「永劫」の「劫《こう》（一劫）」という時間の長さを仏教典では、一辺が一由旬《ゆじゅん》（約七キロ）の立方体をした城の中に、芥子粒を満たし、百年に一粒ずつ取り出して、全部とり終わってもまだ一劫は経過しない。また、一辺一由旬の立方体をした固い岩があり、これを薄い天人の衣で百年に一度払い、その岩が摩耗して消滅するまで払い続けてもなお一劫は終わらないという、気の遠くなるような長い時間をいう（定方晟『須弥山と極楽』）。「天人が芥を拾わず」「天衣も石を払うことを罷める」というのは、この故事をふまえたもので、永遠に時間が止まることを表し、仁明天皇の御代が永続することを願う表現である。

また、天皇即位式に付随して用意された山車（標山）にも天皇を神仙視する造形があったことは前述した（→七五ページ）。

ところで、帝の死は、一般に平安朝の国史類では、「昇霞《しょうか》」「登霞《とうか》」「登遐《とうか》」などと表記される。これは、天皇は死ぬことはなく、その崩御とは、仙人となって天界へ旅立つ意を表している。平安期の天皇の追善願文《ついぜんがんもん》における崩御の表現も、その地上的な死は仮のものであって、天上の仙界への旅立ちとして描かれるのが通例（様式的表現）となっている。「空しく鼎湖の雲を瞻望《のぞみみ》る」「龍駕の返らざる」などと、黄帝が鼎湖のほとりで龍に乗って昇天した故事（『史記』封禅書）に重ねて、帝の崩御を神仙と化し天界に昇ったと表現するのである。

天皇以外の願文では、たとえ皇族の血をひく貴人であっても「月の仙女の姮娥や崑崙山の西王母に頼もうとしても、そこは俗人の通える所ではなく、不死の薬を得ることはできない（死は逃れられない）」（『菅家文草』巻一二）とされ、明らかな区別（一種の制度的規制）が存在する（拙著『平安朝文学と漢文世界』）。『竹取物語』のこの箇所には、こうした区別（制度的表現）を見失った理解がままみられるが、古典作品中にあって天皇の存在は格別なものであることを忘れないようにしたい。

宿世の因縁——仙界・仙女との機縁

さて、地上界と仙界は隔絶され、容易に交流ができないものだが、地上の俗人と天界の仙人は、まま思いがけず遭遇し、チャンスがあれば交流する機会に恵まれることがある。仙伝類では、多くの場合、それは「宿分」「宿縁」「宿命」（三界に輪廻転生する現世に先んじた前世から定められた運命）によるものとされる。ある種の「決定論」によって説明されるわけである。

いくつかの例をあげよう。

「汝がここに来ることができたのは、そちの『宿分』に違いない。これから三十年間、飢えることもなく、穢れた俗情も薄れて行くであろう。もしも俗世の汚れを脱したなら不死の命を得られるだろう」と（厳士則）『広記』巻三七・出『劇談録』）。

雇われ使用人の下僕が、ふいに仙境に入り込んだところ、仙境の主人が「ここは仙人のいる所で、凡俗の人間が来るところではない。おまえには、きっと『宿縁』があるから、ここに来られたに違いない」と（麒麟客）『広記』巻五三・出『続玄怪録』）。

また、逃げた驢馬《ろば》を追いかけて洞中の仙境に入り込んだ男に告げた仙人の言葉は、「ここは人の世でなく仙人の住処である。この娘をそちの妻にしよう。このことは、前世に定められた『冥数（宿縁）』じゃ。逃れることはできぬ」というものであった（崔生）『広記』巻二三・出『逸史』）。

即ち同じ（『抱朴子』）弁問篇に、次のように言っている——諸々の仙道を得たものは、皆宿命によって定まっているのである。それはタマタマ神仙の気に遇い、自然に受けしものであるから、受胎の日から既に仙道を信ずる性質を有し、物心がつくと心にその事を好み、必ず明師に出会うてその法を得るのである。若《も》しその気を受けていなければ、初めから信じもせず求めもせず、たとえ求めても得ることができないのである（村上嘉実『中国の仙人―抱朴子の思想―』）。

このように、人間が仙境に入る、または仙人と遭遇するのは、その人となりの「宿縁」あるいは「仙骨（生来備わった資質）」によるもので、身分・権力・財力等のいかなる地上的な価値を積み重ねても、この宿命的な僥倖に祝福されなければ、仙界・仙人との接触は不可能だというのである。竹取の翁がかぐや姫と出会い、その助力を得て大富豪となれたのも、功徳を積んだ翁の宿縁によるのであろう。

「羽衣」の機能

衣（天の羽衣）着せつる人は、心異になるなりと言ふ。ものひとこと、言ひ置くべきことありけり。

『竹取物語』では、「不死薬」とともに「天の羽衣」が、重要な道具として描かれる。作中では、「不死薬」は人間界の俗気を取り除き天界へ戻るための身体浄化（仙人化）のためのものとされる。しかも「天の羽衣」は、天空を飛行するために必須の実用・機能的なツールではなく、人間的な心（喜怒哀楽・情欲）を超越した仙人となるためのアイテムとされる。では、〝神仙ワールド〟における「羽衣」は、どのようなものとして描かれているのであろうか。いくつかの事例をあげよう。

もともと「仙」の字の古形である「僊《せん》」は、人の魂が天上に上る（天界へ飛翔する者・天仙）の意で、「仙」（「仚」）は、文字通り山岳に住む人（地仙）を表したという。「羽化登仙」の語が表すように、本来は、身体に羽が生えて昇天すべきもので、漢代の画像磚《レリーフ》にはそのような姿をした仙人像が描かれていた（→一五〇ページ）。

仙人は、立派な羽服を着こんで風のようにどこにでも自在に飛行することができるが（『黄庭内景』）、その羽服とは、仙服のことで、仙人には五色の羽衣がある。また太一真人は九色の雲飛羽章《あまがけるつばさもよう》の衣を着るとされ、みな神仙の衣であるという（唐・梁丘子『黄庭内景玉経注』隠影章第二四）。

しかし、神仙小説類にみられるものの多くは、飛行とは関わりなく、もっぱら仙人の身分を示す衣服として描かれることが多い。

「仙人は羽翮《とりのはね》の襂《ひとえ》を衣とする」（『文選』一二・海賦・李善注）といい、仙人の桓闓《かんかい》は「天衣を服《き》て、白鶴に駕《またが》りて、昇天して去る」（「桓闓」『広記』巻一五・出『神仙感遇伝』）。同様に、

「我が羽衣を被《き》て飛龍に乗る」（『芸文類聚』巻四一―論楽）などとある。

殺意を持つ妻により洞穴に落とされた男は、なんとか底の一穴から異界へ出た。洞中の道すがらさまざまな仙草を食べて餓えを凌ぐが、それも尽きる頃、壮麗な宮殿のある都に入った。太陽や月はないが、とても明るく、そこにいる人は皆身長が三丈ほどもあり、羽衣を着ている。聞いたこともない美しい楽の音が響く（張華）『広記』巻一九七・出『幽明録』）。

これらからわかることは、「羽衣」は必ずしも物理的に飛行する道具というより、いわば仙人の制服という意味合いが強いということである。

親孝行で道術を学び穀物を避け隠棲していた荀瓌《じゅんかい》という男が黄鶴楼上で休息していると、西南の天空から鶴に乗った者が降りて来た。その「羽衣虹裳《うい こうしょう》」姿の仙人としばし歓談したが、去る時には、また鶴に跨《またが》り空に昇ってみえなくなった（『述異記』・魯迅『古小説鉤沈』）。

謝自然が静室（修道部屋）にいる時に、仙人がやって来て手招きして言う。「すぐに麒麟に乗って天に昇るぞ、天衣をもって迎えに来た。そなたの着ている衣は縄牀《ベッド》の上に脱ぎ残し、帰って来たら着替えて、天衣は鶴の背にかけておけ」と。そこで天衣を着て出発した。「行く時には麒麟に乗り、帰りは鶴に乗るのじゃ」と（謝自然）『広記』巻六六・出『墉城集仙録』)。

ここでは、身に着けていた衣に替えて天衣を着て昇天し、帰還するとまた平服に着替えるというが、天界への往復には別々の乗り物を利用している(上昇には麒麟、降下には鶴、14)。また、「天衣」の性質については、こんな話もある。

これは人間界には無いもので、試しに水に濡らし火に燃やしてみても、なんともない。「天衣」はどこからもって来たものかと聞くと、これは上元夫人の衣装蔵にあったものだが、そこの下役人が持ち出したのだ。その者は流罪となり地上界へ左遷された。また、

14　麒麟に乗る羽人　画像磚　前漢末〜後漢初時代(上)
鶴に乗る仙人　絹地残片　唐時代(下)

妄りにその天衣を着用した女は無限地獄に堕とされたという（「許老翁」『広記』巻三一・出『仙伝拾遺』『玄怪録』）。

『竹取物語』の昇天の段における「天の羽衣」が、天を飛行する道具というよりも、人間存在から天仙としての身分・境地をもたらす変身の具として描かれているのは、こうした仙伝の描き方をふまえつつさらに誇張して表現したのであろう。

『竹取物語』は、かぐや姫の天仙への変身を描きつつ、その間際（人間としての死）に、かえって最もかけがえのない人間感情・情愛・恩愛の尊さを力説する点で、神仙ワールドから大きくかけ離れることとなる。「羽衣」の機能を効果的に引用しながら、かえって地上的価値の大きさを浮き上がらせるというわけだ（↓一七六ページ）。

第七章　「謫仙譚」のプロット構成とかぐや姫

『竹取物語』が成立して百年足らず、はやくも『源氏物語』中にあって、「竹取の翁」と「かぐや姫の物語」のふたつの書名で呼称されていた。これは、本書の享受のあり方（主人公を翁とするか、かぐや姫とするか）の二面性を伝える情報でもある。一般に平安の物語の書名は、主人公名を名乗ることが原則ゆえに、古来の写本に共通する『竹取物語』の題号からすれば、主人公は翁ということになる。しかし、現行の『竹取物語』はかぐや姫を主人公とみるのが主流であろう。

かつて古典文学研究の難題のひとつに、『竹取物語』のテーマは何かということが、声高に喧伝された時代があった。物語の冒頭と結末の幻想的なロマンに魅かれておとぎ話（SFファンタジー）とするもの、あるいは五人の求婚譚の部分を根幹とみて貴族社会への批判・風刺の書とみるか、はたまた、昇天の場面のクライマックスに焦点をあてて、親子・男女間の普遍的な人間愛を訴えたものである、等々、主題をめぐる議論は容易に収束をみない。しかし、これらはいずれも作品のある部分を強調（誇張）しての評価に過ぎない。

この物語の全体的な構成・構造はどこから着想されたものであろうか。最もわかりやすいのは、『竹取物語』全体が、形式上、富士山の地名起源譚としてあることであろう。この様式（容れ物）は、古層となった伝承の型を踏襲したもので、いわば在来種からの贈り物である。ただし、古来の伝承的形式を借りながら、それをパロディーとしてひとひねりしているところは、本書の〝創作性〟でもある。あくまでも形式として借りたまでである。

これに対し、形式のみならず、全体構想と関わって大きな拠り所を提供したのが、神仙小説中にみられる、ある型であった。それは、九世紀後半期を中心とする男性知識文人社会で熱烈な愛読のうちに形成された共同の表現類型として熟知されていた、謫仙（女仙）小説に共通する話型とみられる。

六朝・唐代小説にみる「謫仙譚」のプロット構成

六朝小説以来の謫仙譚の話型は「謫降→受難→回帰（天上界への帰還）」というプロット（筋立て、小説のしくみ・構想）からなるが、唐代小説ではこれを継承するとともに、（ア）叙述の重点が「受難・試練」のプロセスに傾斜する、（イ）仙人と人間界の男女との交流（恋愛・恩愛等の情愛）が充実化される、の二点が顕著になるという。しかも、この「受難」の場面にあって、主人公は卑賤な身分に身をやつし――彼らはみな不如意な人生の困難に遭遇し、自殺や痛苦、狂人を装うなど、劣悪な環境下に置かれる等の――試練・贖罪（一種の懲罰）のプロセスの後、突然、みずからの謫仙の身分・境涯（謫落の理由・罪）が暴露されるや、情愛・俗情を断ち切り仙人の地位を回復し謫期満了とともに天界へ復帰する話型を好んで利用したとされる（『誤入与謫降』）。

なお、謫落あるいは降臨した仙女との別離に際し、『竹取物語』と同様、しばしば詩歌の贈答・物品の贈与があるのも、これら仙伝における類型の一つ（〔成公智瓊〕『広記』巻六一・〔崔少玄〕同巻六七・〔郭翰〕同巻六八・〔沈警〕同巻三二六等）。これは、本来仙薬や仙術・仙経の贈与であったものが、宗教性を脱し、この種のプロットの世俗化により、男女の定情（婚約・誓約）の品物に替わったのだという（『仙境　仙人　仙夢』）。

受難・試練の一例をあげれば、親族もなく下賤な身で苦役に従事したり〔陽平謫仙〕、貧乏書生の下働きであったり〔権同休〕、主人に仕える下女の身分である〔妙女〕等のほか、許碏は科挙の受験に何度も失敗、晩年は酒におぼれた狂人の振る舞いをし（『広記』巻四〇・出『続神仙伝』）、また万宝常は子もなく病がちゆえ、妻に財産を持ち逃げされ餓死に瀕する（同巻一四・出『仙伝拾遺』）といったものである。

（道教的には）人間世界への謫落とは、心性の試練であり贖罪の宗教的意義をもつ。この修道者の試練とは、塵俗中に留まったり、深山幽谷に隠居するのみならず、物質的・精神的なあらゆる困苦を乗り越えて精神の高みに至ることで救われるもの。

仙道小説のプロット構成の観点からみれば、謫落の場面で賤役に甘んじ和光同塵式に身をやつした境涯を経て、やっと悟りの境地に至るのである。その際、人為を超えた「命定・宿縁」観を受容し、男女・親子の恩愛の情欲を断ち切り、神仙道の真髄の体得によって、一切の世俗の情縁を離れ、謫期満了とともに仙界へ旅立つのである（『誤入与謫降』）。

この指摘にあるように、こうした話型は道教者の試練を経て得道に至る修道の過程をモデル化したものであったがゆえに、その安定した様式が伝奇小説類に広く迎えられたのであろう。

謫仙女・かぐや姫の「受難」——難題求婚話

このようにみてくると、物語中、そのほとんどを充当して語られる求婚譚（五人の貴公子＋帝）は、贖罪として謫降された天女の受難という謫仙小説に共通する話型によって語られていることがわかる。かぐや姫は、多くの求婚者に言い寄られては、しばしば危難に逼《せま》られ

（試練の一）、人間としての性情に目覚め、いよいよそれを深めるや、最愛の帝との情愛をも断ち切られて昇天する（試練の二）等は、仙道小説における謫仙の地上界における「試練・懲罰」の型を借りて、物語文学が、新たに提起、創造する「あはれ（情愛）」を特化し主題化させたものであろう（15）。

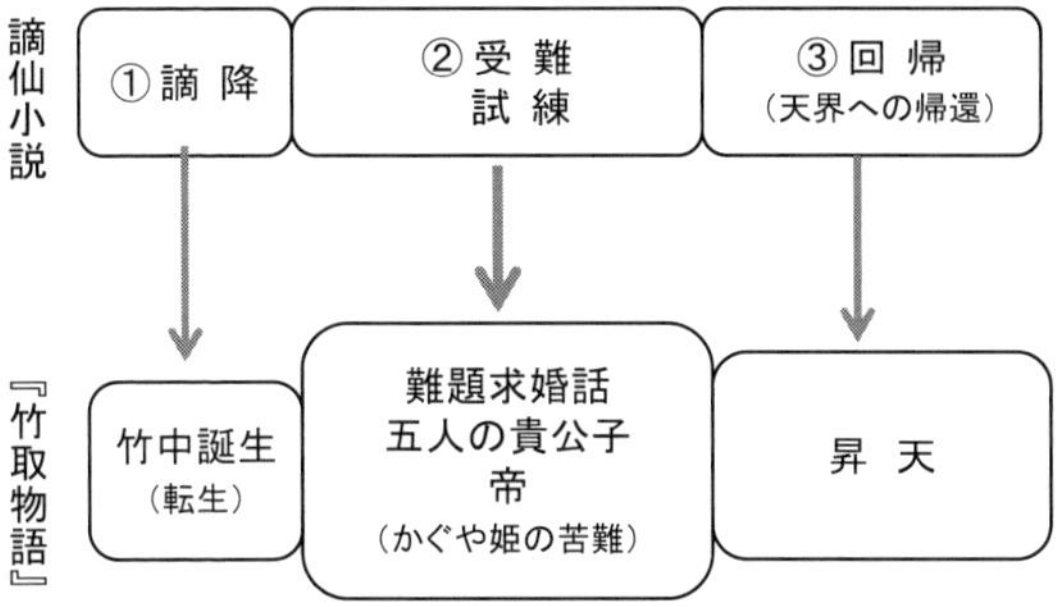

15　謫仙小説と『竹取物語』に共通するプロット構成

「謫降」をこのように意味づけることに関しては、中国文学研究者にも同様の理解がある。

> （謫降とは）いずれは本いた所に還るべきであり、この地にいることは仮の、一時的な、偶然の廻り合わせである。（中略）つまり現世凡俗の生を延長して仙人の境界に達するというのでなく、本来仙人である人、「仙」の資格を得た人間が、罪によって人間界の苦しみに遭い、理想界からは転落したけれど、その苦しみは永久に続くべきでなく、堕落してのちまた向上する時機があると考えられている（宮川尚志「謫仙考」）。

崔少玄の場合は、あるいは結婚という俗世の縁が夫の盧陲を好道の高士に育てる。それは、生まれた時から盧陲と結ばれることが運命づけられている前提があり、この夫との生活が崔少玄の謫期の全てであることを考えると、結婚という俗世とのしがらみの中で生きることが課せられた罰であったのかもしれない（山田利明「謫仙の構造」）。

多くの過酷な試練の後、主人公は再び仙人資格を回復して天界へ戻るという定型をもって完結するのが、この仙道小説の枠組みであり、謫仙女・かぐや姫を主人公にした時点で、『竹取物語』もまたこの枠組みを踏襲することになった。形式上の地名起源譚の枠組みが旧来の伝承的遺産だとすれば、こちらは、最もホットな最新流行の外来種ということができる。

『竹取物語』のクライマックスのシーン。仙女としての身分を回復して天界へ帰還するかぐや姫は、翁夫婦や最愛の帝との別れに際し、恩愛や愛情というかけがえのない人間的な感情を深々と抱き、切々とこの真情を吐露する。これに対し、神仙小説では、趙旭のもとに降臨した仙女は、彼を残して天上界へ帰還する際に、次のような言葉を告げる。

「お別れです。修行に勤めなさい。そうすればまたお会いできるでしょう。大切なことは、心を死なせれば生を身につけることができるし、精を保てば神を致すことができるのです」と。仙女が与えた『仙枢龍席隠訣』五篇は、その内容に隠語が多かったが、彼に読み方を示し教えたので、深く理解することができた。

朝になり、いよいよ別れ。手を取り合ってむせび泣くと、仙女は言う、「悲しみはどこからくるの」と。彼は答える、「心に在りて牽《ひ》かれるのみ」と。仙女はさらに言う、「身は心に牽かれるもの。心に捉われれば「鬼道」に堕ちるわ」と。言い終わるや、昇天して忽ちにみえなくなった。すると、今まであった室内の豪華な調度や道具類は全て消滅してしまった（趙旭）『広記』巻六五・出『通幽記』）。

これは、仙界への昇天を勧める仙女が地上人に向かって教えさとす言葉で、すべての喜怒哀楽・俗念を断ち切ることを強く迫るくだりである。「悲しみは心から生じる」「その執着心こそが身を鬼道（冥府）に堕落させるのだ」「心を死なせなさい」「心を消滅させれば永遠の寿命を得るのだ」という忠告は、いわば、かぐや姫が予測する人間感情を超越した仙人の境涯への誘いである。これは、ちょうど、『続浦島子伝記』に描かれた、仙人資格を失わないようきびしく人間感情（欲情）を滅却することを勧める仙女・亀媛の言葉と同様のものである（→二四九ページ）。

これに対して、『竹取物語』では、人間感情の喪失を前に、綿々と情愛の大切さを述べる。天人に向かって「物知らぬことなのたまひそ（心ないことをおっしゃるな）」と叱責するかぐや姫を描く『竹取物語』作者の位置は、かの仙道小説の言い分と比べ、おのずから明らかであろう。

『竹取物語』は、当時大流行していた、世間の熱愛の渦中にあった神仙ワールドの世界観を十二分に生かしつつ、なお、これを一つの材料として相対化し、むしろ、仙道修行からは最も忌避される、人間感情、恋愛・恩愛をこそ、かけがえのない地上的な価値として提起し、浮き彫りにしようとしたものであったことがわかる。

謫仙人の二つのタイプ――自覚型と覚醒転換型

ところで、かぐや姫は生得の異能を発揮し、かつ自分が人の胎内からの所生でない（竹の中から誕生した）異人であることを知りつつも、求婚者の詐術に一喜一憂しながら物語は進行してゆく。かぐや姫の正体を知る作者（語り手）は、彼女をしばしば仙人としての造型を織り込んで描いてはいるものの、いったい、彼女が天仙であることを悟り確信したのは、いつのことであろうか。本文を読むと以下のように書かれている。

「かやうにて、御心を互ひに慰め給ふほどに、三年ばかりありて、春の初めより、かぐや姫、月のおもしろう出でたるを見て、常よりも物思ひたるさまなり」「さらずまかりぬべければ、思し嘆かむが悲しきことを、この春より、思ひ嘆き侍るなり」とあることからすれば、それは昇天の年の春の初め頃のことと知られる。かぐや姫は、人間としてのその生涯の大半を天仙であることを自覚することなく過ごし、昇天の半年あまり前に知ったかのような書きぶりである。それ以来、彼女は天上界への帰還延期を何度も頼むが拒絶されたというから、昇天直前まで天界と密接な交信をしていたことがわかる（16）。

　こうしたかぐや姫の造形もまた、次に掲げる神仙小説に見られる謫仙人の二つのタイプ（自覚型／覚醒転換型）を参照すれば、それらにならった描き方であったことがわかる。

　前者（「自覚型」）の例としては次のようなものがある。五歳の幼児が亡くなり、妻は亡骸をなでて嘆くが、夫である王賈《おうか》は泣かずに、みずから謫仙の身分を明かし、今の夫婦関係や子供は仮のものだと伝える（「王賈」『広記』巻三二・出『紀聞』）。また、母が神夢を得て懐妊し生まれた崔少玄は、生来の異能を発揮する絶世の美女となり、右の掌《てのひら》には嫁ぐべき男の名（盧陲）が書かれている。結婚後、夫が武夷山麓で仙女の紫霄元君《ししょうげんくん》から妻の出自を知らされ、それを妻に伝えると、彼女はみずからの天上界での身分・経歴（無欲天で玉皇帝の左持書を勤めていた玉華君である旨）を明かす（「崔少玄」『広記』巻六七・出『少玄本伝』）。

16　天衣を着て鳳凰に乗り、天界へ文書を伝達する仙人

　さらに、霊妙な秘術を駆使する下働きの夫婦が、

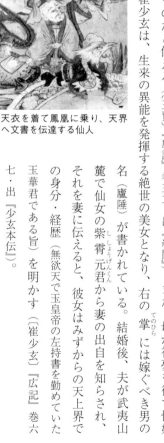

雇用主からその異能を問われると、天上界での身分を明かし、「我らは陽平洞の仙人で、ささやかな過失を犯した罪を受け人間界に謫落させられたのだ」と告げる（〈陽平謫仙〉『広記』巻三七・出『仙伝拾遺』）。これらは、当初より謫仙としての身分を自覚しつつ地上世界で暮らすタイプである。

これに対し、みずからの出自・経歴等を知らぬまま生活し、その後ある出来事をきっかけとして仙人としての身分を自覚するという、いわば「覚醒転換型」というべきものがある。かぐや姫の造形は、どちらかといえば、こちらのタイプに相当しよう。

妻と結婚して、五、六年経ったある晩、空中で自分を呼ぶ一声を聞きつけ、門外で天人と何事か談話した後、妻に身分を明かす例（〈李仙人〉『広記』巻四二・出『広異記』）や、三歳で漁師に拾われた後、十余歳で天からの迎えを受け、昇天に際して養父に身分を明かす例（〈杜蘭香〉『広記』巻六二・出『墉城集仙録』）は、いずれか不明確だが、次のような事例は、明らかに「覚醒転換型」とみられる。

ある夜、前に逢った神仙が天上から降りて、万宝常の出自を知らせ、「そなたは、あの素晴らしき天上界の楽しみを捨てて、人間界の塵俗に沈んでいるが、その罪の期限も尽きた。かの天上界の宴会を思い出したかい」と言い、遠い記憶をたどるように誘われ、彼は驚きと り乱すが、しばらくすると仙人の身分に目覚め、隣人にその旨を伝える例（〈万宝常〉『広記』

巻一四・出『仙伝拾遺』）。また、年齢十三、四歳頃まで普通の婢として暮らしていたが、ある夕方、僧侶が現れその錫杖で腰を三度打たれて心臓の痛みに昏倒・迷乱、嘔吐が止まず、以来五穀を摂らずに回復した後、みずからの出自・経歴等、天上世界のことを語り出し、以後、霊力を発揮し、天界へ自由に行き来する例（〔妙女〕『広記』巻六七・出『通幽記』）などがこの一類である。

おそらくかぐや姫は、昇天する年の春の初めに、天界からの明確な啓示を受け、謫仙人としての身分（謫落期限の終了と天上への帰還時期）を確信したのであろう。天界との接触に先立って、あらかじめ予言的伝達があるのも、この種の仙伝の類型である（〔愕緑華〕、〔成公智瓊〕、〔張佐〕、『漢武帝内伝』他）。

このようにみてくると、『竹取物語』は、当時熱烈に愛読されていた神仙小説の話型やモチーフをふんだんに利用して成り立っていることがわかる。当時の読者を取り囲んでいた神仙ワールドを共有することで、現在の読者にはわかりにくい作品表現のあれこれが、より理解しやすくなるであろう。

第八章　「仙境訪問譚」のプロット構成と浦島

さて本章では、天界の仙女かぐや姫を描く『竹取物語』（「謫降型」）とほぼ並行して、当時の神仙ワールドを共有しながら再登場した、もうひとりの仙人（地仙）、浦島を主人公とする『続浦島子伝記』（「誤入型」仙郷訪問譚）に焦点をあてたい。同書の検討に進む前に、ここであらためて奈良朝の『浦島子伝』の内容を確認しておこう。

『浦島子伝』――仙境に行った男仙

現存する最古の『浦島子伝』は、『釈日本紀《しゃくにほんぎ》』に引用された『逸文丹後国風土記』（天平年間〈七二九―七四九〉頃成立か）所載のもので、今は失われた奈良朝（持統《じとう》・文武《もんむ》朝）の伊預部馬養が著した伝記の面影を伝えるものとされるが、現行本文は、馬養の没後伝来した『遊仙窟』の引用もあり、筆写・受容の過程でいくぶんかの改作の手が加わっている。その梗概は以下の通り。

雄略天皇の御代（『日本書紀』〔七二〇年成立〕によれば、雄略二十二年〔四七八〕七月）に、浦島子が海中にて三日三晩漁をするが、全く釣果が無い。魚ではなく五色の亀を釣り上げた（千歳の亀には五色が備わり、玄妙な五色のあや模様をつけた亀は「霊亀」で「神霊の精」だという）。そこで舟中に置いてそのまま眠ったところ、亀はこの世の者とも思われない美しい婦人となった。

浦島子が「こんな海中にどなたがやって来られたのですか」と問うと、にっこりとほほ笑んで「粋《いき》な人がいるので、親しくお話をしようと思い、風雲とともに来ました」と。「風雲はどこから吹いてくるのですか」と聞くと、「天上の仙界から来ました。仲良くしましょう」と答える。浦島子は神女だと悟り疑いを解いた。神女（亀媛《かめひめ》）は「永遠の夫婦となりましょう」と言い、浦島子も同意して蓬莱へと向かう。

神女の指示に従って眼をつぶると、たちまち大きな島に至り、人間界では見たことも聞いたこともない立派な宮殿に到着した。手を携えて大きな邸宅に至ると浦島子を門外で待たせ、神女は戸を開けて室内に入る。そこへ七人の童子と八人の童子が現れ、この人は亀媛の夫だと言って案内する。

神女は、「この七人の童子はすばる（昴星《ぼうせい》）で、八人の童子はあめふり（畢星《ひっせい》）です。

ご心配なく」と言う。神女の父母に挨拶し、盛大な宴会となり、仙界の豪華な酒食や美女たちの舞いの供応をうけ、知らぬ間に宵となる。美女たちが去った後、一人とどまった神女と情交し歓楽の日々を過ごす。

三年が経つと、浦島子は望郷の思いに駆られ、憔悴した様子を心配する神女に向かって、帰郷の意志を打ち明け、両親に逢いたいとせがむ。神女は「永遠の契りを捨ててなぜお帰りになるの」と嘆くが、ついに離別する。玉匣《たまくしげ》を贈り、「再びここへ戻ろうと思うならば、決して開けてはなりません」と戒める。

浦島子は別れて舟に乗り、教えられたように目をつぶると、忽ち郷里に帰ることができた。しかし、故郷は一変していて呆然。そこで里人に問うと、「そんな大昔の人の事を尋ねるなんて、あなたは誰。そういえば、古老の言い伝えに、水の江の浦島子という者が一人で海に出たまま帰って来ないと。あれから三百年が経つが、どうしてそんなことを訊くのか」と答える。失望してただ一人里をさまようが、十日間過ぎても知人は誰一人いない。

玉匣を撫でて神女を慕い、約束に反し玉匣を開けると若々しい身体は風雲とともに空へ飛び去った。浦島子は二度と会えぬことを悟り、泣きさまよい、涙をぬぐって歌を詠む。

「常世《とこよ》べに雲たち渡るみづのえの浦島の子がこと持ち渡る（亀媛の住む常世（蓬莱山）へ向かって雲（浦島の魂・寿命の気）がたなびいて行く。私の愛の言葉・思いを込めて）」。神女もこれに応えて「大和べに風吹きあげて雲離れそきをりともよ吾《あ》を忘らすな（貴方の故郷の方に風に乗った雲（浦島の魂）が漂い去っても——約束を破って玉手箱を開けたからといって——私を捨てないでおくれ）」との一首を詠む。これに続けて、さらに浦島子の歌があり、さらに後世の人の追和歌が付け加わる。

以上が、おおよその内容である。浦島の相手の神女が亀の変身したものだというのは、神仙・道教的な世界にあって亀が神霊な特別な存在であることがおおいに関係していよう。たとえば『抱朴子』（対俗篇）には、不老長生者の存在を説得する証例に、しばしば長寿の亀がとりあげられ、「千歳の亀には五色が備わり、その額の上の両骨には角のようなものが生え、人の言葉を理解する」とか、「亀に不死の法あり」などの記述がみられる。

また、亀を助けたことから、その恩義に感じた亀に水界中の仙境での宴会に招かれるという話（〈蒋琛〉『広記』巻三〇九・出『集異記』）や、亀が美女となり男をたぶらかす話（〈朱法公〉同巻四六九・出『続異記』）などが神仙小説類にみえる。

一例をあげれば、

劉交という者が、若耶渓に居たところ、蓮を採る賑やかな笑い声がした。柳の枝を切って身を隠しながら様子を窺っていると、青緑の衣を着た十人余りの女性たちが林の中から出て来て、蓮田に入って歌を合唱している。劉交が舟を漕いで近づくと、みな亀に姿を変えて水中に潜ってしまった（『幽怪録』／『淵鑑類函』巻四四〇）。

このことも含め、奈良・平安時代の漢文で書かれた浦島の伝記が、その成立の当初から、いかに中国種の仙界訪問譚（「誤入」型）のプロット構成（話型やモチーフ等）を参照・借用して書かれたものであるか、煩を厭わずに、以下に掲げてみよう。

仙境で仙女に遇う神仙小説——浦島型仙伝の諸相

ある男が偶然仙境にまぎれ込み、美麗な仙女に遇うという、いわゆる「遇仙女説話」＝「浦島型仙伝」の最も早期のものから順にあげると、以下のようなものがある。

①呂恭が太行山中で薬草を採取しているうちに、三人の仙人に遭遇した。二日間共に過ごし、「秘方一首」を得て、帰宅しようとすると、「おまえがここに来てから二日が経つが、人間界では二百年が経っているよ」と。帰宅してみると家に誰も居ず子孫も居ない。

ようやく数世代後の趙輔という者に遇い、家族のことを問うと、「そういえば、先人から聞いたところによれば、昔、呂恭という人が太行山に採薬に行ったまま行方不明になったということだ。多分虎狼に食われたのだろう。すでに二百年が経つ」と言う。そこで、呂恭は数世代後の呂習に会って事情を伝えたところ、習は狂喜した（呂文敬『広記』巻九・出『神仙伝』）。

②洞庭山には霊洞があり、中は常に燭《あかり》が前途を照らすようで、異香《ふしぎなかおり》が馥郁とする。薬石採りの人が中に入って十里ほど行くと、春の花や柳が咲き茂り壮麗な宮殿があり、そこで美女たちに遭遇した。仙薬を貰い、管弦の宴の歓待を受け、帰郷に際して、仙書「丹醴《たんれい》の訣《おくぎ》」を贈られる。

旧里に帰ってみると皆知らぬ人ばかり、やっと九代後の子孫を探し当てたが、その者の言うことには「遠い祖先が洞庭山に薬を採りに行ったまま行方不明になり、以来、三百年が経った」と（『拾遺記』洞庭山）。

③袁相と根碩は、深い山中で羊の群れを追いかけて山の穴に入り、別天地を発見した。十五、六歳の美女二人が出迎え、「ずっと待っていたのよ」と言われて二人は結婚した。

しかし故郷恋慕の思いに堪えられず帰宅することにする。別れ際、一つの「腕嚢《わんのう》（腕に紐で着けた袋・ポーチ）」を贈られ、「決して開けて見てはならない」と忠告される。家に帰った後、家人がその嚢《ふくろ》を開いてみると、それは蓮華の花びらのように、一片《ひとひら》剝《は》がすとまた一片、五枚まで剝がしたところ、中には青い鳥がいて、一瞬のうちに飛び去った。

根碩はこれを知って深く嘆いた。後、彼が田で耕作をしている時、家人がいつものように昼餉《ランチ》を持って行くと、田圃の中でじっと動かない根碩を見つけ、近づいてよく見ると、身体は抜け殻のようになっていた（身体を残して昇仙した、いわゆる「尸解仙」）（『捜神後記』）。

滝沢馬琴『燕石雑志』（文化八年〔一八一一〕刊本・巻四「⑥浦島之子」）は、『浦島子伝』の「玉手箱」は、この「腕嚢」を模倣したものだという。なお、贈られた「腕嚢」は、肌身にじかに着ける袋で、その中に入っていた「青鳥」とは、仙界と人間界を行き交う西王母の使者で、仙女が残した予言や戒め（現世での死と仙界での再会）を寓意したものともいわれる（『誤入与謫降』）。

④後漢の明帝の永平《えいへい》五年（六二）、劉晨《りゅうしん》と阮肇《げんちょう》は一緒に天台山中に穀皮（造布、造紙の原料）を採りに分け入ったが、道に迷い、十三日目には飢餓で死にそうになる。遥か山上の桃の実を攀《よ》じ登って採って食べると餓えは収まり元気になった。山を下りて川の水を飲もうとすると、山腹から新鮮な蕪《かぶら》の葉や胡麻飯《ごまめし》（「胡麻」は不老の薬種。→⑥）の粒のついた椀が流れて来たので、川上に人家があるのだと確信してさかのぼって行くと、広い渓流に出た。

そこには容姿端麗な二人の美女がいて、笑いながら「劉さまと阮さまのお二人が失くした杯をもって来てくれたわ」と言い、まるで昔馴染みのようにふるまう。「もっと早く尋ねて来ればよかったのに」と言って招かれた家は豪華な建物。多くの侍女が食事を用意し甘美な酒食のもてなしがあり、婿の到来を祝して宴会となる。

二人はそれぞれの美女と結ばれ歓楽の限りを尽くして過ごす。そこは多くの春鳥が盛んに鳴く常春《とこはる》の世界。十日の後、帰還したいと言ったが、留められてさらに半年を過ごす。なお望郷の思いが止まないのをみて、「前世の罪の報い（宿命）なのですね、致し方ありません」と、やむなく帰郷が許される。

家に帰ってみると、家屋も人々もすっかり変わりはて、知っている人は誰も居ない。ようやく七代後の子孫を尋ねあてた。彼の伝え聞くところによれば「ずっと昔に、山に入って道に迷いそのまま帰らなかった先祖がいた」ということを知らされる。その後、太元《たいげん》八年（三八三）に、二人は忽然と姿を消したまま、その後の行方はわからない（『幽明録』／〔天台二女〕『広記』巻六一・出『神仙記』は、文章が異なり、末尾も「郷邑《ふるさと》は零落《あれはて》て、已に十世なり」とする）。

この話は平安中期の『世俗諺文』に「七世ノ孫《むまご》　本朝浦島同事也」（続斉諧記云）と掲げられ、浦島説話との共通性が認識されていたものでもある。

なお、これに類似したものに、次にあげる「元・柳二公（元徹・柳実の二人）」という、劉晨・阮肇の故事（④）をふまえる類話がある。

⑤元和の初め（八〇六）頃、元徹と柳実の二人は旅の途中の港で突然の暴風に見舞われ、流された舟は島に漂着する。海面から巨獣が首を出して、眼に電光を光らせて辺りを覗《うかが》い、ぐるっと見回ししばらくすると没した。ほどなく紫雲が海面から湧き出し一面に広がる。中には五色の大きな芙蓉《はすのはな》があり、高さ百余尺ほどで、花弁《はなびら》が開き、中に帳幄《カーテン》があり、最高級の織物のように、眼もあやに光り輝いている。

17　合〔盒〕（蓋付きの容器）唐時代

また、虹の橋がたちまちに広がって島の上に掛る。天王の尊像のもとに双鬟《みずらゆい》（童児の髪型）の侍女が「玉合」（宝石仕立ての蓋付きの容器）を捧げ（17）、黄金の炉を持ち蓮の葉の間から現れ、消えかかった灯火を替えると灯心から不思議な香が漂った。

……やはり人間界が恋しくなり帰還を熱望すると、すぐに仙女の南溟夫人が来臨するから、彼女へ頼めば悪い様にはしないと言われる。やって来た南溟夫人は笑ってこう言う。「その昔、天台山に劉晨と阮肇が紛れ込んで来たが、今は、柳実と元徹がやって来たのね。昔に劉阮がいて、今また元柳がいるとは、天の思し召しに間違いないわ」と。やがて宴会になり、食事が出されるが、二人には禁止され、別途人間界の食事が宛がわれる。

……夫人は、別れに臨んで一尺余りの大きさの「玉壺」と、併せて「玉壺詩」を贈る。突然、長大な橋が現れ、その欄干の上には、この世のものとは思われない不思議な美しい花が咲き乱れている。二人がこっそり花の間から覗くと、千頭の龍と万匹の蛇が互いに絡み合いながら橋を作っているのがわかる。……もとの港へ戻ると十二年経っていた。故郷へ帰ったが二人の妻は亡くなっていた（〔元柳二公〕『広記』巻二五・出『続仙伝』）。

さらに、次にあげる「採薬民」の話もほぼ同様の構成要素を備えたものである。

⑥唐・高宗の顕慶年中（六五六―六六一）に、蜀郡に住む民が青城山の麓で薯薬（薬効のある薯《いも》）を掘り出そうとした。その根は巨大で甕のよう。五、六丈余りの深さまで掘り進んだ所で、陥没して十余丈ほど下に落下して出られなくなった。下に小さな穴を見つけ、匍匐《はらばい》して行くこと数十歩、明るい方をめざしてたどること一里余り、だんだん穴は広くなりさらに一里行くと洞の出口に至った。

その辺には十歩ほどの広さの川があり、岸のほとりに数十軒の村落を発見した。まるで常春のような景色で、男女の衣服も今とは異なっている。三日間飲まず食わずで飢渇を訴えると、胡麻飯と柏の実のスープをふるまわれ、数日すると身体がやや軽くなった。

「ここは一体どこですか、帰り途はどこですか」と尋ねると、「俗世の人間だから、ここが仙境だと知らないのだな。お前がここに来られたのは、仙人になる資格を持っているに違いない。しばらくここに留まりなさい。これから玉皇に拝謁しに行こう」と。

そこで、雲気に乗り、あるいは龍や鶴に駕って到着すると、ただ独り金玉で飾った宮殿の門外に待たされた。門の外に、この世のものではない大きな赤い牛がいて、眼を閉じて涎を垂らしている。そこの主人が現れて民にこの牛を礼拝させ仙道のことを乞う。

すると牛が「宝物」を吐き出したので、即座に呑み込んだ。この民もそのまねをして拝むと、しばらくすると牛は、今度は赤い珠を吐き出した。直径が一寸余りの大きさ。民が採ろうとすると、赤い衣を着た童子が拾ってしまった。民がもう一度拝むと、青い珠が出て、それを青衣の童子が取る。次には黄色の、さらにその次には白色の童子が拾って呑んでしまう。

そこで、民は一計を案じ、拝むなり牛のくちもとに手をあてるようにしたので、うまく黒い珠を手にいれ呑むことができた。遅れて黒衣の童子がやって来たが、何もないので空しく帰って行った。そこで、主人は遂にこの民を玉皇に拝謁させたのである。

玉皇の宮殿に行くと、冠と剣をつけた七人の侍者が左右に並び、数百の玉女が殿庭で侍っている。この世のものでない良い香りの珍しい花や果物がある。玉皇が言うことには「汝はまだ修行半ばだが、日頃の勤勉に免じてここに来ることができた。さらに勤めるように」と。

玉盤に仙果が盛られ、それは、紺と赤い色をして拳《こぶし》の大きさ、林檎のようで、この上なく良い香りがする。「好きなだけ手に取れ、その数だけ侍女を侍らそう」と言われたので、貪るように十数個をとって捧げると、玉皇から、「汝の身のほどでは三個だけだ」と言われ、三人の女を宛がわれた。

決められた一室で道士たちに導かれて修行をした後、元の場所に戻ると、様々な伝来の真経を伝授され、薬を服用し気を取り入れ、俗情を洗い清め、三人の侍女からも道術を教わった。その地は常春で草花が枯れることはない。

民は、一年が過ぎ仙道も成就したと思い、家人のことを思い出し嘆いて、「私は、得道したとはいえ、たまたまここに来ただけです。来る時、妻が一女を産んで数日が経ったところでした。家も貧しいので早く帰りたいのです」と訴える。それに対して玉女は「そなたが家を離れてから長い時が経った。妻子ももう死んで生きてはいません。それほど帰りたいと思うのは、塵念《じんねん》が未だ拭い去られていないからでしょう」と答える。

そこで民は「もう一年修行をします。それから帰っても妻子はきっと無事でしょうから」と。そこまで言うので、玉女は、やむなくその旨を仙界の人々や玉皇に告げると、玉皇も帰還を許した。やがて音楽や飲食の宴会が催された。

三人の侍女も別れに臨んで、各々黄金一鋌《ひとかたまり》を贈る。「人間世界に帰るために、これを費用になさい」（大女）。「帰っても誰にも会えないわ。ここへ帰ろうと思ったらこの黄金の塊の中に『薬』があるから、それを呑めばまたここへ帰れるわ」（中女）。「貴方は、塵念に侵されて再び仙人にはなれない。この黄金の塊の中に『薬』があります。あなたの家にはもう誰も居ないが、家の東に擣練《とうれん》の石（砧《きぬた》）が残っているはずです。私がすでに『薬』をその石の下に置いておいたから、それを取って服用しなさい」（小女）と。

たちまち天空を飛行して、臨海県に至る。そこから、黄金を糧食に替えて、一年をかけてやっと故郷の蜀に帰還した。時に、開元末年（七四一）。故郷の者に委細を尋ねたが誰も知らない。

九十余歳の老人が言うことには「昔、私の祖父が採薬に行ったまま行方知れずになって、今年で九十年が経つ」と。なんとその人は民の孫であった。二人は抱き合って泣いた。またその人が言うことには「おじさんおばさんもみな亡くなって、生まれた娘も人に嫁してすでに亡くなり、その孫はもう五十余歳になっている」と。

旧居を尋ねるとみな瓦礫のように荒廃して、ただ砧のみがあった。そこで、民は、貰った黄金の塊を壊して「薬」を探し出し、呑もうとすると突然「薬」が消えてしまった。しかたなく、例の擣練の石を上げてみると玉合が出てきた。中に「金丹」があり、それを呑むと精神が明瞭になり、かの仙洞のことを思い出した。この民は、洞天にて仙道を得たものの、元来が凡庸な人ゆえ、全ての事を想起できたわけでない。

そこで、たまたま蜀に来ていた道士の羅天師に詳しく聞くと、民が訪れたのは「第五洞宝仙九室天」で、玉皇とは「天皇」、大牛は、「駄龍《だりゅう》」で、吐き出した珠は、赤珠を呑めば寿命は天地と等しくなる。青は五万歳、黄色は三万歳、白は一万歳、黒は五千歳の寿命を得る。この民は黒を呑んだから、人間界では五千歳生きられる。玉皇の前に立っていた七人は北斗七星である、などと解き明かしたのである（「採薬民」『広記』巻二五・出『原化記』）。

多少の出入りはあるものの、ほぼ同様の一連のモチーフ・表現をともなった、かなりかっちりとした話型が、この種の仙境訪問譚に定着し愛好されていたことがわかる。

仙境訪問譚の要素——神仙小説による構成モデル

小川環樹「神話より小説へ—中国の楽園表象—」(『中国小説史の研究』)は、魏晋〜唐末五代頃の「仙境談」五一話を対象として、それらに「ほぼ共通に有すると考えられる要点」八項目を掲出する。

(1)山中または漂着。仙郷の所在は山おくに設定されるものを通例とする。ただし海中の島に在るとし、漂流した人が到達する話もある。(2)洞穴。仙郷に到達するまでの途中、洞穴を通りぬけるというすじをもつ話は大へん多い。(3)仙薬と食物。仙薬を与えられるか、またはそれ以外の食物を食べること。(4)美女及び婚姻。(5)道術と贈り物。仙郷に行った人が何かの法術を授けられるか、または有形の贈り物を受けること。(6)懐郷・勧帰。(7)時間。仙郷における時間の経過速度を強調することは、かなり多い。(8)再帰と不成功。

これらをも参照すれば、「浦島子伝」が、文人たちに愛読・熟知されていた中国渡来の仙境訪問譚のプロットを用いた、一種の翻案のようなものであることがわかる。ちょうどそれは、市井《しせい》にいた物売りの老人(に関する説話)を、神仙譚的なモチーフと枠組みで『白箸翁』という作品に仕立てたこととほとんど同じようなものである。

仙境の時間観念

この種の仙伝で最も特徴的なのは、（7）に掲げられた、仙境における時間観念であろう。この点に関しては、江戸時代の契沖が浦島を詠んだ高橋虫麻呂の長歌の注釈に、『幽明録』の記事を引いて仙境小説の一特徴として指摘したものだが（『万葉代匠記』巻四／『契沖全集』巻四）、このモチーフと表現にあらためて着目しよう。

一般に、仙境から帰還したが旧居はすでに荒廃していた（『蓬球』『広記』巻六二・出『酉陽雑俎』）とか、市でやせこけた貧馬（なんとそれは龍馬であった）を買った縁で、仙界に偶然入り込んだが、故郷に帰ってみるとすでに六十年経っていた（『許棲厳』同巻四七・出『伝奇』）など、よく知られた王質爛柯の話（『述異記』）に類似したものは数多い。

これらのうち、経過した時間の長さを印象づける表現、すなわち、やっと探し当てた後代の子孫が、かつて失踪して帰らぬ祖先がいたと証言するモチーフは、経過した時間が「九十年・二百年・三百年」、あるいは探し当てた子孫が「数世代の後・七世の孫・九代の孫」等々のバリエーションはあるものの、いずれも①②④⑥に共通してみられ、魏晋以降唐末五代頃までの小説類に、相当程度広く普及したものであったことがわかる。唐・五代の小説作家は、現実世界と仙境や夢中の境地との間に、数百、数千、万倍にも相当する時間差（時の流れ方の違い）を意識的に創出し、よく知られた「邯鄲《かんたん》盧《ろ》生《せい》一睡《いっすい》の夢」や『南柯太守伝』の夢中の時間は現実のそれの三十～四十万倍に相当するという。

道教とともに、唐代は仏教思想も知識人たちに普遍化したことから、現世の儚《はかな》さ（来世・仙境の永遠性）を印象づけるモチーフが好んで利用されたのだという（程国賦『中国古典小説論稿』）。実際、移入された仏教典では、諸天の天人の寿命は人間の百万倍以上とされ、四天王天の一昼夜は人間世界の五十年に相当し、他化自在天の一日は人間界の一千六百年にあたり、その天人の寿命は人間の年齢に換算すると九十二億歳以上になるという（『漢魏六朝仏道両経之天堂地獄説』）。

天上世界の時間観念を写した神仙小説にも同様の例がある。郭翰と約束した七夕の日を数日過ぎてから降臨した織女は、次のように語る。「ごめんね、ちょっと遅れただけ。天界の瞬時は人間界の五日に相当するんだったわね」（〔郭翰〕『広記』巻六八・出『霊怪集』）と。

こうした時間観念の斬新さ（タイムマシーンふうの不可思議）は、人々に大きな衝撃と興味を抱かせたことであろう。浦島の伝記がいち早くこのモチーフを利用したことも充分うなずける。

ところで、十一世紀初めの『世俗諺文』には、④の異郷訪問話を引用した「七世の孫」の項目が立てられ「本朝の浦島と同事《おなじこと》なり」という注記が添えられる。「浦島子伝」と同じ筋立てをもつ中国小説があったという発見（驚き）のような口ぶりがうかがえる。ここには、元来は中国の神仙譚をなぞって創作された浦島の伝記を、すでに数百年を経過してわが国固有のものにほかならないとする理解認識が成立していたことを示す。

この頃、いよいよわが国固有の伝承物としての地位を深め、（中国の詩文でなく）平安びとの手になる詩文をも引用して改作されたのが群書類従本『浦島子伝』（平安後期成立）である。その末尾部に「忽《たちまち》に故郷の澄江《すみのえ》の浦に至り、尋ねて七世の孫《むまご》に値《あ》わず」と『幽明録』の本文を流用するのは、国書としての『浦島子伝』を当然視した国風的な意識の現れであろう。

第九章　『続浦島子伝記』――平安朝の伝奇小説

古代日本では、奈良朝以来、九世紀を盛期として数多くの漢文の伝記が書かれた（今井源衛「漢文伝の世界」）。そのほとんどは、各氏族や僧侶等、傑出した実在の人物の業績を顕彰する伝記として著されたものである。その中で、伝承的人物を主人公とし、もっぱら妖艶な仙女との情愛・交歓をテーマとする『続浦島子伝記』は、それらとは大きく異なり特異であり、恋愛を描く唯一の平安朝の漢文伝であり、その内実は唐代伝奇に匹敵するものである。

『続浦島子伝記』の成立と作者

『続浦島子伝記』には、この作品の成立事情に関する記述があり、それによれば、いわゆる「浦島子伝」は、古来の優れた名作だが、わずかに添えられた五言絶句と二首の和歌だけでは、一向に「艶《えん》」（男女の愛情表現）の風味に乏しい。この話に深く感銘したので、浦島子に成り代わって新たに長詩を詠み加えた。この増補本を名付けて「続浦島子伝記」という。時に延喜《えんぎ》二十年十二月一日。

といい、さらにこの長詩に続けて、「余興」に乗じて、浦島子、亀媛それぞれに成り代わっての詩歌の贈答（計十四組）を載せる（後出）。

このことから、現存の『続浦島子伝記』は、五言絶句一首と二首の和歌が付いた古賢の撰んだ「浦島子伝」をもとに、延喜二十年（九二〇）に、長詩および末尾の詩歌を増補したものであること。さらに、本書の冒頭部分には、「承平《じょうへい》二年（九三二）四月二十二日、勘解由《かげゆ》の曹局《やくしょ》に於いてこれを注《しる》す。坂上家の高明耳《のみ》」の注記があるので、この時にさらに全体にわたる「書き込み・増補」があったことが推定される。

ベースとなった古賢の撰んだ「浦島子伝」がどのようなものであったか、詳細は不明というほかない。しかし、『続浦島子伝記』が有する浦島子の第一首目の和歌「水の江の浦島の子がたまくしげ開けての後ぞ悔しかりける」をもつ「延喜三年成立の浦島子伝」があったという資料もあり（『和歌童蒙抄』巻六／十二世紀中頃）、これを信頼にたるものとすれば、これこそが、「古賢」の撰んだ「浦島子伝」で、『続浦島子伝記』はこれをベースに増補したものと考えられ、承平の加注も、その一連の増補の最終的な行為という見方も一案として成立する。いずれにしても、この延喜～承平の頃（十世紀前半）に、浦島の伝のリニューアルが何次にもわたって重ねられていたことがわかる。まさに、この題材は熱烈な狂騒の渦中にあったわけだ。

ところで、本書の増補・加注が行われた勘解由の曹局とは、国司や京官職の交替などの行政を監督する監査機関の官舎で、その庁舎は中務省《なかつかさしょう》の南側に面した太政官の北西隅にあり、有能な文官が勤務する詰所である(18)。坂上高明《さかのうえのたかあきら》は実在し、このとき、文章生《もんじょうのしょう》を経て勘解由の次官（従五位下相当官）に任官していた人物であったことが史料的に確認されている（『外記補任』承平七年／後藤昭雄『平安朝文人志』）。勘解由使庁は、唯一の国立大学（大学寮）の難関エリートコースの出身者（文章生）の就職先の有力な一つであったばかりでなく、歴代の長官・次官の要職も、常に第一級の学者・知識人が就任していたことが知られている（久木幸男『大学寮と古代儒教―日本古代教育史研究』・『官職秘抄』ほか）。

ちなみに、この承平二年時の勘解由長官は紀淑光《きのよしみつ》（八六九―九三九）で、『白箸翁』等を書いた紀長谷雄の三男である。従ってここは、文章生あがりの、中国渡来の万巻の書物を読破した能吏たちが集まる場所でもあった。最終的にこの場所で、激務の合間の一時の安らいだ小閑《わずかなひま》、あるいは宵居《よいい》のつれづれに乗じ、お互いの知識と興味を持ち寄って共同・競合しながら、集団の余技的・遊戯的な感覚で『続浦島子伝記』は書かれたのであろう。それだけに、彼らになじみの故事・出典をいかにも物知り顔に披歴しつつ、やがて、多くの和歌の贈答をも引き出すなど、ノリに任せた、やや過剰で逸脱した志向をもつ作品となったのだと思われる。

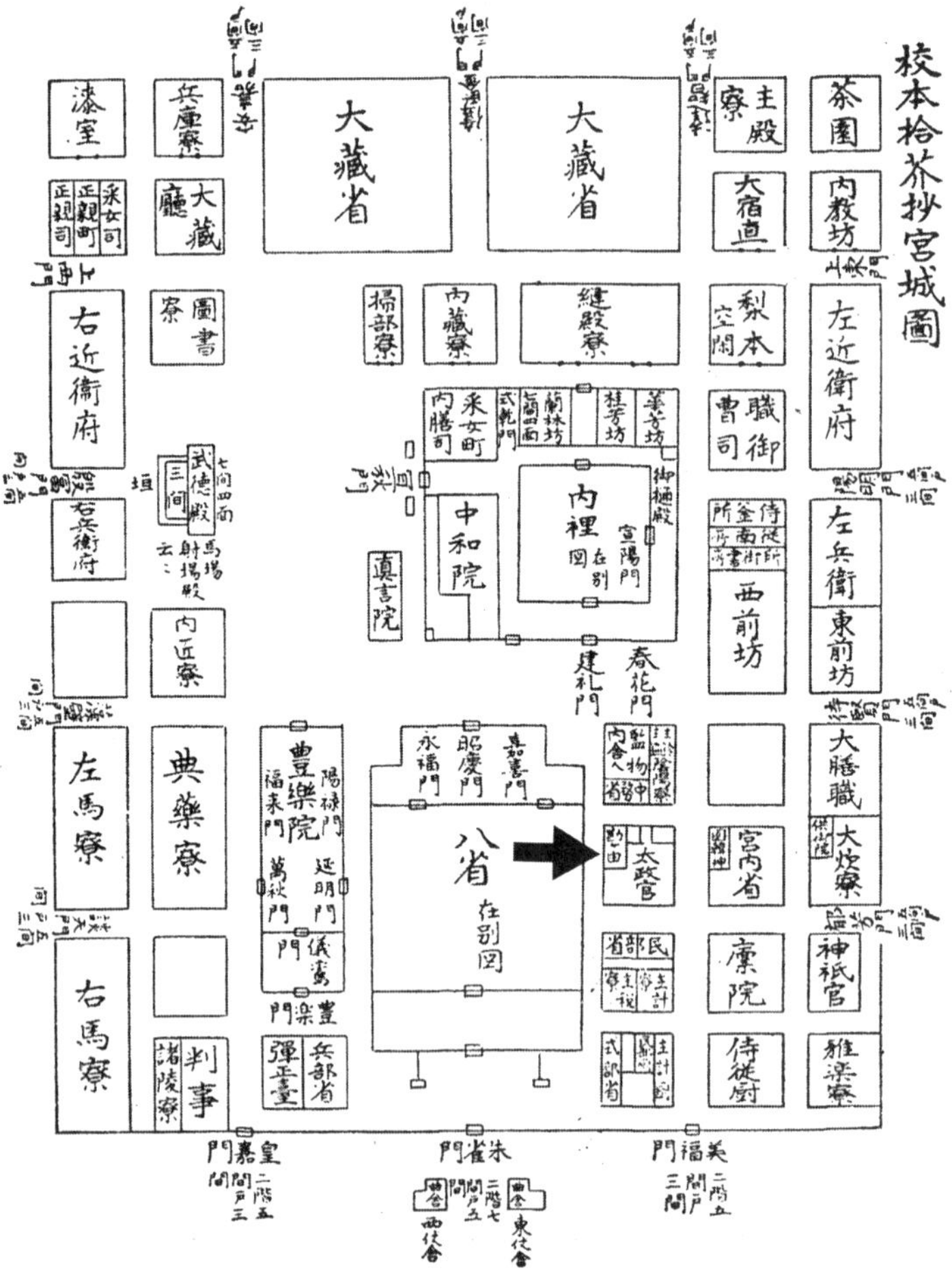

18　大内裏図（勘解由使庁舎）

以下に、『続浦島子伝記』の概要を、解説をまじえて記そう。

『続浦島子伝記』のあらすじ――平安文人の描く浦島像

〈浦島の紹介〉

浦島子という者は、どこの人とも知れない。仙人の飲み物である朝霞・清露など朝昼晩の天地宇宙の気（六気《りくき》）を吸い、雲に乗って天を飛び、さまざまな道術を駆使し、危害や災厄を払い、地に潜っては身を隠し、水上をも自由に歩行する。天を屋根とし大地をわが 蓆《ざぶとん》 とし、天地四方の果てにまで飛遊し、遥か地の果てまでお見通し。天下の人民を父母となし、世界の万民はみな兄弟。

かつて漢の武帝の勅命を受け黄河の源を探検し浮き木（筏）に乗って天の川に至ったという張騫と一緒に銀河に遊んだ。また、かの漁父《ぎょほ》の後を追って汨水《べきすい》のほとりに行き、そこで屈原に出会ったという。

ここで、張騫や屈原などといった人物が登場するのは、漁師としての浦島子が水界に関係の深い因縁で、「天の川」「汨水」という河にちなんだ著名な故事をふまえようとするシャレである。なお、仙人が星界に遊ぶというのは、天仙の住処が日月や北極星を中心とする星座にあるからで（→八九ページ）、『抱朴子』（論仙篇）は、そうした仙人の様を「風を駟《うま》とし雲を軒《くるま》とし、仰ぎては紫極（北極星）に淩《のぼ》り、俯しては崑崙に棲む」という。

〈亀媛との出会い〉

その浦島子が船上で漁をするうちに釣り上げたものは万年を経た霊亀（「霊亀」はよく人の言葉を理解するという）であり、にわかに精神恍惚として夢みるような気分のうちに、ふと気づくと、亀から変化した乙女は絶世の美女であった。ここでもまた、その美人の形容には、『遊仙窟』や『文選』の「情」部に収められた「高唐の賦」「洛神の賦」「神女の賦」にみられる仙女を描く美辞がふんだんに投入される。

その美貌の麗しさといったら、かの南威（古代の美女）も袂で顔を覆って死にたいと思うほど、またその白い肌のたおやかなさまはあの西施（古代の美女）でさえ恥ずかしさで顔を隠し到底かなわぬほど。細く長い眉は三日月が蛾眉山《がびさん》から出たかのように繊細秀麗であり、魅惑的な靨《えくぼ》は流れ星が天の川をよぎってきらりと輝いたかのようだ。雲成す豊かな黒髪は香油を塗らずとも、美しい顔はわざわざ白粉をつけずとも、そのままで十二分に素晴らしい。

その艶冶《えんや》な姿態は、不意に飛び立とうとする白鳥や水に泳ぎ遊ぶ龍が海の中で湯浴《ゆあ》みするかのよう。……はたまた、楚の懐王《かいおう》（襄王）が夢の中で交歓したという巫山の神女が、朝には雲となり夕べには雨となって現れたかのようだ……云々と。

そこで、浦島子は、この絶世の美女に向かって、こう言う。「神女よ、いったいどんな因縁で仮に亀に変じて私のもとにやって来たのですか。お住まいはどちら。親はどなたですか」と。住処や父母を問うのは、求婚の申し出と同義。求愛した浦島子に対する神女の承諾の言葉は次のようなものである。

「妾《わたくし》は理想の神仙郷、蓬莱山に住む娘です。父母兄弟と共に住む金銀宝石で飾られた不老不死の宮殿が私の住処です。かつてあなたと私は夫婦でした。その後二人は別々に生まれ変わり、私は天仙となって蓬莱山の宮殿に暮らすこととなり、一方あなたは地仙となって澄の江の浦に日々を送る身となったのです。その昔の因縁に感じて、今再び夫婦の契りを結ぼうと思ってやって来たのです。さあ、一緒に蓬莱宮へ往って昔日（前世）の思いを遂げましょう」と。

〈蓬莱到着と仙宮の様子〉

こうして神女の命じるままに目を閉じると、たちまち玄妙な変化が起こり、うっとりするうちに、異空間へ誘い出された小舟は万里の波濤にさまよいつつ蓬莱山へと漂着する。東海のかなたに浮かぶという蓬萊山への道行きや、到着した蓬萊宮殿の豪壮華麗なさまを描く文章は、これまた、当時の知識人の知の宝庫である『文選』の「江海」部に収められた「海の賦」「江《かわ》の賦」や、「京都」部、「宮殿」部、あるいは「情」部に収められた「高唐の賦」などの異郷・仙郷描写の該当部分を引用羅列する。

さらにはまた、この蓬萊宮中に咲き誇る美しい花の乱れ散るさまを述べる箇所には、陶潜「桃花源記」に記す、仙桃の花々が咲き乱れる桃源郷の風景をも重ねているようである。ここで、桃源郷の趣向を引くのも、やはり共に仙界に分け入った漁師という縁によるのであろう。

さて、天仙の住む蓬萊宮に招き入れられ、ますます仙人としての力を増進した浦島子は、いよいよ仙女との同衾の場面に移る。この男女の交わりは、萱草《わすれぐさ》を食べずとも愁いは消え、仙薬を飲まずとも忽ちに長寿となるという。ここでは、『医心方《いしんほう》』（房内篇）に引用される道教医学の房中術（男女交合のテクニック）、性技の型を引用し、男性王朝知識人たちの好む淫書の趣向をふんだんに盛り込む（↓二四七ページ）。こうして房事を終えた二人は、神女の父母兄弟の前に招き入れられ祝宴を受けることとなり、宮中での盛大な宴会はいつまでも続く。

その間、浦島子はみずから霓裳《げいしょう》羽衣《うい》を着て神仙郷にのびのびと過ごし、霧を吸い霞を食らい虹の懸る青空に悠然と舞う。巌《いわお》の周囲の花は一年中枯れることなく咲き乱れ、身体を透視し病因をつきとめ治癒法を指南して長寿をもたらすという巨大な仙人鏡が眼下に臨まれる。

仙境（理想郷）が一年中花の咲き乱れる常春だというのは、この種の仙伝にみられるものだが（➡一九〇、一九三ページ）、唐代伝奇小説『遊仙窟』の仙境描写にも、「冬も無く夏も無く、嬌鶯錦枝《きょうおうきんし》に乱る。古《いにしえ》に非ず今に非ず、花魴銀池《かほうぎんち》に躍る（季節も止まったまま、いつも咲きほこる花の枝に鶯が盛んに啼き、美しい鯉が池に戯れる）」とある。

『六甲霊飛』『万畢鴻宝』といった、仙道を極めるための奥義を記した仙書を読誦し、朝な夕なに不死の仙薬（金丹・石芝・芝草等）を服《の》めば、折からその長生を祝して、古代の著名な仙人が立ち替わり飛来して来る。まことに、『抱朴子』（極言篇）にいうように、仙人となることを渇望する者は、牛の毛の如くに際限なく多いが、凡人が神仙となることは、あたかも麒麟の角を探し求めるようにめったに成就するものではない（浦島子こそは神仙に選ばれた特別の存在なのだ）。

〈帰郷をうながす亀媛〉

さて、通常の浦島説話では、浦島子みずからが帰郷を願い出るのだが、本書はやや異なる。そのきっかけは、神女の「楽しみを極むべからず」（『礼記』典礼上）という儒教的な倫理や、「栄枯盛衰」「愛別離苦の定め」という仏教的観念の突然の表明から始まる。故郷恋慕、生母への恩愛の情にとらわれ日々に痩せこける浦島子の様子を察した神女から、帰郷を命じられるのである。

「あなたのご様子を拝見していると月日を経るごとにずいぶんとお痩せになりましたね。傍目《はため》には仙界を楽しんでいるようにみえるものの、内心では故郷を慕う心が日ごとに募るのですね。故郷にお帰りなさい」と。この神女の言葉は、浦島子に向かって世俗の人情を超越してあるべき仙人資格の喪失を告げたものとみられる。浦島子は「この仙界での暮らしにはなんの不足もありません。しかし、地仙である私は天仙である神女の言葉には逆らえません。命じられるまま仙界を去ることに致します」と答える。

そして、別離に際し浦島子に贈られたものは、例の「たまてばこ」（玉匣）だけではない。神女は、よく知られた諺、「凡人は送別に際して財物《たからもの》を贈るが、君子は言葉を贈る」（『荀子』大略篇）を引用して、大切な「戒めの言葉」を贈る。この諺は、当時の知識人たちによく読まれた中国渡来の類書（作詩作文のための百科事典）では、「離別」「餞送《はなむけ》」といった分類項目中に収められたものゆえに、ふたりの別れの場面にふさわしいものとして活用されたというわけである――毎年、卒業式によく流れる歌謡曲『贈る言葉』の典拠《もと》である――。

「美しい音楽・美麗な色彩・美酒・艶麗な容貌や白い肌、これら耳・目・胃袋・女色の楽しみは、身体を損ない命を縮めるもの、よくよく慎んで一層の養生に励むように」と。これは仙人になるための具体的方法を説く『抱朴子』から引用するもので、その意味は、これら世俗の快楽は仙人としての資質を損なうものゆえ、仙人たる浦島子が再度この蓬莱宮へ戻ろうとするならば、これらを厳しく退け、斎戒していなければならないと諭したものである。

ここでは、「玉匣」よりもむしろこの神仙を保持する秘訣の伝授こそがメインとなった書きぶりである。これに続け、故郷へ帰る浦島子に向けて神女が「繡《ぬいとり》《にしき》の衣」を贈るというのは、「富貴にして故郷へ帰らざるは、繡を着て夜行くがごとし」（『漢書』朱売臣伝）という洒落《シャレ》であろう（いわゆる《錦を着て故郷へ帰る》という故事のもと。「繡」を「錦」と伝える本文もある）。

〈別離と帰還〉

続けて連綿と描かれる二人の別れの心情は、『遊仙窟』や『文選』（洛神の賦・神女の賦）の仙女との別離の場面、あるいは同じく『文選』の「別れの賦」を下敷きにする。

この浦島子が亀媛と別れる場面で、「洛神の賦」の「足は往けども神（心・魂）は留まる。情《こころ》を遺《のこ》して想像《おもいや》り、顧望《かえりみ》て愁いを懐く（足は前に進むが魂は後ろに留まる。愛しい気持ちを胸に神女の心を思いやり、後ろを振り返りつつ悲しみに暮れる）」を引いて「足は往けども心は留まり、良会は永《とこしえ》に絶ゆ（二人の仲は永遠に裂かれる）」とする。

この描写は、『竹取物語』では、かぐや姫との別れを惜しむ帝の心境を「かぐや姫をとどめて帰り給はんことを、あかず口惜しく思しければ、魂をとどめたる心地してなむ、帰らせ給ひける」という仮名ぶみにほぼそのまま写されることになる。ここにも男性作家の手わざの投影がみられる。なおまた、これに続く「手を携《と》りて徘徊し、胸を撫でて踟躕《ちちゅう》す（手をとってさまよい歩き、胸をなでて足ぶみする）」という表現も、匈奴の地における李陵と蘇武との今生の別れの場面（『文選』巻二九・与蘇武三首）のそれと共通する。あるいはこれも本書がもつ文章上の遊びのひとつであろうか。

故郷に帰還した浦島子は、蓬萊の宮中で遊んでいたわずかの間に、すでに数百年の時代を経過していたことを知って悲嘆に暮れ、仙女を慕う心に堪えられず、「玉くしげ」を開けたところ「紫雲」がたちまち蓬萊山をめがけて飛び去った。この「紫雲」は、末尾の増補部分に掲げられた浦島子の身に成り代わって詠まれた漢詩を読むと、彼の魂を指すことがわかる。

「仙宮の玉匣には精神《たましい》入れり、感《いとしい》意《おもい》停《と》どめ難く美人を恋う。情《おもい》念《おもい》て緘《ひも》を開《と》くれば光煥爛《かがやき》たり、雲と化《な》りて飛ぶ処　魂を失う身あり（玉手箱の中には我が魂が籠められている。亀媛を恋い慕う思いに堪えられず手箱を開けると、その光輝く魂は雲と化して蓬莱宮へ飛び去り、我が身は魂無き抜け殻となった）」とある。玉手箱の中身が浦島の「精神（魂）」であったことが明確に示されているわけである。

浦島子は、神女との約束を破ったために再会が断たれたことを悟り、激しく傷み悲しむ。『万葉集』の古伝承では、死ぬことになる浦島子だが、本書では、「金梁を鳴らして玉液を飲む」という、精神を統一し神仙を保持するための道術を試み、仙宮での楽しき日々を思いやりつつ、遥かに蓬莱山を望んで海浦に隠れ住み、その後の消息はだれも知らない、といって伝を語り収める。

これを整理してみれば、以下のような内容で構成されていることがわかる。

①秘術を駆使する仙人・浦島子の紹介
②霊亀が変化した神女に誘われ蓬莱山に至る
③浦島子と神女との出会いは、前世の宿縁による
④蓬莱宮の仙境描写

⑤性愛描写
⑥仙界での宴会と仙遊の楽しみ（仙界の秘術の書、仙薬の獲得）
⑦神女から帰郷を命じられる（俗情を抱き仙人資格を喪失）
⑧玉匣を贈られ、禁忌・戒めの言葉を伝授される
⑨帰郷後の喪失感（時間の推移・故郷の人の証言）
⑩玉匣を開ける（違約による不幸／仙界での再会の機会を喪失）
⑪長生の法を試み地仙として隠れ住む

これからみても、本書は、先に掲げた異郷訪問譚のプロットをもとに、さらに充実・強化、典型化させながら、浦島子の像を著しく神仙化させた構成となっていることがわかる。

さて、次には、『続浦島子伝記』の内容について、そのいくつかの部分をとりあげて、実際の文章表現に則してみてゆこう。

仙人浦島の造形

浦島子は、

（いづくの人なるかを知らず、けだし上古の仙人ならん。

齢は三百歳を過ぐといえども、
形容《かおかたち》は童子の如し。
ひととなり仙《ひじり》を好み、
奥秘の術を学ぶなり。

浦島子はどこのひとか、だれも知らない。恐らくは、はるか昔の仙人だろう。年齢は三百歳余りだが、容貌はまるで童子のように若々しい。

※他の文献資料では、「丹後国余佐《よさ》郡の人」等と具体的な地名があるが、ここで、出自を不明とするのは、仙人の伝の冒頭によく用いられる形式を模したもの。はなから浦島子は仙人であったとするわけだ。

気を服《の》み雲に乗り、天蔵の閾《しきい》に出づ。
陸に沈み水に行き、地戸の扉を閉づ。

気を吸い雲に乗り天の門を開け、陸に潜り水上を歩き大地の門の扉を閉じる。

※浦島は、天の際《きわ》、地の果てまでも、さまざまな方術を駆使して自在に飛行するという。「服気」「乗雲」「陸沈」「水行」は、いずれも方術。「天蔵に出でて地戸に入るべし。凡そ六癸を天蔵と為し、六己を地戸と為すなり」の句とともに、『抱朴子』（登渉篇）にみ

える。

なお、神仙術の遁甲（身を隠す術）では、別の境界に逃れる時の方位を指して「天門」「地戸」と呼ぶという。

天を以って幕《テント》と為し、身を六合《せかい》の表《そと》に遊ばす。
地を以って席と為し、懐《おもい》を八埏《このよ》の垂《はて》に遣《や》る。

天を幕とし世界の果てまで行き来し、地を席として大地の果てまで思いを致す。

※天と地をわが家の屋根と座布団にし、全世界をわがものとするという、スケールの壮大な仙人の様子は、悠久の天地の巡りを一日とし、永遠の時間を瞬時とし、太陽と月を明かりとりの窓とし、地上界の全土をわが庭とするという「大人《たいじん》」の雄大な覇気を描く、「酒徳頌《しゅとくしょう》」（『文選』巻四七）の「天を幕とし地を席とする」の句を利用する。「懐を八埏の垂に遣る」は、「仙法は溥《あまね》く八荒《せかいのはてまで》を愛し、人を視ること己の如くならんことを欲す」（『抱朴子』論仙篇）をふまえる。

一天の蒼生は父母なり、
四海の赤子は兄弟なり。

形は咲《わら》うべきに似たれども、
志の奪い難き者なり。

世界中の民びとは、みなわが父母、兄弟である。姿はみすぼらしいが、堅固な志は誰にも負けない。

※この世の人はみな兄弟だというのは、「四海の内、みな兄弟なり」（『論語』顔淵篇）をふまえている。「形は〜」以下の句は中国文献にみえないが、儒教・道教・仏教の優劣を論じた空海の自伝的な戯曲小説『三教指帰《さんごうしいき》』に、わが身を仮託した「仮名乞児」の姿を表す文章に、そのまままみえる。空海の薨伝《こうでん》（死亡記事）にみえる「世伝の『三教論（『三教指帰』）』はたった二日間で書きあげられたものだ」（『続日本後紀』承和二年（八三五）三月二十五日）の「世伝」を文字通りに解釈すれば、貴族社会にひろく読まれていたのであろう。

神女・亀媛の造形

玉顔《うつくしいかんばせ》の艶《あでやかさ》は、南威《びじょ》も袂を障《おお》いて魂を失う。
素質《しろいはだ》の閑《うつくしさ》は、西施《びじょ》も面《かお》を掩《おお》いて色無し。

美しい容貌の艶っぽさは、南威も袂で顔を隠して意気消沈。白いやわ肌の色っぽさは、西

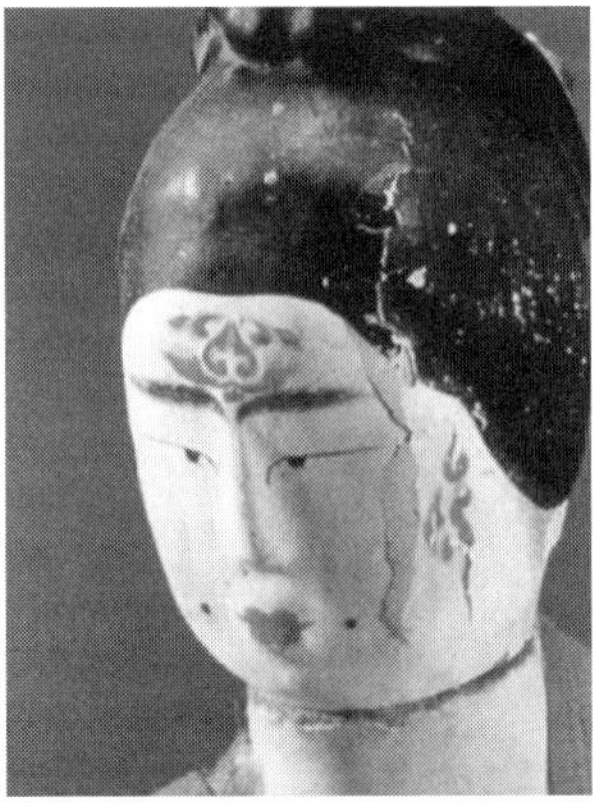

19　両頬につけた「星」の化粧（粧靨）　木俑　唐時代

施も手で顔を覆って恥じ入るばかり。
※南威は春秋時代の晋国の美女、西施も同じ頃の越国の傾国の美女。ともに、為政者が寵愛すれば一国を滅ぼしかねないほどの妖艶な容色を誇る。
「其の象《かたち》は双《たぐい》無く、其の美は極まり無し。毛嬙《もうしょう》も袂に鄣《さえぎ》りて、程式《くらべ》るに足らず、西施も面を掩いて、これに比ぶるに色無し」（『文選』巻一九・宋玉・神女賦）をふまえる。毛嬙は越王に寵愛された美女。『抱朴子』（論仙篇）に「無塩・宿瘤の醜をもってして、むかし南威・西施の美無しと謂うべからず（無塩や宿瘤という醜女《しこめ》の存在を証拠に世の中の女はみなそうだということはできない。南威や西施のような絶世の美女もいるではないか）」とある。

眉は初月《みかづき》の蛾眉の山に出づるがごとく、
靨《えくぼ》は落星《ながれぼし》の天漢《あまのがわ》の水に流るるがごとし。

両眉（の間・額）は蛾眉山から三日月が出たようで、両頬のえくぼは天の川に流れた星のよう。

※神女の美しい顔の化粧（額と頬の魅力的なメイク）をほめる。「眉の上の初月」は、婦人の額に梔子《くちなし》で黄色く半月を描いたもの。「星のえくぼ」は、両頬の口脇に絹に彩色した星形をつけるもので、共に女性の化粧のひとつ（19）。「靨は織女の星を留めて去るかと疑われ、眉は恒娥の月を送りて来たるに似たり」（『遊仙窟』）を利用する。

雲髪峨々《がが》として、芳沢《かみあぶら》を加えず。
花容片々として、鉛粉《おしろい》を御《よそお》うこと無し。

香油で整えずとも生まれたままで美しい豊かな髪、化粧せずともスッピンで美麗な顔。

※洛水の神女の容貌のすばらしさを述べる「芳澤加えず、鉛華御うこと無し」（『文選』巻一九・曹植・洛神賦）を引用する。

なお驚鴻の緑波に沐《ゆあみ》するがごとく、
遊龍の碧海に浴《ゆあみ》するが同《ごと》し。
繊軀《たおやかなからだ》は雲のごとく聳え、散らんとして暫く留る。
軽体《かるきからだ》は鶴のごとく立ち、飛ばんとして未だ翔《あまがけ》らず。

細く軽やかな身体は、まるで、物音に驚いて飛び立とうとする白鳥や遊び戯れる龍が波間に沐浴するかのよう。あるいはまた、高く湧き上がる雲が散乱しようとしてなおそこに留まり、今まさに飛び上がろうとする鶴がなお立ちどまっているかのようだ。

※「その形や、翩《かろやか》なること驚鴻《とびたつしらとり》の若《ごと》く、婉《たおやか》なること遊龍《たわむれるりゅう》の若し」「軽軀を竦《あ》げてもって鶴のごとく立ち、将に飛ばんとして未だ翔らざるが若し」（『文選』巻一九・曹植・洛神賦）とあるのを引用する。

仙宮描写

其の宮の勢《さま》たるや、

金台玉楼、隆崇《りゅうすう》にして崔嵬《さいかい》たり。
紺殿綺窓《こんでんきそう》、花麗にして煥爛《かんらん》たり。

その宮殿の豪壮な様子といったら、黄金や宝石造りで高々とそびえ、美しく光り輝いている。

金精玉英は丹墀《たんち》の内に敷かれ、
瑤樹珊瑚《ようじゅさんご》は玄圃《げんぽ》の表《うち》に満つ。

玉樹は根を結びて蘂《つぼみ》を含み花を開き、朱《あか》き茎と白き蔕《しべ》は煌々煥々《こうこうかんかん》たり。
瓊林《けいりん》は条《えだ》を垂れて実を結び香を散《はな》ち、緑の葉と紫の房は離々萋々《りりせいせい》たり。
艶彩繽紛《えんさいひんぷん》として、
香を飛ばして溌越《はつえつ》す。
心を感《さわ》がせ耳を動《そばだて》させ、
魂を迷《まど》わし精《こころ》を奪う。

すばらしい水晶や宝玉が丹塗りの天帝の庭に敷きつめられ、白玉の樹木や珊瑚が崑崙山上の庭に満ちあふれる。玉樹は根をからませ蕾《つぼみ》から花が咲いて、赤い茎や白い花しべが輝く。白玉の林には垂れた枝に香り高い実が生り、緑の葉や紫の房がたわわに繁る。あでやかな色にまぎれて、良い香りを盛んに匂わせ、見聞きする者を感動させ、魂も消えるほどうっとり。

※「金精」は水晶、「玉英」は美玉。一説にいずれも仙薬の一種とも。「瑤樹」は崑崙山にある白い宝玉でできた樹木、「玉樹」は珊瑚を枝とし碧玉を葉とする樹木、「瓊林」は白い美玉でできた林。いずれも神仙境にある霊樹。「金精玉英は其の裏に瑱《まじわ》り、瑤樹怪石は其の表に琗《まじわ》る」（『文選』巻一二・郭璞・江賦）を引用する。「緑の葉と紫の裹《み》、丹《あか》き茎と白き蔕《はなしべ》あり」「心を感がせ耳を動させ、腸を廻《めぐ》らし気を傷《やぶ》る」（『文選』巻一九・宋玉・高唐賦）とあるのを利用する。「離々萋々」は、「緑葉の

萋々たるを布《し》き、朱実の離々たるを結ぶ」(『文選』巻四・左思・蜀都賦)を用いる。

其れ則ち
清池の波心《まんなか》には、芙蓉《はすのはな》が脣《くちびる》を開いて栄《はな》を発《ひら》く。
玄泉の涯頭《ほとり》には、蘭や菊が咲《えみ》を含んで凋《しぼ》まず。
誠に是れ
列仙の陬《すみか》、
神女の洞《ほら》なり。

清らかな池の真ん中には、芙蓉が花開き、黒い水を吹き出す泉のほとりには、蘭や菊が咲いて枯れることもない。これこそが、まことの仙人の住処、神女の住む霊洞である。

※「夫《か》の天封の大狐の若《ごと》きは、列仙の陬なり」(『文選』巻一・張衡・南都賦)とあるのをふまえる。

この場面に続けて浦島子は仙女とともに床入りし、「鏡に映る二人の姿を見るだけでは飽き足らない、仙女のやわ肌を抱きたいものだ」と言って、以下に性愛の場面を描く。その点からすれば、ここも単なる仙境描写と理解するのは、やや単純に過ぎるかもしれない。

この箇所の「玉樹は根を結びて蘂を含み花を開き」「清池の波心には、芙蓉が脣を開いて栄を発く」などは、隠喩を駆使した性描写となっているのではなかろうか。『遊仙窟』には、鞘と刀、弓と矢を話題にして男女交歓の隠喩とするなどの性的な描写がいくつも見られる。

仙薬を服用し、仙人に遭う

朝《あした》には金丹石髄《きんたんせきずい》を服《の》む、是れ百種千名に分かてり。
暮《ゆうべ》には玉酒瓊漿《けいしょう》を飲む、また九醞《うん》十旬有るなり。
九光の芝草は、老を駐《とど》むる方《すべ》。
百節の菖蒲《しょうぶ》は、齢《よわい》を延《の》ぶる術。
一盃の仙薬を飲む処、長生の籙《ふみ》を得るなり。
九転の霊薬を嘗《な》むる内、不死の庭を尋ぬるなり。

朝には金丹・石髄を飲む。これにはさまざまな種類がある。夕べには玉酒・瓊漿を飲む。これにも、いろいろに熟成したものがある。光輝く仙草や節の多い菖蒲は長生の助けとなる。一杯の仙薬を飲めば長生の秘訣を得るし、十二分に練り上げた霊薬は不死の世界に導いてくれる。

※「金丹・石髄」「玉酒・瓊漿」は、いずれも仙薬をさす。「百種千名」「九醞十旬」は、「酸甜《いろいろ》の滋味《あじわい》には、百種千名《いろいろなしゅるい》がある」、「酒は則ち、九醞の甘醴《あまざけ》、十旬の兼清《せいしゅ》あり」（『文

選』巻一・張衡・南都賦）とあるのを利用。「九醞・十旬」は充分に醸《かも》した酒の名。

是に於いて

子英の赤鯉《せきり》は、波を逐いて飛昇し、
緱氏《こうし》の白鶴は、雲を凌《しの》ぎて翔《と》び集る。
志は淮南《わいなん》の雲中に鶏犬を望むよりも高く、
感《おもい》は鼎湖《ていこ》の空際《くうさい》に烏号《うごう》に随《したが》うよりも深し。

仙人の子英は愛玩した赤い鯉の背中に乗って飛昇し、王子喬は白鶴に乗って緱氏山頂に飛翔する。我が登仙のこころざしは、かの劉安や黄帝が昇仙した先例よりも高く深い。
※仙人の子英と王子喬の故事はともに『列仙伝』に、劉安が仙薬を飲んで昇天した後、皿に残った仙薬を嘗めた鶏犬も昇天したという話は『神仙伝』に、また、黄帝を乗せて昇天する龍にすがろうとして落とした烏合の弓の故事は『史記』（封禅書）にみえる。

伝の末尾の表現

思《おもい》の風を詞《ことば》の林に発《おこ》すといえども、しかも繊枝《こえだ》も葉を振《ゆ》らさず。
言《ことば》の泉を筆の海に添うといえども、しかも沓浪《しきなみ》も未だ花を開かず。

優れた文章を書こうと懸命に努力するものの、どうにも立派なものには仕上がらない。

※「思《し》風《ふう》胸臆《きょうおく》に発し、言泉《ごんせん》脣歯《しんし》に流る（作文の感情は胸の中に風のように涌き起こり、その言葉は口から泉のように流れ出る）」（『文選』巻一七・陸機・文賦）とある句の利用。

当時《いま》の墨客《ぼっかく》、
後代《のちのよ》の詞人《しじん》、
幸に素懐《ひごろのおもい》を恕《ゆる》し、もって盧胡《わらう》ことなかれ。

文章に巧みな読者のみなさん、この拙《つたな》い出来栄えをどうかお笑い下さるな。

『続浦島子伝記』の文体的特色

当時の知識人にとって、何を書くかということ以上に、どのような文章技法を駆使していかに書き著すか、ということが大きな課題であった。外国語の学習とは常にそうだが、古代の知識人にとって、中国古典の学習は中国的なものの見方、とらえ方（第一等の世界基準の認識法）をわが身に修得することであった。

大学寮の基本テキストである『文選』の引用が多いのは、それが平安時代を通じた最も基礎をなす必須の教養であったからで（『令義解《りようのぎげ》』考課令）、同書の暗誦・学習は、こうした理想の規範を十二分に身体化するものであった。当時の文人官僚たちの履歴に、その暗誦が誇らかに顕彰されるゆえんでもある（『文選』を暗誦していた藤原常嗣〔『続日本後紀』承和七年〈八四〇〉四月二十三日〕、『文選』所収のすべての賦〈五七首〉を暗誦し大学寮の三傑と称された藤原諸成〔『文徳実録』斉衡《さいこう》三年〈八五六〉四月十八日〕など）。海を思い描く場合に「海の賦」を用い、別離の場面では「別れの賦」を引用するのは、それが彼ら知識人にとってのものの見方や認識の型を形成し、これこそが身に着けるべき言語表現のかたちだったわけである。

また、第一級の文章は、華麗な対句とふまえるべき故事をふんだんに駆使した表現が尊重された。その最たるものが騈儷《べんれい》文である。この装飾的な美文は、中国古典籍の厖大な読書に裏づけられた教養知を誇るものであり、累積された故事を自在にかつ的確に引用することを原則とする古典主義に則った表現行為で、才能の有無、ひいては人格的な優劣をも雄弁に主張するものであった。

こうして、知識文人によって正統《フォーマル》に誇らかに著された浦島子の伝記は、奈良朝以来いずれも騈儷体のスタイルをとることになった。『続浦島子伝記』が、永遠不朽の華麗な文章であるこの文体を採るのも、こうした価値観の伝統をふまえたものである。

ところで、当時の小説の文体は、いわゆる事柄を平明に記述する史伝（歴史・伝記）の文体をとるのが一般である。上掲の『白箸翁』『白石先生伝』『善家秘記』等もみなこの文体でつづられていることは見てきたとおりである。従って中国歴代の小説が駢儷体をとる例はきわめて少ない。ところが当時わが国で熱烈に愛読されていた『遊仙窟』は全体がほぼ駢儷体で書かれた例外的な存在である。たとえば、「その魅力あふれる瞳には、きらりと輝く流星も光を失うし、その細い腰つきには、優雅に舞う洛水の神女も恥じ入る」という仙女の容姿の美しさを描く表現は、次のような文体でつづられる。

千嬌眼子、天上失其流星。

一搦腰支、洛浦　愧其廻雪。

これは、「四字句＋六字句」を二つ揃えた隔句対の形式をもつ駢儷文体である。ここで「隔句対」について、先に掲げた『続浦島子伝記』の文章を例に、句形の点からのみ簡単に説明しよう。

①玉顔之艶、②南威障袂而失魂。（「四字句＋七字句」）

③素質之閑、④西施掩面而無色。（「四字句＋七字句」）

こちらは、「四字句＋七字句」の文が二組で成り立っている。しかもそれぞれは、「玉顔（美しい顔）」と「素質（白いやわ肌）」、「艶（なまめかしさ）」と「閑（みやびやかさ）」、「南威（美女の名）」と「西施（美女の名）」、「障袂（顔を隠す）」と「掩面（顔を覆う）」、「失魂（死にそう）」

と「無色（意気消沈）」等、意味上、また品詞上（名詞・動詞等）も同類のもので対応している。こうした完璧な「対句」で構成されている文章を「駢儷体」と呼ぶ。「駢」は二頭立ての馬車、「儷」は男女のカップル、二つが仲良く並んでいる姿をいう。

そして、「①玉顔之艶」は「②南威障袂而失魂」の句を隔てて「③素質之閑」と対になり、「②南威障袂而失魂」は「③素質之閑」を隔てて「④西施掩面而無色」と対になっている、こういう文を「隔句対」という。隔句対にはさまざまなバリエーションがあり、「四字句＋六字句」を単位として対句を構成するもの（「軽隔句」）、「六字句＋四字句」を単位として対句をなすもの（「重隔句」）が尊重された（張仁青『駢文学』、許結『中国辞賦理論通史』）。平安の貴族文人たちもまた、こうした対句理論を受容して華麗な対句技法を楽しんだのである（空海『文鏡秘府論』東巻・北巻、『作文大体』等参照）。

『続浦島子伝記』が伝奇小説への志向をもちながら、なお駢儷体を捨てなかったのは、このような彼らの文章観に加え、駢儷文体を基本につづられた『遊仙窟』にならおうとする意識が大きいのであろう。

この文体に関する着目は、いくつかの異本のある「浦島子伝」の成立時期に関する判断の指針としても活用できるものである。同じ駢儷文体をとるものとはいえ、平安朝の『続浦島子伝記』の表現上の好みは、奈良朝成立の『風土記』所載の『浦島子伝』とは異なる。

わかりやすくいえば、この『浦島子伝』の対句の文章は単純で内容の叙述に忠実だが、『続浦島子伝記』は、その成立年代にふさわしく、隔句対のきらびやかな文章をふんだんにもち、一段と表現の遊戯性、耽美性に勝る。これは、九世紀後半以降に萌《きざ》し十世紀以降顕在化する、より華麗な隔句対を多用する平安王朝漢文世界の文体的特徴を濃厚に示すものである。

こうした理解を前提にすれば、従来の浦島子伝研究について、再検証すべき点も少なくない。たとえば、『続浦島子伝記』の本文こそが実は奈良朝の馬養の当初の原型に近いのだとする判断のもとに論じられた説は、そもそも成り立ちがたい。また、『古事談』に引用された「浦島子伝」を奈良朝以来の最古のもの（馬養作そのもの）であることを前提とする立論もまた、この「浦島子伝」が『続浦島子伝記』の単純省略本であり、省略の際の不手際が明白な痕跡（一対となるべき対句の一方が機械的に削除される事例等）が存在するので、これも同様に成立しえない。これらは、作品の文体（駢儷文）の歴史的変遷や駢儷文の仕組みを考慮しないことから生じた過誤といえる。

『長詩』——愛情詩の挿入＝伝奇ものへの志向

旧来の伝への不満、つまり「艶」の不足により付加された長詩とは、どのようなものであろうか。この七言の長詩（四四句、三〇八字）の内容を詳しくみてゆこう。

島子の釣舟に亀媛は芳しく、
波に浮かびて遊蕩すること査郎《いかだし》の類《ごと》し。
去る時に　山の鶴は鳴きて響を遺す、
別れの裏《うち》に　巌《いわお》の花は凋《しぼ》んで香を失う。

釣り船に美しい亀媛を乗せて蓬莱山に向かう浦島子は、昔、天の川に昇り織女に逢ったという筏乗りのよう。

蓬莱山を去るとき、二人の別れを惜しんで鶴が鳴き、仙郷の花も萎《しぼ》んだ。

薄暮《ゆうべ》には自らに成る両処の恨み、
清晨《あした》には断えなんとする九廻の腸《はらわた》。
旬を追いて眼を穿ち紅涙《ちのなみだ》を拭い、
歳を送りて肝を焦がし白蔵《こころ》を累《わずら》わす。

夕方には別離の悲しみに沈む二人、明け方にはさらに激しい苦しみが募る。

日を追うごとに涙はあふれ、年月を重ねるほどに胸が痛む。

楊柳の眉には愁《うれい》を生じること万数、
芙蓉の瞼《かお》には涙を落とすこと千行。

憐ぶべし節《やくそく》を守りし妾《つま》の室《ねべや》に留まるを、
盍《なん》ぞ歎かざる慈《いつくしみ》を銜《ふく》める母の堂《ざしき》に在《いま》すを。

亀媛は眉を顰《ひそ》めて愁い、美しい顔は悲しみの涙に暮れる。
浦島子は堅い約束をした亀媛をいとしく思いつつ、恩愛あふれる母の面影を慕って泣く。

君が志は竹筠《ちくいん》のごとく宜しく変わらざるべし、
我が思いは松柏のごとく豈《あ》に忘るべけんや。
念《おもい》は流水のごとく宵を逐《お》いて激しく、
怨《うらみ》は繁星《はんせい》に似て夕を迎えて涼《はげ》し。

亀媛と私との二人の愛情は永遠に変わることはない。
夜を迎えるごとに思いは流水のように留どめなく募り、逢えない怨みは日暮れて星の数がふえるように激しさを増す。

鏡面の独鸞《どくらん》は何ぞ舞踏せん、
梁頭の双燕《そうえん》は散じて翱翔《こうしょう》す。
雁は錦字を伝えて新意を表し、
身《われ》は繍衣《しゅうい》を被《き》て故郷に還《かえ》る。

いつも仲良しの鸞鳥は連れ合いを失って舞うことをやめ、梁に棲むつがいの燕は、別れ別れに飛び去る（まるで離れ離れの私たちの仲のよう）。

いつまでも変わらぬ亀媛の愛情を抱いて颯爽と故郷へ帰ったものの、

只《た》だ華門《そまつないえ》には金菊の艶《いろどり》のみ有りて、
忽《たちまち》に玉匣に紫雲の光無し。
露前閑《つゆにぬれてしず》かに踏む庭苔の緑、
風後俄《さっとかぜがふきにわ》かに悲しぶ峰樹の黄《もみじ》。
澗《たに》の戸の懸泉《たき》は領袖《えりとそで》を霑《ぬ》らす、
柴の扉は霧を厚くして裘裳《ころも》を湿らす。

うらびれた家には金色に咲く黄菊の花ばかりで、玉手箱にはわが紫雲《たましい》の輝きもない。露の降りた苔むす庭をゆっくり歩んでは、黄葉した木々を騒がす風音に亡き母を偲ぶ。谷から注ぐわが宿の滝は襟や袖を濡らし、茅屋《そまつないえ》に垂れこめた霧は衣を濡らす。

桑田紛錯《よのなかはすっかりかわり》て三族《みうち》に趣く、
閭邑荒蕪《ふるさとはあれはて》て四方《よも》に迷《まど》う。
地に俯し神を馳せて絶壁に臨み、
天を仰ぎ影を抱きて連崗《つらなるおか》を顧《かえりみ》る。

すっかり変わり果てた故郷で親族を探しあぐねては途方に暮れる。

呆然自失して、たった独りで蓬莱山の彼方を眺めやる。

俗境《このよ》に沈吟すれば憤りは猶《な》お積めり、
仙宮《あのよ》を想像《おもいや》れば悦《よろこ》びはいまだ央《や》まず。
野外《そとで》の怨みは蟋蟀《むしのこえ》を聞くに依り、
洞中《うちで》の悽《うら》みは鴛鴦《おしどり》を伴うがためなり。

俗世に戻った後悔に苛《さいな》まれ、仙宮の楽しい語らいを思う。蟋蟀《こおろぎ》の声に誘われては逢えぬ怨みが募り、鴛鴦の睦まじさを思っては独り身をかこつ（20）。

20　つがいの鴛鴦を描いた唐三彩の枕
唐時代

烟霞《えんか》眇々《びょうびょう》として浅深黛《まゆずみ》のごとし。
江浦茫々《ぼうぼう》として遠近望めるがごとし、
湖上に骨は驚きて瓦礫《がれき》の同《ごと》し、
海辺に涕《なみだ》は溢れて滄浪《そうろう》に漲る。
懐《おもい》を遣れば老の至りて朝景《あしたのひかり》を捕えるがごとく、
首《こうべ》を掻けば老の来りて暁霜《あかつきのしも》を払うがごとし。

亀媛のいる蓬莱山は、煙霞のかすむ遥か彼方。水辺で驚き嘆くわが身はすっかりやつれ果て、あふれる涙は海辺に満ちる。
老衰したわが身を夢幻かと嘆き、頭を掻けば白髪にびっくり。

比目魚《ならびおよぐ》を憎んでは胸臆《こころ》苦しみ、
交心鳥《ならびとぶ》を妬んでは感情傷《いた》まし。
遥かに旧里《ふるさと》を訪ねて草間に宿れば、
夢に見るは蓬莱の秋の夜の長きとき。

仲睦まじい比目の魚や交心の鳥が恨めしく、独り身の悲しみもひとしお。
遠く故郷に帰り来て草の間に仮寝すれば、ああ夢に見るのは、あの蓬莱宮中の歓楽の日々よ。

この長詩は「念は流水のごとく」の詩句が『玉台新詠《ぎょくだいしんえい》』からの利用であることからもわかるように、遠別した女の怨恨を主題とする「閨怨詩《けいえんし》（艶詩）」を模倣して詠まれたものである。一般に艶詩は、蕩子《うかれ男》と思婦《なやめるつま》という、夫と遠別した妻の悲しみを詠むものだが、奈良朝以来、この中国六朝の閨怨詩は、古代和歌の男女の相愛と悲恋をテーマとする恋の歌と同定され愛好されたものである。男女の逢えぬ悲しみを詠む恋の心情は、漢詩の形式に従えば、この「閨怨詩」（艶詩）が最も近い様式であったから、この形式を借りた長詩のスタイルで創作されたわけである。

ところで、唐代中葉以降（九世紀に）最も盛行した伝奇小説では、しばしばその要所で愛情詩が挿入されるのが当時の流行であった。次に唐代小説と愛情詩との関係をみてみよう。

伝奇と愛情詩

現代のわれわれからは意外に思われようが、古代には散文による心理描写は未発達であった。唐代小説にあっても、作中人物の心理は「行動」や「会話」を中心とし、それを補填するのは、もっぱら詩歌であった。事情は初期の物語文学にあっても同様で、人物の心情は、和歌が主体となって分担していた。ある統計によると、会話文に対する心中思惟文（心理描写）の率は『竹取物語』では会話文の二十二分の一に過ぎず、後続の『落窪物語《おちくぼものがたり》』では九分の一、『源氏物語』になってようやく三分の一に増加し、しだいに心理描写が地の文に定着していくことがわかる（鈴木一雄「源氏物語の会話文」から算出）。

こうした背景から、男女の細やかな愛情の機微を描く唐代伝奇には、多くの場合、作中に詩が挿入される。その中でも『遊仙窟』は群を抜いて最多の八一首の詩を載せ、元稹『鴬鴬伝』を含めた著名な作品は一様に一～三首の詩を収める。この傾向は中唐以降顕著になるとされ、しかもこれら詩歌の多くはみな愛情詩であり、小説と詩歌（愛情詩）の結合は、唐代伝奇の特色という（邱昌員『詩与唐代文言小説研究』）。

作中に詩が挿入されるばかりでなく、一篇の伝奇小説と一対となる、やや長文の漢詩も創作された。陳鴻『長恨歌伝』と白居易『長恨歌』や、『伊勢物語』（第六九段）のモデルとなった元稹『鶯鶯伝』と『会真詩』などはよく知られた例である。後者は、作中の男性主人公・張生の詠んだ『会真詩』に「続けて」作者元稹が詠んだという体裁をとっている。付属する長詩はほぼ伝の内容をトレースしながら恋愛の核心的な心情を抒情性豊かに凝縮する。

こうした唐代伝奇の受容は、お隣、韓国の新羅時代の伝奇小説にもみられ、古い塚の中から現れた姉妹の幽霊と才子との一夜の交歓を描く伝の末部に、長文の漢詩（四三二字）を添え、当該作品の内容をあらためて韻文で歌い上げる（「催致遠」『新羅殊異伝』）。伝奇小説の魅力は、唐代文化を深く受容した東アジア地域に同じような現象をもたらしたのであろう。

しかも、『長恨歌』も平安朝の受容形態としては、あたかもその序に相当するように『長恨歌伝』とともに読まれていた（伝来の『白氏文集』や古写本類もこの形式を踏襲する）。平安後期には、小野小町を主人公とする『玉造《たまつくり》小町《こまち》子《し》壮衰書《そうすいしょ》』がほぼ同じ形式（伝記に相当する長文の序＋長詩）をとって広く愛読された。

『続浦島子伝記』が浦島子の伝記的生涯を写すだけでは満足せず、唐代伝奇が一様に含みもつ愛情詩（「艶詩」）への興味を増幅させるのは、こうした彼らの読書経験に対応したものであろう。この傾向は、さらに、作中人物に成り代わって悲恋的感情を委託した詩歌の応酬（詩歌の贈答）へと進むことになる。

余興としての詩歌競作——国風的趣向

〈『続浦島子伝記』の和歌の表記〉

先の長詩に続け、「余興有るに依りて、和歌絶句各十四首を詠み加う。浦島子の詠十首、亀媛（神女）の詠四首」と記す。ここでは、長詩の艶詩を創作した興《ノリ》に乗じて、作中人物である浦島子に成り代わって詠んだ十組の和歌と七言絶句、また亀媛に成り代わっての四組のそれが追加される。

まずは、浦島子に成り代わっての、一対となっている和歌（○）と漢詩（●）の数例を示そう。

○水乃江浦島子加玉匣開天乃後曽久厄子鴈気留

（水の江の浦島の子がたまくしげ開けてののちぞ悔しかりける）

●水江の島子は蓬莱に到れども、故郷を恋い慕いて浪を排《おしわ》けて廻《かえ》る。
亀媛に哀憐《うしろがみひかれ》て相い別れし後、なお玉匣を開くれば万悲《おおくのかなしみ》来たる。

○恋敷丹負雲井丹成寝波結師節緒違津礼羽否

（恋しきに負けて雲井《くもゐ》（離れ離れ）になりぬるは結びし節《ふし》（約束）をたがひつればや）

●恋慕に堪え難く思いは窮まりなし、遥かに雲辺《くものかなた》を阻てて碧空《あおぞら》を望む。

惜しむべし期《やくそく》を違えて約契《とりきめ》を忘れ、忽ちに玉匣を開けて仙宮に背きしことを。

次は、亀媛の和歌と漢詩の一例。

○紫雲乃帰緒見柄丹何我袖乃紅丹染

（紫の雲の帰るを見るからになに我が袖の紅に染む）

●蓬山の女は紫雲《うらしま》の心を覚《さと》り、袖の裏《うち》に千行《いくすじも》ながるる紅涙《ちのなみだ》は深し。

地《つち》に臥し天《そら》に呼《さけ》び釵《かんざし》忽ちに落つ、感腸《いためるこころ》は断ち易く涙は禁じがたし。

○今世逢事難成沼礼羽後世丹谷相見手師鉋

（今の世には逢ふことかたくなりぬれば後の世にだにあひ見てしかな）

●離襟《わかれのかなしみ》に心折《くじ》けて夢中に似たり、玉匣開け来たって浪風《たより》を伝う。

雲は仙宮を千里の外に隔つとも、縁を後の世に結びて相い逢うことを得ん。

「心折（心が折れる）」とは、心の中が砕けるほどの悲嘆の極限をいう。ここでは『文選』の「別れの賦」中で、最愛の人との離別のたえがたいつらさを表す言葉を利用したもの。「別れ有れば必ず怨み、怨み有れば必ず盈《むねにみ》つ、人をして意《こころ》奪われ神《こころおどろ》駭き、心折け骨驚かしむ」

とある。

また、亀媛の絶唱の末尾「縁を後の世に結びて相い逢うことを得ん」という、この世の生き別れを来世でのめぐり会いに期待する言い方は、『長恨歌伝』の末尾にみえる楊貴妃の最後の言葉（「復た下界に堕ちてまさに後縁を結ばんとす」）にならったのであろう。

ご覧のように、『続浦島子伝記』中の和歌の表記はすべて漢字で表されている。すでに、勅撰の『古今和歌集』（九〇五年成立）が編纂され、仮名文字による表記が一般化していたのに、これにはどういう理由があるのだろうか。

こうした文字史・書道史の趨勢と逆行する形式をとるのは、漢文伝記に添えられた、漢詩と一対となった和歌ゆえに、当然、表記は万葉仮名体（漢字体）を採らざるをえないからである。しかも早くから成立していた一字一音式でなく、「今世逢事難成」などの漢語の使用に加え、「久厄子鴈気留（くやしかりける）」「見柄丹（みるからに）」「見手師鉋（みてしかな）」のように、漢字の字義を活用する訓釈（借訓）を多用するのは、漢字文化に習熟した環境での手わざである。

これは、菅原道真撰とされる『新撰万葉集』（八九三年成立・漢文序を備え、全文が漢字表記で書かれる）の表記法と同様である。同書は、『万葉集』を古歌の源流として尊重する立場から積極的にその万葉仮名表記を踏襲したために、いささか時代錯誤的な印象を与えるものとなったのである。

浅緑野辺之霞者裹鞆己保礼手匂布花桜鉋
（浅みどり野辺の霞はつつめどもこぼれてにほふ花桜かな）

花之香緒風之便丹交倍手曽鴬倡指南庭遣
（花の香を風のたよりにまじへてぞ鴬誘ふしるべにはやる）

これら『新撰万葉集』の表記例もまた、「裹（つつむ）」や「倡（誘う／導く）」「指南（しるべ／てびき）」などの漢語の使用に加え、「鞆（とも）」「鉋（鉋）（か〈ん〉な）」「庭（には）」などの借訓を多用することからみて、両書がほぼ同じ書記法（近似した書き手）であることがわかる。

仮名ぶみベースの地の文中に漢詩をそのまま混在させることはあるが（和歌集『躬恒集』など）——ちょうどそれは日本語文が多くの漢語・漢字を不自然に感じずにまぜて使われるのと同様に——、しかし漢文ベースの地の文中に仮名ぶみを混在することはできない。たとえば、漢文体でつづられる六国史の記事中で、和歌表記が一様に漢字体を採るのもこれと同じ。まさに、この万葉仮名表記は、男性社会（漢文世界）の和歌表記であり、『続浦島子伝記』の贈答和歌の増補が男性知識人たちの手になるものであったことを示している。

さて、これらの作中人物に成り代わって詩歌を競作する手法は、どのような場で培われたのであろうか。

〈作中人物に成り代わる和歌の詠み方〉

『日本書紀』の講義は、成立直後の養老《ようろう》五年（七二一）以来、康保《こうほ》二年（九六五）まで、おおよそ三十年に一度の頻度で開かれ、大臣以下多くの官人・学者たちが参加して行われた。そして、元慶《がんぎょう》六年（八八二）以降は、その講義の修了後に祝宴が催され、講義内容に関連した人物を題材に参加者による和歌が詠まれるようになる（「日本紀竟宴和歌《にほんぎきょうえんわか》」）。これは同時期に大学寮の関係者たちによって、『文選』『史記』『漢書』等の講義の修了後の宴で行われた、当該作品中の人物をテーマに参加者が漢詩を詠む「竟宴詩」の形式を模倣したものである。天慶《てんぎょう》六年（九四三）の竟宴和歌には、雄略天皇に付随して「浦島子」がとりあげられ、

浦島の　心にかなふ　妻を得て　亀の齢《よはひ》を　ともに添へける

（宇羅志麻能　許許呂児加奈布　都摩遠衣天　加米野世波比遠　東裳児曾部気留）

が詠まれた。「日本紀竟宴和歌」の伝本には、「わかたけの天皇（雄略）の御世に、丹波の国余社の郡の筒川《つつかわ》の人、水の江の浦島の子、舟に乗りて釣するときに、大いなる亀を得たり。その亀、女となれり。浦島の子めでて、これを妻《め》として、ともに海《わた》に入りて、常世の国に到りて、ひじりに逢ふといへり。とこよとは、蓬莱、ひじりとは仙をいふ」という、ほぼ『日本書紀』記載の記事（廿二年秋七月）と対応した解説がある。

従って、知識官人たちが歴史上の人物をテーマに和歌を詠むことは、『日本書紀』の講読

修了後の祝宴の場で、同書中の人物をテーマに和歌を創作した「日本紀竟宴和歌」を通じてなじんだものであった。

ただし、これはあくまでも学問的な講義の場に付随して歴史上の人物を顕彰するものであって、当該人物の内面に分け入り、ましてや情愛を高らかに歌い上げるというものではない。この種の、よく知られた伝承を題材に、作中の主人公に成り代わって恋の思いを和歌で競作し合うという形式は、実は、後宮の女性たちが好んだものであった。

『大和物語』（第一四七段）には、いわゆる「生田川伝説」にまつわる悲恋話が収められる。一人の美女が二人の男からの熱心な求愛に翻弄され、ついには三人ともに水中に没し命を失うという伝承話である。宇多天皇の中宮温子《おんし》の後宮には、この話題に取材した絵画（屏風絵か）があり、歌人伊勢をはじめとする女性たちがこぞって、作中の男女それぞれの立場に成り代わって、計十首の和歌の競作がなされた。

伊勢の御息所《みやすどころ》が「男のこゝろ」になって詠んだ歌は、

かげとのみ水の下にてあひ見れど　魂《たま》なきからはかひなかりけり

（死んで水中でお会いしたとしても、魂の無い、亡骸ではなんの甲斐もありません）

女一の皇女《みこ》が「女になり」て詠んだ歌は、

限りなく深く沈める我が魂を　浮きたる人に見えんものかは

（心の奥底深く秘した私の魂《おもい》は、愛情の不確かな人にはわからないでしょう）

※「魂なきから」に「亡骸」をかける。「沈む」「浮き」は縁語。

また、これとほぼ同じ頃、『伊勢集』には、宇多天皇が『長恨歌』の見どころとなる場面を屏風に描かせた絵を題材に、作中の玄宗皇帝、楊貴妃それぞれの立場に成り代わって詠んだという和歌もある。

玄宗皇帝に成り代わっての歌は、

帰り来て君おもほゆる蓮葉《はちすば》に涙の玉とおきゐてぞ見る

（楊貴妃と死別し）都に帰ってみると、宮中の太液池《たいえきち》の蓮の花は亡き人の面影そのまま。その葉の上に置かれた玉なす露のような涙を流して、夜も眠れず悲しみに暮れます）

※「蓮葉―玉―置く」は「露」の縁語。「おき」は「置き・起き（昼も夜もずっと）」の掛詞。

楊貴妃に成り代わっての歌は、

しるべする雲の舟だになかりせば世をうみ中に誰か知らまし

（もしも道案内の雲の舟（雲に乗る道士）が来なかったなら、こんなに辛い思いで海中にいる私のことを誰も知らなかったでしょう）

※「倦み―海」は掛詞。「舟―海」は縁語。

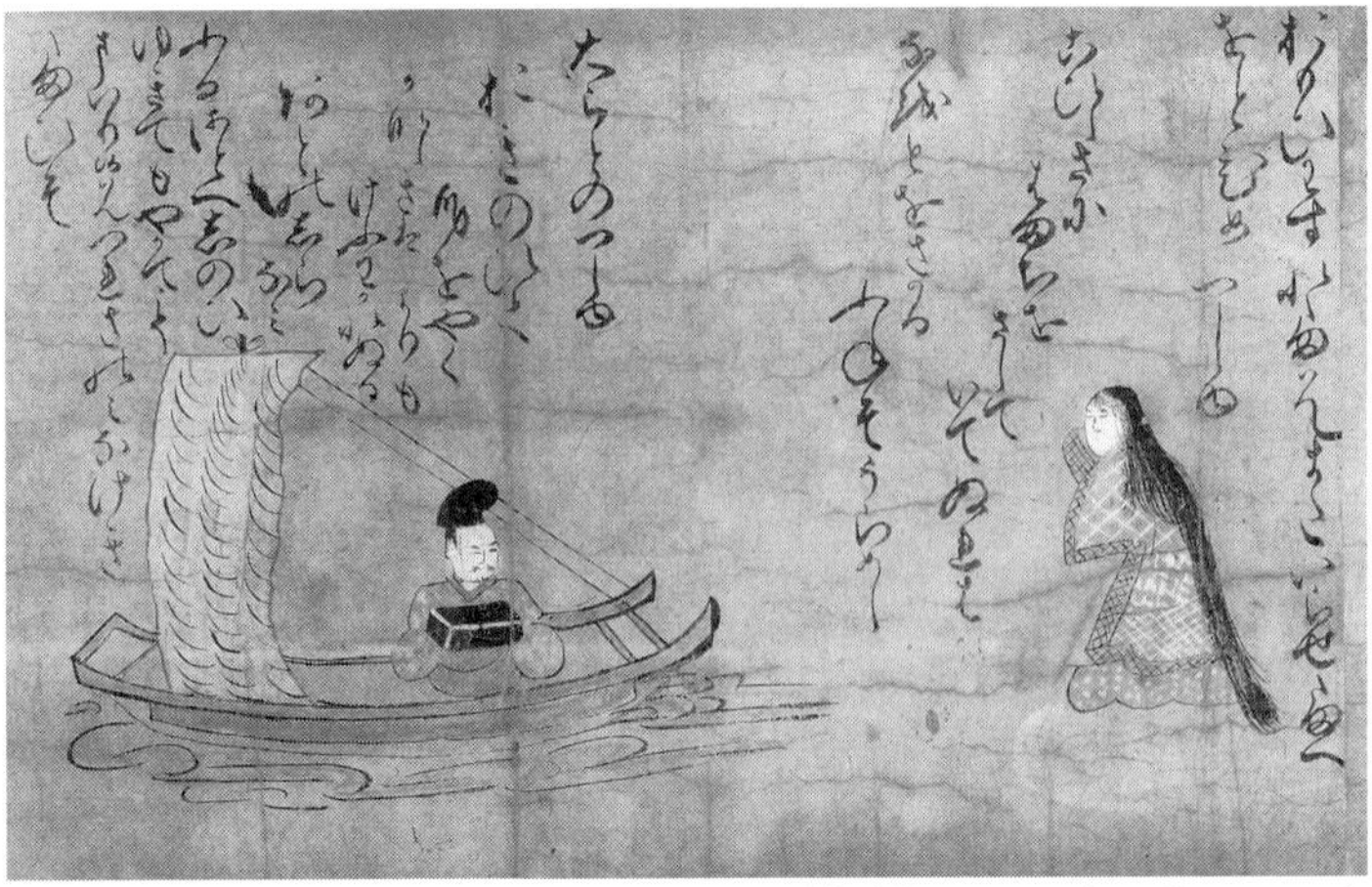

21　【別れに臨んで、和歌を詠み交わす乙姫と浦島】"私のことを忘れずに、また来て下さいね"（乙姫の歌）「いとしい思いに駆られて浜辺に出てみると、どんどん遠ざかる舟（貴方）が恨めしい」。（太郎殿の歌）「火に焼かれるよりも辛いのは、今日の悲しいお別れです」"故郷へ帰ってもすぐに戻ってきますから、そんなに泣かないで"『浦島絵巻』〔甲本〕室町時代

奈良朝の『浦島子伝』の巻末には、すでに主人公二人の和歌が付載され、さらにその増補もなされていたから、『続浦島子伝記』もまたこれらを踏襲し、いっそう強化・増幅したということであろう。後世の『浦島絵巻』が、浦島太郎と乙姫の和歌の贈答場面を描くのも、この伝統に由来する（21）。

ここで、男性知識人たちの創作の場に、余興とはいえ、後宮女性たちの嗜好が持ち込まれ共存していることに注目したい。男性社会の「漢文伝記」が女性社会の「悲恋的なものがたり」に接近し、それを吸収しようとしているからであり、この神女との艶遇―離別に取材した詩歌の競演における悲恋的主題への傾倒は、そのまま『竹取物語』の結末に通底するものだからである。

唐代伝奇と性愛

古賢の撰んだ浦島子伝には「艶」が欠如しているので、それを補う意味で、愛情詩（艶詩）としての長詩および恋の贈答詩歌が増補されたわけだが、おそらくはその不満は伝本体にも向けられたであろう。古代漢語の「艶」とは、「ナマメイタリ、媚《こ》ビ色深シ」等の訓があるように、性的魅力あふれる妖艶な容色・姿態をさす。『遊仙窟』には「婀娜《あだ》」を「ナマメク」と読む古訓がある。

承平の加注・増補がどの程度のものであったかは具体的に明示しえないが、『続浦島子伝記』が独自にもつ濃厚な「性愛表現」もその一つであろう。実は、唐代伝奇には、暗喩・換喩を含め、しばしば性愛に関する具体的な描写が見られる。

「郭翰は、仙女と手を携えて奥座敷に入り、衣を脱ぎ共に臥す。彼女の紅い薄絹の肌着からは、まるで香袋のようなよい匂いが部屋に充満する。同心鳥の図柄を縫い込んだ龍脳香の香る枕をし、仲睦まじい鴛鴦を刺繍した布団に身をくるむと、やわ肌がなめらかで美しい姿は比類がない。夜が明けた別れ際、彼女の化粧がすこしも崩れていないので、そっと触れると、なんとスッピンのまま」(郭翰)『広記』巻六八・出『霊怪集』)という描写は、やや間接的なものだが、次にあげる『遊仙窟』の表現はいかがであろうか。

「紅い褌《したぎ》に手をさしいれ、翠《みどり》の被《きもの》に脚をまじえた。二つの唇を口にあてて、片臂《うで》で頭をささえ、乳房のところをつかみ、内腿のあたりを撫でさすった」は、直接的な描写のひとつ(22)。

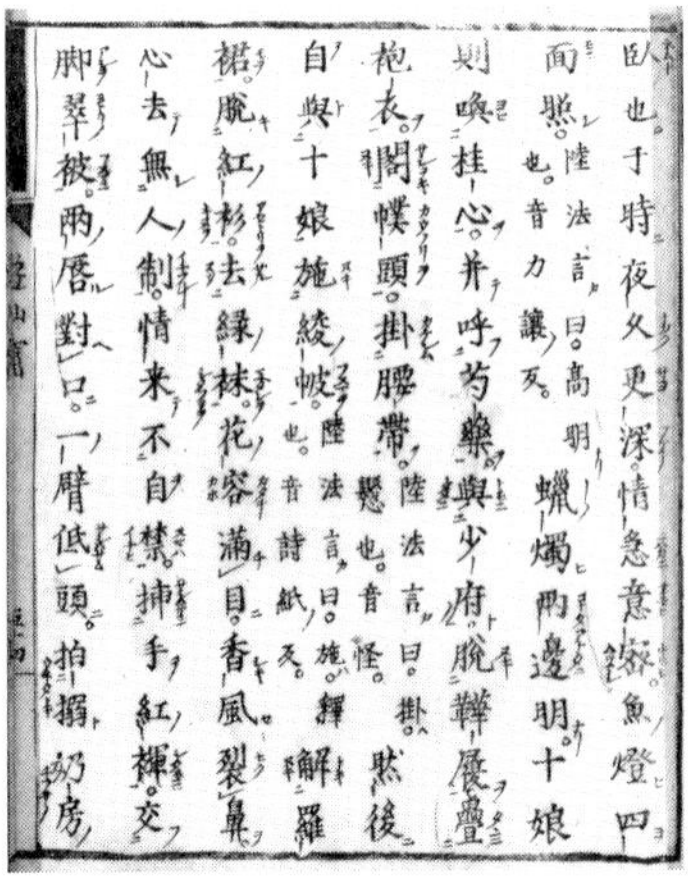
臥也于時夜久更深情急意密魚燈四
面照陸法言曰高明也音力讓反蠟燭兩邊明十娘
則喚桂心并呼芍藥與少府脱靴履疊
袍衣閣幞頭掛腰帶陸法言曰掛懸也音怪然後
自與十娘施綾帔陸法言曰施繹也音詩紙反解羅
裙脱紅衫去綠襪花容滿目香風裂鼻
心去無人制情來不自禁插手紅褌交
脚翠被兩唇對口一臂低頭拍搦奶房

22　『遊仙窟』(慶安５年刊本・江戸前期)

また『鶯鶯伝』(会真記)では、「羞《はずか》しさに黒い眉をひそめ、あつくて朱い唇がとける。さわやかな吐息は蘭の花のように香り、皮膚はしっとりとして白い肌はふっくらとしている。ぐったりと手首を動かすのものうく、たおやかに身体をまるくしたままであった。汗粒があちこちにしたたり、ゆたかな黒髪は乱れたままだ」(今村与志雄訳『遊仙窟』・『唐宋伝奇集(上)』)などとある。

『続浦島子伝記』の性愛描写

さて、『続浦島子伝記』の性愛描写をみてみよう。王朝漢文世界では、よく知られた大江《おおえの》朝綱《あさつな》『男女婚姻賦』（『本朝文粋』巻一／敦煌出土・白行簡『天地陰陽交歓大楽賦』に類例）、羅泰《らたい》『鉄槌伝《てっついでん》』（『本朝文粋』巻一二）などにも、かなりきわどい性愛描写がみられるが、それに遜色のないほどの叙述がみえる。浦島子と亀媛が同衾する場面をあげよう。

ぴったりと寄り添うたおやかな肢体を玩《もてあそ》べば、その色っぽさは到底言い表せぬし、まといつくような若い腰を撫でれば、そのあだっぽいこともまた筆舌に尽くしがたい。白きやわ肌と共に床に入り、たおやかな肢体を撫でてくびれた腰を抱き、仲むつまじく情愛の限りを尽くす。《魚比目《ぎょひもく》》や《燕同心《えんどうしん》》の体位を娯《たの》しみ、身体を屈伸させたり這《は》いつくばったり。それらはすべて陰陽二つの理（男女の交わり）に適《かな》い、五行（木火土金水）の数（ものごとの根本原理）に合致する。

実は、このあたりの描写は、丹波康頼《たんばのやすより》撰『医心方』（九八四年成立）巻二八房内）に引用する『洞玄子《どうげんし》』（一説に唐代の道家、張鼎撰）の利用が著しい。同書（卅法第十三）には三十種にのぼる性技に関する詳細な解説があり、《魚比目》《燕同心》も、ともにその性戯の体位の名称で、「叙綢繆《じょちゅうびゅう》」「申繾綣《しんけんけん》」（男女が互いにまつわりつき身体を愛撫する意）も、その初めの二つにみえる。

別の箇所では「凡《おおよ》そ初めて交会《まじわる》の時は、男は女の左に坐し、女は男の右に坐す。乃ち男は箕坐《あぐらずわり》して女を懐中《ふところ》に抱く。是に於て繊腰《こし》を勒《おさ》へ、玉体を撫で、申嬿婉《からみあい》、叙綢繆《もつれあい》、同心《こころお》同意《なじく》、乍《ある》いは抱き、乍いは勒《おさ》へ、二形《ふたり》相い摶《う》ち、両口相い嗎《つ》く」（『医心方　巻第廿八　房内宮内庁書陵部蔵本』和志第四）とある。この部分は、『遊仙窟』にも「先ヅ須《スベカラ》ク後《シリヘ》ノ脚ヲ捺《ツ》ム（抑える・撫でる）ベシ、然シテ始メテ前ノ腰ヲ勒《イダ》ク」（醍醐寺本等訓点参照）とみえるので、性戯の手始めの段階（foreplay）を表す、よくこなれた言い回しであったことがわかる。

なお、「綢繆」「繾綣」の語彙は、伝奇小説の性愛を描く箇所にしばしば見られ、元稹『鴬鴬伝』に「綢繆繾綣として、暫くは尋常《いつも》のごときも、幽会未だ終らざるに、驚魂既に断ゆ（いつものように思いを通じ、互いにまつわり愛撫を重ねるかと思いきや、夢から目覚めてがっかり）」とか、「繾綣の意《おもい》終《つく》し難し」とあるほか、「願わくは繾綣を申べむ」（〔劉子卿〕『広記』巻二九五・出『八朝窮怪録』）、「夜闌《ふ》けて寝に就き、ことごとく綣繾を尽くす」（〔李汾〕同巻四三九・出『集異記』）などと、男女の情交を描く場面に用いられる。いずれも仲睦まじい、性愛の表現である。

ちなみに、こうした性愛表現は、物語文学にはあからさまには描かれない要素である。これらがまったく排除されるわけではないが、『源氏物語』では、しばしば催馬楽・風俗歌の一節が引用され、男女間の性的比喩をもつきわどい内容が暗示的に表現されるにとどまる。

『続浦島子伝記』と『抱朴子』『漢武帝内伝』

性愛は、神仙道教の観点からは、不老長寿・養生のための房中術という側面があるが、しかしまた、他方、放恣《ほうし》な情欲は、仙人としての資格を保持するためには、忌避し退けられるべき課題でもあった。

亀媛は、帰心に堪えられず故郷へ戻る浦島子に向かって、蓬莱宮で再会しようと思うならば、今の仙人資格を失わないための忠告（禁忌）として、次のような言葉を贈ることとなる。

「もしも故郷へ還るとも、声色（みだらな音楽や女の色香）を好むなかれ、真性（仙人としての本性）を損なうなかれ。五声八音（美しい音楽）は聴《みみ》を損なう声なり。鮮藻艶彩《せんそうえんさい》（美麗な色彩）は命を傷《や》ぶる色なり。清醪芳醴《せいろうほうれい》（美《うま》き酒）は性を乱す毒なり。紅花素質《こうかそしつ》（美女の容貌とやわ肌）は命を伐《き》る鋣《おの》なり」と。

このうちの、仙道を保持するためには、色欲・淫欲を避けるべきだという訓戒は、空海『三教指帰』の、道教を信奉する虚亡隠士の発言中に「蟬鬢蛾眉《せんびんがび》（美女の色香）は、命を伐る

23　「鉞」　殷時代

斧、歌舞踊躍（舞姫の誘惑）は、紀《じゅみょう》を奪う鉞《まさかり》」とみえるが（23）、やはり『抱朴子』（暢玄篇）に「冶容《やよう》媚姿《びし》、鉛《えん》華素質《かそしつ》（妖婦のやわ肌）は、命を伐る者なり」とある。

玉手箱を開けるや、中から「紫雲（魂）」が飛び去り、たちまち心身ともに衰えた浦島子は、深く嘆息して、「ああ妬ましきかな、ああ悲しきかな。神女との約束を破り二度と仙境で逢うことは出来なくなってしまった。血の涙があふれ我が白い鬢《びん》はぐっしょり。変わらぬ愛情を抱いて心は千々《ちぢ》に乱れる」と言う。

その後、なお仙人としての資質を維持・更新しようとする浦島子は、「その後、金梁を鳴らして玉液を飲み、紫霞を湌《くら》いて青衫《せいさん》を服《き》る」という修道の所作をする。そして末尾は、

頸《くび》を延ばして鶴のごとく立ち、遥かに鼈海《べっかい》の蓬莱を望む。神を馳せて鳳のごとく跱《とど》まり、遠く仙洞の芳談《たのしきかたらい》を顧みる。巌河に飛遊し、海浦に隠淪するなり。遂に終わる所を知らず、後代、地仙と号《なづ》くるなり。

と書き記して終わる。「隠淪」は身をやつして世を逃れ隠れ住む意味だが、「神仙」と並んで五種類ある「神人」の一形態でもあり、あくまでも仙人として話し収めるのである。「『桓子

新論』にいわく、天下に神人五あり、一に神仙という、二に隠淪という、……」（『文選』巻二二―江賦・李善注）と解説される。

「玉液」「紫霞」「青衫」は、仙人になじみの飲料と着衣。「玉液」は修練の過程で口中に生じる唾液（「霊液・神水・玉英・玉津・玄泉」等とも）、「金梁」（『抱朴子』至理篇に「霊液を金梁に采《と》る」）も「不老長生のための胎息・服気の仙術で用いる口中の場所」（宮澤正順氏説）をいい、「丹誠万緒絳宮《こうきゅう》を乱す」の「絳宮」は「心（心臓）」をさすなど、本書には道教用語の利用が目立つことも特色のひとつ。

これらの道教語彙が使われる神仙小説に『漢武帝内伝』がある。同書には、上元夫人が武帝に向けて精進潔斎すべき訓戒（武帝が生まれながらにもつ「暴・淫・奢・酷・賊」の五悪を捨て去るべきこと）を伝える箇所で、「この五事は、みなこれ身を截《き》る刀鋸《かたなとのこぎり》（首切り足切りの刑具）、命を剞《えぐ》る斧斤《おのとまさかり》なり～飲食を節《ただ》し、五穀を絶ち、羶腥《なまもの》を去《のぞ》き、天鼓を鳴らし、玉漿を飲み、華池に蕩し、金梁を叩き、按じてこれを行わば、当に異あるべきのみ」（『漢武帝内伝』。『広記』巻三・出『漢武帝内伝』）とある。

「鳴天鼓」とは、口中の中央上下の歯を咬み合わせて音を出す精神統一の行法で、「玉漿」は唾液、「華池（「玉池」とも）」は口内の舌の下、唾液が溜まる部位をさす（運敝『三教指帰注刪補』に引く、逸書、晋・張湛『養生要集』。『黄庭内景経』）。「華池」とは崑崙山上にある神池の

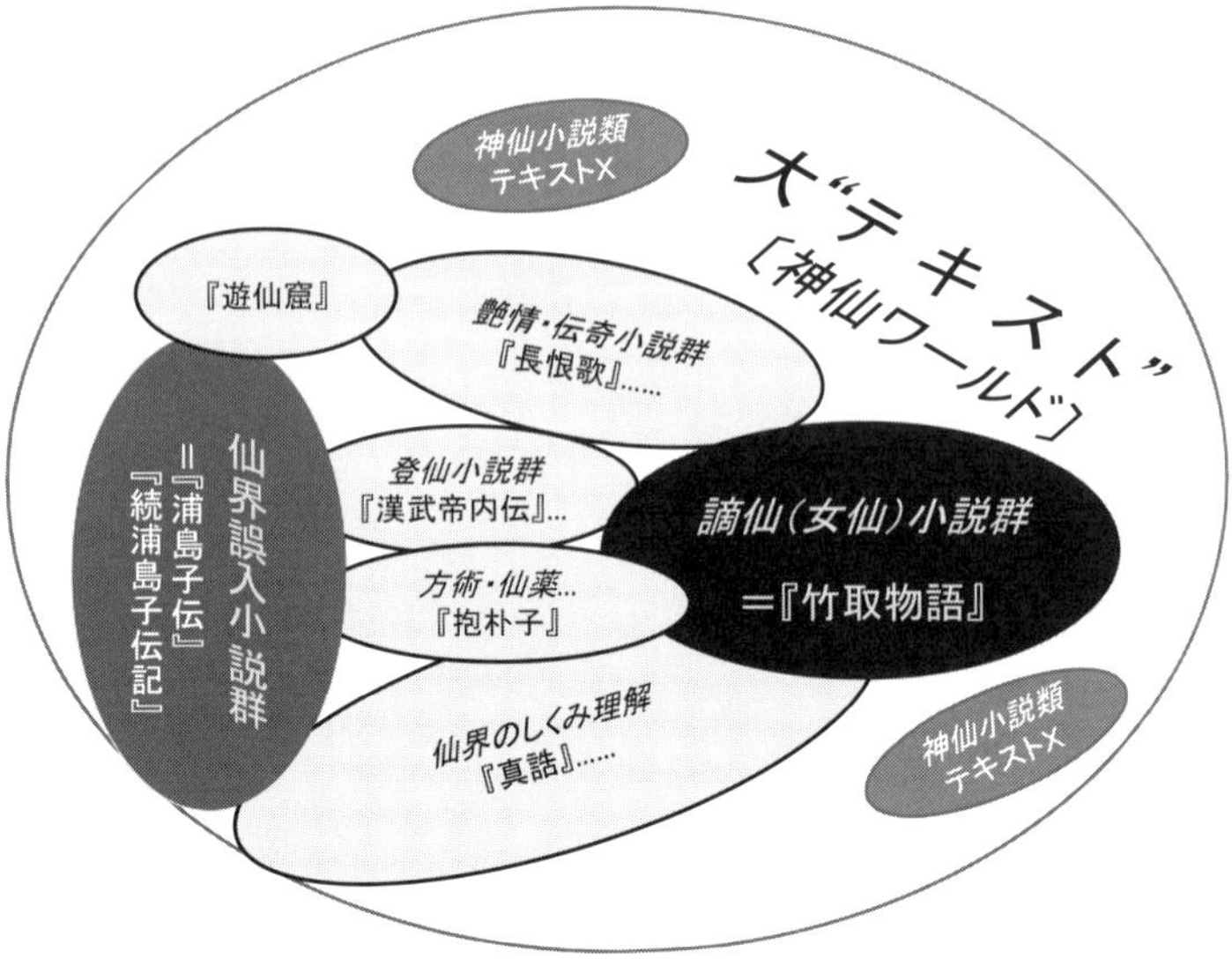

24　“神仙ワールド”のなかの『竹取物語』・『続浦島子伝記』

名であり、道教用語で崑崙が頭部を意味するように、道教の精神集中(修養)の秘技を述べた一連の身体部位に関わる特殊な所作の描写は、あたかもそれが、天の雷鳴を轟かせ、崑崙山上の華池で沐浴し、黄金の梁を叩くというような、宇宙論的な想念にからめて「身体《ミクロコスモス》―宇宙《マクロコスモス》」を象徴させているわけだ。

『黄庭経』およびその注釈では、崑崙山上の宮殿は臓器、十二層の楼閣は喉、日月は目に相当するなど、身体そのものが崑崙山のアナロジーと理解されていたという(野口鉄郎・田中文雄編『道教の神々と祭り』)。

なお、浦島子は、蓬莱宮中で、仙

人としての資質を増進するために、秘密の仙書を読誦し、「或いは『六甲霊飛』の記を読み、或いは『万畢鴻宝』の書を誦」するが、これらの書名も『抱朴子』(遐覧篇)や『漢武帝内伝』にみえる。『続浦島子伝記』の著者は『抱朴子』だけでなく『漢武帝内伝』も読んでいたのであろう。

このようにみてくると、「仙界誤入小説群」に培養された浦島の話(『続浦島子伝記』)は、「謫仙小説群」に育まれたかぐや姫の物語(『竹取物語』)とほぼ並行して、その成立の背景基盤にあった神仙ワールドが生み出した、当代流行の先端を走る作品であったことがわかる(24)。

しかもまた、『続浦島子伝記』は神仙小説の話型を踏襲しながら、男女の愛情をテーマとする伝奇の特徴をも吸収した伝記部分に加え、主人公の立場からの悲恋を詠む長詩や贈答詩歌の連作をも増補するなど、他の伝記類にはまったく見られない特異な作品となっている。漢文の伝記が悲恋や愛情詩をともなう伝奇小説へと変容し、さらには和歌世界をも取り込むという、十世紀前後期の国風的なものが一気に立ちあがるこの時期の文学史的な動向をよく示している。

終章　かぐや姫と浦島──物語文学と伝奇のあいだ

仙女かぐや姫の物語、『竹取物語』はどのようにして生まれたのだろうか。この問題を、同じ神仙ワールドの渦中に創作され、唐代伝奇小説の要素を吸収し、悲恋的な長詩や和歌の贈答までも取り込んで変容する、地仙・浦島の伝記、『続浦島子伝記』を比較材料として、わたくしなりの見通しを述べてみたい。

和歌と仮名表記

先にみたように、『続浦島子伝記』の和歌表記は、万葉仮名（漢字表記）によるものであった。今あらためて以下の二首をみてみよう。

世間緒　思海塗　我身庭　老乃波佐部　立曾波利気留（「浦島子の歌十首」の第三）
（世の中を　思ひうみぬる　我が身には　老いの波さへ　たち添はりける）

世緒海天　我泣涙　澄江丹　紅深木　波砥与頼南（「亀媛の歌四首」の第三）

（世をうみて　我が泣く涙　澄の江に　紅深き　波と寄らなむ）

両首ともに、「海」「波」は縁語で、「うみ」には「海」「倦み」の掛詞技法が用いられている。ここの縁語関係は、漢字表記で十分通用するものの（もともと和歌の縁語技法の発達は、漢詩文の対句法（対寓論）に触発されて洗練されたものである）、「海―倦み」は、国語として発音して初めて成立する（仮名の表音文字で可能となる）。表意文字である漢字では、どちらか一方の意義をもつ漢字でしか表記できない。

じつは、古代中国の口誦的な漢詩（民歌）には多くの掛詞（中国の学術用語では「諧音双関《かいおんそうかん》語《ご》」という。英語圏の"*pun*""*double meaning*"に相当）があるが、こうした漢字表記の性格（および、正統的な中国文学からは軽視される）ゆえに、掛詞の発見そのものが困難な事情がある。結果として、一般には詩歌における掛詞は日本固有のものと思い込む誤解が少なくない。

古代中国・漢代の歌謡にみられる例をあげよう。

江南は蓮を採るに可《よ》し、蓮の葉は何ぞ田々《でんでん》たる。

（江南はハスの実を採るによいところ。盛んに茂るよハスの葉は）

魚は戯《たわむ》れる　蓮の葉の間。

魚は戯れる　蓮の葉の東、魚は戯れる　蓮の葉の西。

魚は戯れる　蓮の葉の南、魚は戯れる　蓮の葉の北。

表面上は、蓮の葉の周りを魚が泳ぎまわる様子を唄ったものだが、その深意は、「魚」は同音で「吾」を、「蓮」は同音で「憐（愛しい人・恋い人）」をさし、「おいらはからかう、惚れたあの娘を」というほどの意味。前半は一人が歌唱し、「魚は戯れる蓮の葉の東」以下は、それに応えるように集団で唱和する、健康なエロスを含んだ労働歌であった（余冠英『楽府詩選』）。

かつて筆者のもとに留学してきた台湾の院生（教師経験者）から、この歌謡が載っている小学六年生用の教科書（『国民小学　国語課本』）をいただいた。確かに「採蓮謡」の中にこの一首が掲出されている。ただし彼女は、こんな掛詞のある愛情詩だとはまったく知らずに教えていたという。掛詞技法は、実際には多くの国々の言語文化にも頻用され、シェイクスピアなどの西洋文学にもふんだんにみられるものである（小林路易『掛詞の比較文学的研究』）。

この『続浦島子伝記』の和歌の掛詞表記と同様のものは、先にあげた『新撰万葉集』にもみられる。

駒那倍手　目裳春之野丹　交南　若菜摘久留　人裳有哉砥
（駒並べて　目もはるの野に　まじりなむ　若菜摘み来る　人もありやと）

「はる」には「目も遥るに（遮るものもなく見晴らしのよい）」と「春の野」が掛けられている

が、表記は「春」のみ。

夜緒寒美　衣借金　鳴苗丹　芽之下葉裳　移徙丹芸里

（世を寒み　衣かりがね　鳴くなへに　萩の下葉も　うつろひにけり）

「かり」には、「衣借り」と「雁が音」が言い掛けられているが、これも表記は「借」のみ。

その一方で、

春霞　色之千種丹　見鶴者　棚曳山之　花之景鴨

（春霞　色のちぐさに　見えつるは　棚引く山の　花のかげかも）

この例では、和歌一首の内容に関わりなく、「鶴」「鴨」の文字表記上の遊戯がみられ、漢字で遊ぶことはいかにも得意な様子である。『万葉集』に「居之鴬鳴尓鶏鵡鴨（居りし鴬鳴きにけむかも）」（巻八―一四三一）とあるのと同じ趣向。

『続浦島子伝記』や『新撰万葉集』にみられる用字法（「正訓」とともに、『万葉集』を凌駕するほどに多種多様な「借訓」を多用する）は、漢字を自在に駆使しながら日本語を表記しようとする創意工夫ではあるが、これらはあくまでも漢字文化圏内での遊びに過ぎない。仮名文字によってはじめて生き生きとその技法の本領を写すことができる和歌に対して、漢字表記を原則とする『続浦島子伝記』の対応はせいぜいこのような範囲に留まる。

また、漢文の伝の中に仮名表記の和歌を収めることはできず、わずかに、伝の末尾に付属させて、別枠として万葉仮名字体（漢字体）の和歌を添えることが精いっぱい。しかもそこでは、浦島と亀媛の贈答詩歌はそれぞれ別々のユニットとして据えられ、並列・併置されているに過ぎない。一対をなす贈答形式となっていないので、言葉のやり取りのダイナミックな応酬も表すことができない。

こうした限界を超えるためには、この漢字の表意性を脱した国語を表すための固有の表音文字の発明が急務であった。そもそも仮名文字は、その発達の過程も含め、つねに和歌と共にあった。和歌こそが仮名ぶみ（国語表現）に寄り添いその言語的洗練を育んできたものであった（拙著『詩歌の森』）。和歌を「やまとことのは（大和言葉＝国語）」（『源氏物語』薄雲）というのは、そういう背景がある。和歌は口頭世界に発し、その音を忠実に伝えようとした当初から、一字一音式の仮名表記を原則としてきた（難波宮から出土した七世紀中頃の「歌木簡」は、その最古の発掘例）。

しかもまた、九世紀前半まではいまだ漢字の字形を強く残していた万葉仮名が、九世紀後半には、現在の仮名字体に近い形に崩され始めていたことが最近の発掘資料（木簡、墨書き土器等）から明らかになった（25）。表だった紙媒体の文献資料には現れにくかったものの、仮名文字、仮名ぶみが相当程度まで自在につづられ、日常的な生活に密接した場では、みずからの思い（口頭語）を記す等身大のツールとして用いられつつあった実態がうかがわれる。

のはなふゆこもり

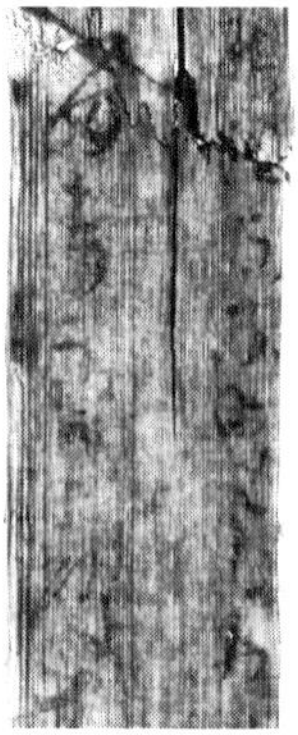

るまらと

25　「難波津木簡」（右）、「墨書き土器」（左）　京都市内出土。九世紀後半

こうした仮名ぶみの飛躍的な進展に支えられてはじめて、『竹取物語』や勅撰和歌集『古今和歌集』が国風文化として登場することになった。

和歌の贈答で描かれるかぐや姫の変容

『続浦島子伝記』がなしえなかったダイナミックな贈答和歌の応酬を、『竹取物語』は五人の求婚者に帝を加えた六つの挿話で、かぐや姫と求婚者間の心理的距離を生き生きと浮かび上がらせることに成功する。『竹取物語』中で、この贈答歌のやり取りがいかに重要で、最も魅力的なエンターテイメントであったかは、現代の感覚からはなかなか共感しにくいであろう。少しでも当時の作者―読者に近づいて、その妙味の一端を味わうために、簡単に〈贈答和歌のルール〉をまとめておこう。

『万葉集』にみえる用例のほとんどがそうである

ように、「和歌」とは、本来「歌を和《あわ》す」「和《こた》える歌」の意で、贈答歌（コミュニケーションツールであること）を基本とする（「和歌」が「やまと歌」の意味で使われるのは、漢詩《からうた》との対抗意識が明確化する平安和歌から）。特にその中心をなすものは「恋」。古代歌謡から継承された男女の恋歌のやり取り（駆け引き）は、平安貴族の王朝和歌世界で、定型化・ルール化され、一定の約束事のようなものが共有された。

（ア）贈答の順序はまずは男から女へというのが基本（いわゆるジェンダーの成立も九世紀後半から現れ、十世紀初頭の勅撰和歌集『古今集』に規範化されるという）。（イ）男の懸想に、女が巧みに切り返して応じる型を取る。（ウ）答歌は、贈歌に詠み込まれた「ことば」や「発想」をふまえること。これは相手の「ことば（＝こころ）」を受けとめたことの表明でもある。むろん、はぐらかしたり、あえてまっすぐに受けとめないことも、この応対の範囲である（鈴木日出男「和歌における対人性」／『喜撰式』和詩）。

こうしたルールを前提にすれば、和歌の贈答のやり取りを見るだけで、かぐや姫と求婚者との関係（求婚者に対するかぐや姫の真情）を知ることができる。逆に、作者は、この贈答和歌の技法を応用、駆使して、かぐや姫の心境の推移・変化をより的確に表現することができるというわけだ。

最初の求婚者（石作皇子）の「海山の道に心を尽くし果てないしの鉢の涙流れき（死ぬほど

の苦難を超えて仏の石鉢を持参しました）」は、難題探索に艱難辛苦を極めた心情を述べて尋常でない誠意の深さを強調したもの。「つくし」に「筑紫」、「ないしの鉢の」に「泣きし血の（涙）」を掛け、さらには、難題物の「石の鉢」を詠み込む（当時流行の「物名《もののな》」の技法）という念の入れようである。まるで、筑紫の港から大海を渡り苦労を重ねて石の鉢をもってきたと言わんばかり。歌の作りとしては手抜きのないみごとな出来栄えであり、石作皇子は、獲得不可能な難題の解決をはなから放棄しながら、和歌に籠められたもうひとつの言葉の「創意」で訴えようとするのである。

　これに対するかぐや姫の返歌「置く露の光をだにも宿さまし小倉山にて何求めけむ（青く光り輝くという石鉢のようにせめてほんのわずかでも光っていたらよかったのに。小倉（ほの暗い）山で、いったい何を探して来たんでしょう）」は、いかがであろうか。贈歌にある「ことば」も用いず、「発想」にもまったく関知しない。

　こうしたかぐや姫の拒絶をよそに、それにもめげずに贈った「白山にあへば光の失するかと鉢を捨てても頼まるるかな（光輝く白山（かぐや姫）に気押されてほの暗いだけです。鉢はともかく私の思いを遂げさせて下さい）」との厚かましい開き直りには、返歌もしない。ここには心の共感はおろか、交流そのものを拒否する冷たい応対がある。

　二人目の求婚者（車持皇子）は、蓬莱の珠の枝を取りに出かけたと見せかけて、ひそかに職人に命じて精巧な偽物を捏造し、それを本物といつわり弁舌したたかに結婚を迫る。その厚顔無恥な贈歌「いたづらに身はなしつとも珠の枝を手《た》折らでただに帰らざらまし（命をかけて珠の枝を持参しました）」には、「まことかと聞きて見つれば言の葉を飾れる珠の枝にぞありける（本物かと思いきや、嘘で固めた偽物だったのね）」（かぐや姫）と答える。

三人目の「かぎりなき思ひに焼けぬ皮衣袂かわきて今日こそは着め（あなたに寄せる激しい情熱の火にも焼けない皮衣を手に入れ、今までの苦労も忘れます（この衣を掛けて一緒に共寝をしましょう））」（阿部御主人《あべのみうし》）には、「名残りなく燃ゆと知りせば皮衣思ひのほかに置きて見ましを（あっけなく燃える偽物と知っていたら、火の外に置けばよかったのに（あなたと同衾するとなったらどうしようかしらなどと、ひどく心配しなければよかったわ））」（かぐや姫）とあり、いずれも掛詞を駆使し相手の言葉尻を逆手にとっての攻撃的な応酬に徹し、とてもしんみりと情を交わすというレベルにはない。いずれも高圧的で攻撃的にさえみえる冷淡で残酷な待遇そのもの。四人目（大伴御行《おおとものみゆき》）に至っては贈答歌そのものが存在しないゆえに、二人の関係はまったくかけ離れたものとなっている。

これに対し、五番目の石上麻呂足《いそのかみのまろたり》の場合はどうであろうか。彼はただ独り難題の解決に命を捧げ、高所から転落し死期が迫る。その噂を聞いたかぐや姫は「すこしあはれと思ひけり（わずかに心を動かされた）」という。その証拠に、定型《ルール》を破って彼女の方から和歌を贈るのである。「年を経て浪立ち寄らぬ住の江の待つ甲斐なしと聞くはまことか（本当に子安貝はなかったのですね（ずっとお待ちしてもむだなのですね））」と。

こうした、一連の和歌の贈答（「ことば」の応酬は、そのまま「こころ」のやり取りにほかならない）を通じて、かぐや姫の心情にゆったりとだが確かな変化——「こころ・こころざし（誠意）」に感応する人間的情感が芽生え、息づきつつあることが示される。

さて、最後の求婚者である帝に対するかぐや姫の反応はいかがであろうか。最初は定型通りに、帝から「帰るさの御幸《みゆき》もの憂く思ほえて背きてとまるかぐや姫ゆゑ（お別れするたびに後ろ髪が引かれます）」という和歌を贈られたかぐや姫の返歌は、「葎《むぐら》はふ下にも年は経ぬる身の何かは玉の台《うてな》をも見む」というものである。「賤しい育ちの私には、妃の身分などとても望めるものではありません」と。かぐや姫の歌のなんとしおらしいこと。言葉を武器のように駆使し相手をやり込める、冷厳な強者の立場とはうって変わった言いようであり、前の五人とは雲泥の差異がある。これはどうしたことであろうか。

しかも昇天の場面（人間としての死に際）では、しめやかな長文の手紙（「ことば」）に添えて、「今はとて天の羽衣着る折ぞ君をあはれと思ひ出でける」との絶唱を詠む。定型を破って女であるかぐや姫から歌を贈ることに加え、その内容も、帝こそが最愛のひとだったのだと告白するのである。これを受けた帝の「逢ふことも涙に浮かぶ我が身には死なぬ薬も何にかはせむ（二度と逢うこともかなわず悲しみの涙に暮れるわが身には、不死の薬は何の価値もない）」という返歌は、もはやかぐや姫の愛情に応えるすべのない絶望的な詠嘆としてふさわしい。

和歌の応酬による会話には、繊細な人間関係（心情）が濃密に凝縮されている。『竹取物語』の作者は、こうした和歌のルールをより典型化して男女間の心理とその変容を巧みに描き出したのである。このような和歌の傑出した創造力を支えているのは、間違いなく仮名ぶみの表現力そのもの。恋とともにあった和歌でこそ可能な豊かな表現の世界が描かれている。これは、現代のわれわれの感覚からはなじみにくいものではあるが、十世紀前後期当時の「現代文学」としての『竹取物語』の作者（＝読者）が、一喜一憂の恋の波瀾を味わいつつ熱中するエンターテイメント性豊かな言語ゲームでもあった。

こうした言葉のやり取りが魅力あるものとして物語場面に積極的に組み込まれたのは、ようやく目覚め、自在に駆使することが可能となった仮名文字の表現力を謳歌する気風に支えられたものである。このことを、同じ頃に成立した『古今集』の和歌の特徴と関連させて次に説明しよう。

箱の中で養われるかぐや姫

古今集時代の和歌の特徴に、言葉遊びがある。『古今集』巻十「物名」は一巻全体がこの言葉遊びの歌で占められる。たとえば「ほととぎす」「すもものはな」という「物の名前」を三十一文字のなかにはめ込んで和歌を創作することが課せられた場合、その解答例は、

くべきほど　ときすぎぬれや　まちわびて　なくなるこゑの　人をとよむる

（頃あいの時を過ぎてしまったからかしら、待ち兼ねていた折に鳴いたホトトギスの一声に、どよめきの歓声が上がる）

いまいくか　はるしなければ　うぐひすも　ものはながめて　おもふべらなり

（春も残りわずかなので、鶯は悲しみを抱いて物思いに耽っているようにみえる）

というようなもの。五、七、五、七、七の律調の区切りも清濁の相違も超えて、三十一文字の表音仮名の連綿続け書きの機能を駆使することで、自在な「物名」の技法が可能になる（平安時代の仮名文献では濁点符は付けないから、さらに自由さが増している）。本来的に口頭による発音上の話芸（声のわざ）であった旧来の掛詞は、仮名という表音文字でのみ可能な書記の技法（文字のわざ）として、平安貴族たちの手によって新規に創造し直されたというわけだ。

これらの和歌に代表されるように、ようやく身に着けた自国の固有文字、仮名文字によるやまとことばの表現力の豊かさを誇らかに謳歌したのが古今集歌の一面であった。このような言語感覚は、そのまま同時代の『竹取物語』にも共通する。『竹取物語』の各段落（話題のユニット）の綴じ目が、掛詞技法を用いた語源説明になっていることは意外に読み過ごさ

れやすい。

大勢の厚顔無恥な求婚者の狂騒話の末尾は「さる時よりなん、『よばひ』とは言ひける」で収められる。「こっそり夜に這って忍びこむから「よばひ」というのだ」と（「よばひ」は本来「呼び合う」、男女が互いの名を呼んで求婚するのが原義。それを下敷きにしたダジャレである）。これを皮切りに、最初の求婚話の結末が「かの鉢を捨てて、また言ひけるよりぞ、面《おも》なきことをば『はぢを捨つ（恥も外聞もなんのその）』とは言ひける」とあるのをはじめ、以下、五人目の「『あな、貝無《かひな》のわざや（あれまあ、子安貝じゃなかったよ）』とのたまひけるよりぞ、思ふに違ふこと（期待はずれなこと）をば『甲斐《かひ》なし（むだである）』と言ひける……少し嬉しきことをば『甲斐あり』とは言ひける」に至るまで、一貫してこの形式がとられる。

さすがに物語の結末は掛詞の連続を嫌って、というよりも、あえて読者の予想を大きく外し、男性作家のなじんだ漢文訓読へ転じて「つはものどもあまた具してのぼりけるよりなん、その山を『富士』の山とはなづけける」に収束するまで、ふんだんに織り込まれる。

振り返ってみれば、この言葉遊びは物語の冒頭からすでにはじめられていたことであった。

翁言ふやう、『われ朝ごと夕ごとに見る竹の中におはするにて知りぬ。こになり給ふべき人なめり』とて、手にうち入れて、家へ持ちて来ぬ。妻《め》の嫗《おうな》にあづけて養はす。うつくしきこと限りなし。いと幼ければ、こに入れて養ふ。

26　「箱」の中で養われるかぐや姫・江戸時代

「こになり給ふべき」の「こ」は、「我が子におなりになるはず」の意と、竹から生まれたから「籠《こ》（タケカゴ）に成るはずだ」を掛けたシャレである。なお、ここに「なり給ふべき」と、「尊敬」と「当然」の意をもつ言葉がついているのは、子の無い竹取の老夫婦が、常日頃申し子を授かりたいと願かけしていたゆえに、突然竹の中から出現した小さ子を神仏の賜わりものとして確信したことを示している。

やがて、こうした言語遊戯の面白みへの関心が薄れ、さらに「籠」を「こ」と読まなくなったころから、この掛詞は意味をなさないものとなってゆく。後世、「いと幼ければ、こに入れて養ふ」の文は、「いと幼ければ、箱に入れて養ふ」の本文に代えられ、これをもとにした絵巻の場面が描かれることとなる（「箱入り娘？」の登場、26）。

こうした、時流に迎えられた言語遊戯の数々もまた、後世には色褪せたものだが、成立当初の『竹取物語』が発揮し喝采を浴びていた、時代の気風を生き生きと写した「現代性」あふれるものであった。

漢文で書く――仮名ぶみで書く

かぐや姫の物語が仙女の話を脱して『竹取物語』となったのに反し、浦島は地仙の話に留まり《浦島の物語》にはなれなかったことについては、両者の間に横たわる大きな問題があった。それは、仮名ぶみと漢文――日本語で書くことと、古典中国語で書くことの決定的な相違である。いうまでもなくこの二つはまったく異なる言語行為である。単に使用する文字の違いということでない。中国語で書く場合は、古代中国の世界観・思想・ものの見方・文化の枠組みの中で考え、議論することになる。

このことを、『白箸翁』を書き神仙ワールドの渦中にいた紀長谷雄の嫡男淑望が著した『古今集』の「真名序（漢文序）」と、紀貫之が書いた「仮名序」を例に説明しよう。『古今集』が完成し天皇に奏上された時の正式な序は「真名序」で、その時には「仮名序」は無かった。国家的な事業である勅撰集には漢文の序（駢儷文）を付けるのが当時のきまりであった。

漢文で書くからには、当然中国式の詩歌論をベースに論理が展開される。文章全体の枠組みだけでなく、引用された語彙や故事も中国古典の文脈に沿った用い方をしなければならない。たとえば、和歌はいつから存在したか、詩歌の発生論を述べようとすれば、中国式の発生論を基本として述べなければならない。結果として、全体的に和歌本来の実情にあわない歌論となる（そこで、あらためて貫之が仮名ぶみで書きなおしたわけである）。

仮名ぶみで書く場合には、たとえ漢籍からの故事の引用をした場合でも、漢文世界の文脈の規制から離れて、より自在な使い方が可能となる。また、「真名序」の引用する故事・典拠が正統的な中国古典であるのに対し、「仮名序」は、より通俗的な典拠や平安前期に著されたわが国の漢文序を用いるなど、その材源の取材範囲や用法がぐっと身近でこなれたもの（より自由な書きぶり）になっているのである。

このような、漢文で書く限りは得られない視界を可能にしたのは、仮名ぶみという文体であり、まさに自己の思想が自己の文体によって確保されるということにほかならない。仮名ぶみの創出という自前の新たな文体の創造が、自前の国風文化をよりたくましく切り拓いてゆく（拙著『和歌の詩学―平安朝文学と漢文世界』）。

その意味で、漢文で書かれた『続浦島子伝記』は、それが規範とする中国渡来の神仙小説の話型の枠内でいかに増補を重ねても、その垣根を超えることはできない。『遊仙窟』などの唐代伝奇の表現手法やモチーフをテコにして、古来の「浦島子伝」を改作し、ぎりぎりその可能性を伸長し、やっと伝奇小説の域に近づけたもののの、しょせんは神仙譚の枠内のもののに留まる。愛情詩を付属させ、精一杯の伝奇を装いながら、その枠から逸脱しようとしてなお、それ以上には飛躍しえなかった。この「飛躍」には至らず、「逸脱」に萌した可能性を新たな世界へと誘い、転換させたのは、ようやく台頭してきた仮名ぶみの力であった。

むすびに

浦島とかぐや姫は、「誤入」（仙境訪問譚）と「謫降」（謫仙人譚）という、ともに神仙小説のプロットを材源として成立した。あくまでも漢文のルールの枠に留まる『続浦島子伝記』に対し、仮名ぶみによりつづられた『竹取物語』は、漢文の規範・コード・枠組みを軽やかに超え、神仙ワールドに遊びつつ、さまざまな神仙・志怪・伝奇のモチーフのアイテムを自在に駆使し、あらたな物語を生み出すことができた(27)。

現存する『竹取物語』の題号は、〝かぐや姫の物語〟ではなく、〝竹取の（翁の）物語〟である。古く〈竹取説話〉があったかどうかはわからない。筆者はこれには否定的だが、『万葉集』にみえる「竹取翁」の小話をその一類と仮定すれば、市井の物売りを題材に『白箸翁』が書かれたように、竹を採る老人を神仙譚的な枠組みでとらえなおした〈竹取翁〉が漢文で書かれたかもしれない（「浦島子伝」と同様の神仙小説の一類として）。

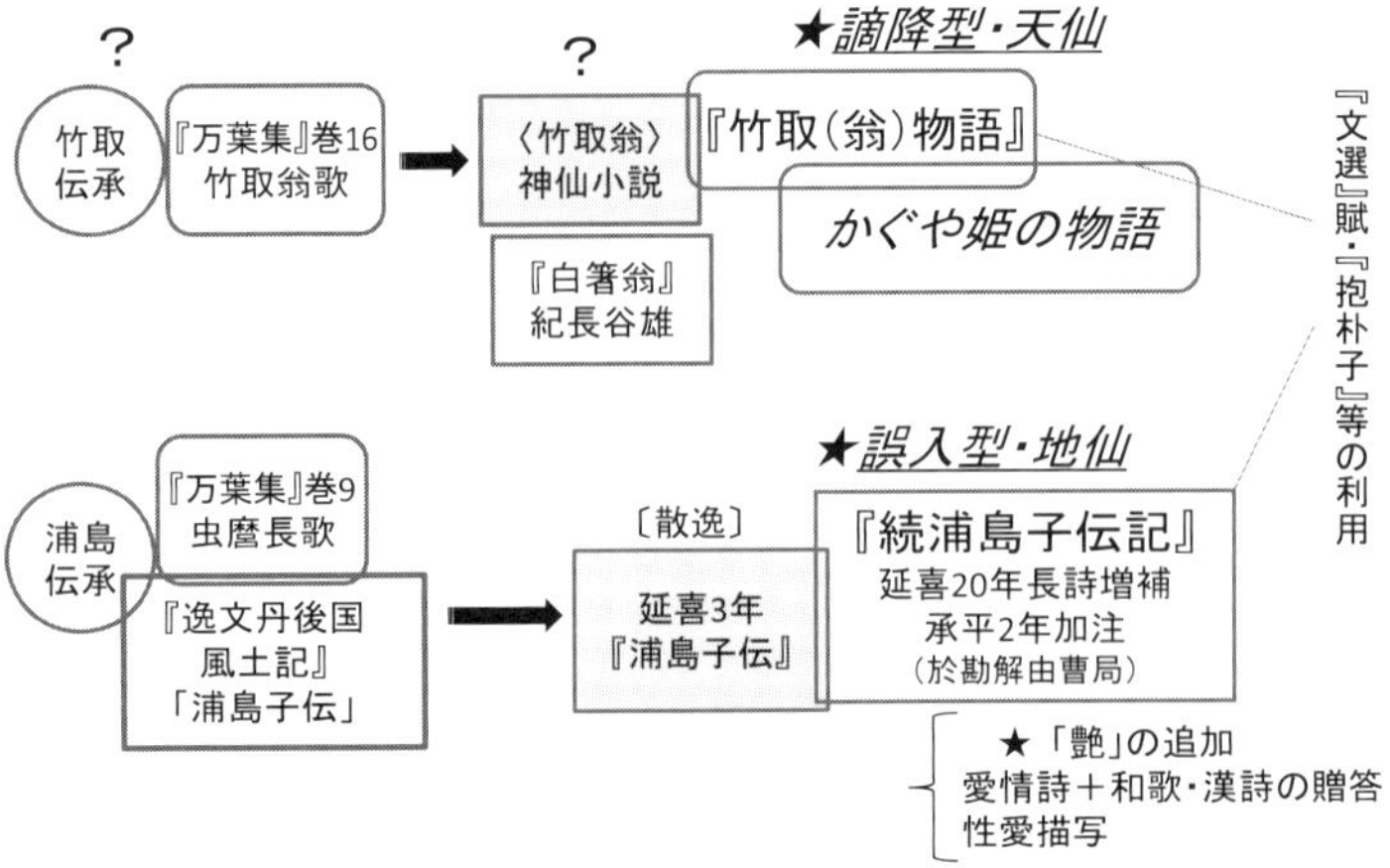

27　神仙譚～物語（『続浦島子伝記』／『竹取物語』）

その痕跡が『竹取物語』の題号に残り（翁を主人公とする読みを支え）、やがて、「浦島子伝」の変容（『続浦島子伝記』の形成）にみられるような神仙譚の伝奇化やそれからの逸脱のエネルギーを得て、仮名ぶみによるかぐや姫を主体にしたあらたな仙女の物語『竹取物語』が成立した……。もっともこの場合でも、現存の『竹取物語』にとって神仙伝的な〈竹取翁〉は、もはや遠い彼方の幻に過ぎない。

なお、『竹取物語』とともに古い物語の一つと伝えられる『はこやのとじ』（現在は散逸し、わずかな情報しか伝わらない）は、神仙の棲む藐姑射山《はこやのやま》の仙女（刀自《とじ》）に照満姫《てりみちひめ》を奪い返された太玉帝《ふとだまのみかど》の嘆きを描くものらしい（小木喬『散逸物語の研究―平安・鎌倉時代編』）。仙女の来臨と帰還をモチーフとする点で、

『竹取物語』との類似性が想定されるものである。

この『はこやのとじ』は、神仙ワールドに育まれ、神仙譚を乗り物として仮名ぶみによる新たな物語を生み出そうとしたさまざまな試行過程の痕跡のひとつとみることができる。そして、このような試みの中から到達した「物語の出で来始めの祖」が『竹取物語』であったということなのであろう。

現代のわれわれにとって、古典とはなにがしか近寄りがたく、粗略に扱ってはならない規範のような錯覚を抱かせやすい。しかし、もともと物語とは「つれづれ慰むもの（気晴らし、退屈しのぎ）」（『枕草子』）であり、読者（書写者）参加型の娯楽であった。さまざまな写本を生み出すほどに本文はつねに流動していた（片桐洋一『平安文学の本文は動く　写本の書誌学序説』）。これが権威をともなった「古典」となるのは、本文の流動が止まり、文化・学術的に大切なものと認識されて以後の話になる。

『源氏物語』は藤原定家の文献学的な本文整理を経て以後、膨大な注釈が書かれるようになる。「古典」である自己証明のひとつは、その作品が注釈の対象とされるか否かにある。『竹取物語』は江戸時代になってようやくわずかな注釈が施されるから、その「古典」としての存在はずっと新しいということになる。そうした経緯もあって、『竹取物語』の本文には良質なものが伝えられず、解読不能の箇所も少なくない。

日本の古典作品の例にもれず『竹取物語』もまた、数次にわたる改変改作の手が加わり、その痕跡はあちこちに伏在している。求婚者がもとは三人であったかもしれない証跡、かぐや姫に対する敬語使用のかたより（前半は希少で後半に充実）、冒頭の素朴にみえる文体とは格段に異なる昇天の段の『源氏物語』にも匹敵するほどの長文で流麗な仮名文体など、『竹取物語』は、現行のかたちに至るプロセス、読者の加担による変容などをいくえにも織りなした作品である。本書で見てきた神仙小説の話型やモチーフの利用なども、そうした上書き・更新の大きな足跡にほかならない。

古典テキストを解読する醍醐味のひとつは、長い時間を経てさまざまな作者（読者）によってつむぎあげられたテキストが内蔵する作品創造の秘密を解き明かすことにあるが、本書の試みが、少しでもこの面白さに触れる機会となるならば幸いである。

あとがき

本書をこのような教養書の形にまとめようと思ったのは、この数年、ヨーロッパで『竹取物語』の講義をする経験をしたことがきっかけであった。ワルシャワ大学東洋学部日本学科の学生たち、おおよそ四十名ほどを相手にした授業は、いつも受講生の活発な質問にあふれていた。特に日本留学を経験してきた四、五年生（大学院生）の理解力や洞察力の高さには驚かされもした。しかしまた、なかなか日本の古典や伝統文化になれない一年生には、講義後に寄せられた「作文」に躍る好意的な感想とは裏腹に、相当に難解な時間ではなかったかと反省している。

歴史用語や古語の意味、文法などは、それなりのツールを駆使してなんとか理解できるものの、古典テキストのベースになっている思想的な枠組みや歴史的背景など、日本の学生には通念的な前提（となっているはず）の教養知の空白は、大きな障害となるものであった。異言語間における文学作品の理解（翻訳）には、それを生み出し支えている文化的背景への幅広い知識が欠かせない。ささやかながらもこの経験は、本書の序章で記したアプローチの必要性を、あらためて確信する機会となった。

講義期間も中盤を過ぎた頃、ポーランド語の字幕付きでアニメ作品『かぐや姫の物語』を楽しんだ。日本学科の学生たちはほとんどが熱烈なジブリファン。ため息と歓声の途切れない感動に高揚した雰囲気のなか、いよいよかぐや姫が月を眺めて悲しみに暮れる場面となる。「今月の十五日には月へ帰らねばなりません」と、この物語の見せ場のひとつである。

しかしこのシーンに描かれた月の形は、よく見ると、なんと満月を経過した二十日過ぎ（有明の月）の形をしている。月齢の事実関係からいえば、この月の姿は誤って描かれたものということになる（ただし、このことにどれほどの観客が気づいたことであろうか）。

しばし沈黙の後、ジブリファンを自認する筆者は、以下のような解説を加えることにした。〝このアニメはとりわけ絵画的な芸術性を優先したものなので、この月の形はひとつの象徴的な「詩的表現」として選ばれたに相違ない。古典文学の世界での「有明の月」は、男女の濃密な別れの場面をかたどる悲恋的イメージの豊かな景物ゆえ、あえてこの場面にふさわしく描かれたのだ〟と。

現代人にとって月齢の意味はもはや失われたが、かぐや姫本人にとっては、刻々と月世界への帰還を迫る重く深刻な目印であった。月がもたらす伝統的な映像美の意味も知らなければそれまでであるが、わかればそれなりの浅からぬ感動を呼び覚ますものである。東洋と西洋を往還するたびに文化の翻訳の難しさを実感しつつも、他方、明治を画期とする古典古代の「前近代」は遠く彼方に過ぎ去り、ましてや千百年も昔の作品ともなれば、自他を問わず遥かな異次元のものごととなった。ここに至ってはもはや、異文化や異言語間の垣根というものも、それほど悲観的にとらえる必要もないのかもしれない。

昨今の若者文化に詳しいある批評家によれば、広く「物語」的なるものは、現代にあっては小説のみならずマンガ、アニメ、ゲームなど多岐にわたって見られるが、そこには、時として、ある特徴的な類型の存在が指摘されるという。二〇〇〇年代のサブカルチャー作品にあっては、「美少女が空から降ってくるものばかり」と批評され、また二〇一〇年代に入ると「冴えない男が異世界に転生して活躍するものばかり」と揶揄的に論評される云々、など。さまざまなメディアによる表現の多様化を経てもなお、これら身近にあふれる作品の物語様式が、「謫降型（かぐや姫型）」と「誤入型（浦島型）」を保持してやまないのは、この話型の普遍性を表すものでもあろうか。

この本を書き終えようとする今気づくことは、本書の構想は、筆者が国文学に志した頃からずっと温めてきたものであった。今さらながら、なお同じテーマに低徊していることに一抹の気恥ずかしさを禁じえないが、定年後の閑暇を得て、あらためてこの課題に挑戦してみようとの意気ごみから、国内外での講演や学会発表等を重ねながら、一応の見通しを立ててまとめたのが本書である。

学生時代の筆者にとって、塙選書は学術的価値の高い良書の宝庫としてかけがえのないみちしるべであった。この度、縁あって本選書の末席を汚すこととなったが、小著がそれにふさわしいものかどうか、いささか心もとない。読者諸賢の判断にゆだねるほかはない。

編集の寺島正行氏からは、本書の構成や字句の適否など全般にわたって、行きとどいたお導きを賜わった。あわせてまた、図版等の掲載に関し関係機関よりご高配をいただいたことに、この場を借りて御礼申し上げる。

教養書としての性格上すべてを掲げることはできないが、本書は多くの先行論著の成果のうえに成り立つ。巻末の参考文献はその一部に過ぎない。読みなれない文献に挑んだこともあり、おおいなる誤解・誤読の少なくないことをおそれる。忌憚のない御批正をいただければ幸いである。

二〇一八年二月

渡辺秀夫

参考文献

序章

阪口保『浦島説話の研究』（創元社・一九五五年）

林晃平『浦島伝説の研究』（おうふう・二〇〇一年）

三浦佑之『浦島太郎の文学史――恋愛小説の発生』（五柳書院・一九八九年）

三舟隆之『浦島太郎の日本史』（吉川弘文館・二〇〇九年）

奥津春雄『竹取物語の研究――達成と変容――』（翰林書房・二〇〇〇年）

宋成徳「『竹取物語』、「竹公主」から「斑竹姑娘」へ」（『京都大学国文学論叢』第一二号・二〇〇四年九月）

高橋宣勝『語られざるかぐやひめ』（大修館書店・一九九六年）

柳田国男「竹取翁」「竹伐爺」（『定本柳田国男集』第六巻・筑摩書房・一九六八年）

孫猛『日本国見在書目録詳考　上中下』（上海古籍出版社・二〇一五年・上海）

〔宋〕李昉等編・張国風会校『太平広記会校（附索引）』（北京燕山出版社・二〇一一年・北京）

〔梁〕陶弘景撰・趙益点校《道教典籍選刊》『真誥』（中華書局・二〇一一年・北京）

李豊楙「探訪与誤入、道俗相異的人仙接遇説」「罪謫与重返、堕落仙人的下凡懲罰説」（『誤入与謫降　六朝隋唐道教文学論集』台湾学生書局・一九九六年・台北）

第一章

李剣国『唐前志怪小説史』（人民文学出版社・二〇一一年・北京）
魏世民『魏晋南北朝小説史　上下』（北京師範大学出版集団・安徽大学出版社・二〇一一年・安徽省）
程毅中『唐代小説史』（人民文学出版社・二〇一一年・北京）
李時人『全唐五代小説』（陝西人民出版社・一九九八年・西安）
中国社会科学院・譚其驤主編『中国歴史地図集』（中国地図出版社・一九八二年・北京）
曾布川寛『崑崙山への昇仙——古代中国人が描いた死後の世界』（中公新書・一九八一年）
「六朝道教の研究」研究班「『真誥』訳注稿（一）」（『東方学報』第六八冊・一九九六年）
「六朝道教の研究」研究班「『真誥』訳注稿（二）」（『東方学報』第六九冊・一九九七年）
李豊楙『六朝隋唐仙道類小説研究』（台湾学生書局・一九八六年・台湾）
李剣国『唐前志怪小説輯釈』（上海古籍出版社・一九八六年・上海）
王平『中国竹文化』（民族出版社・二〇〇一年・北京）
松本信広「竹中生誕譚の源流」（『東亜民族文化論攷』誠文堂新光社・一九六八年）
滝沢馬琴『燕石雑志』（文化八年刊本・巻四「⑤桃太郎」）→『日本随筆大成』第二期第一〇巻（吉川弘文館・二〇〇八年）
川原秀城『毒薬は口に苦し——中国の文人と不老不死』（大修館書店・二〇〇一年）
孫昌武『道教文学十講』（中華書局・二〇一四年・北京）
『御定歴代賦彙』（中文出版社・一九七四年）
上田弘一郎『竹と日本人』（ＮＨＫブックス・一九七九年）
前野直彬『新装版　風月無尽　中国の古典と自然』（東京大学出版会・二〇一五年）
拙著『詩歌の森——日本語のイメージ』（大修館書店・一九九五年）

朱金城『白居易集箋校』（上海古籍出版社・二〇〇三年・上海）
居閲時・瞿明安主編『中国象征文化』（上海人民出版社・二〇〇一年・上海）
後藤昭雄「菅原道真の詠竹詩」（『平安朝文人志』吉川弘文館・一九九三年）
君島久子「嫦娥奔月考——月の女神とかぐや姫の昇天——」（『武蔵大学人文学会雑誌』第五巻一、二合併号・一九七四年）
大曽根章介「八月十五夜」（『年中行事の文芸学』弘文堂・一九八一年）
北山円正「是善から道真へ——菅原氏の年中行事——」（『神女大国文』第十五号・二〇〇四年三月）

第二章

神野志隆光「鬼　鬼の噂話をめぐって」（『国文学』第一七巻一一号・一九七二年九月）
森正人「紫式部集の物の気表現」（『中古文学』第六五号・二〇〇〇年六月）
麥谷那夫「道教における天界説の諸相——道教教理体系化の試みとの関連で」（『東洋学術研究』通巻一一六号・二七別冊・一九八八年）
新間一美『源氏物語と白居易の文学』（和泉書院・二〇〇三年）
谷口孝介『菅原道真の詩と学問』（塙書房・二〇〇六年）
小川環樹『中国小説史の研究』（岩波書店・一九六八年）
怪異史料研究会「三善清行『善家秘記』注解（その一〜七）」（『続日本紀研究』三六七、三七一、三七三、三七四・二〇〇七年四月〜二〇〇七年一二月、二〇〇八年四月〜二〇〇八年六月〔隔月刊〕）
竹田晃「六朝志怪から唐伝奇へ」（『東京大学教養学部人文科学科紀要』第三九輯・一九六六年一二月）
大曽根章介「街談巷説と才学——三善清行」（『大曽根章介日本漢文学論集』第二巻・汲古書院・一九九八年）
小林正美『中国の道教』（創文社・一九九八年）

拙著『平安朝文学と漢文世界』（勉誠社・一九九一年）
中村璋八・大塚雅司『都氏文集全釈』（汲古書院・一九八八年）
室井綽『ものと人間の文化史　竹』（法政大学出版局・一九七三年）
平野孝国『大嘗祭の構造』（ぺりかん社・一九八七年）

第三章

段成式『酉陽雑俎　一』（東洋文庫・平凡社・一九八〇年）
『永楽宮壁画《朝元図》原貌修復図与現貌対照図』（中国書店・二〇〇九年・北京）
拙著『平安朝文学と漢文世界』
石島快隆訳注『抱朴子』（岩波文庫・一九四二年）
小柳司気太・飯島忠夫訳『道教聖典』（心交社・一九八七年）
汪涌豪・兪灝敏著・鈴木博訳『中国遊仙文化』（青土社・二〇〇〇年）
李豊楙「神仙三品説的原始及其演変」（『誤入与謫降　六朝隋唐道教文学論集』）
大宮司朗『増補改訂　霊符全書』（学研パブリッシング・二〇一三年）
苟波『仙境　仙人　仙夢——中国古代小説中的道教理想主義』（巴蜀書社・二〇〇八年・成都）
胡孚琛主編『中華道教大辞典』（中国社会科学出版社・一九九五年・北京）
麥谷那夫「天界の神々——星への信仰」（野口鉄郎・田中文雄編『道教の神々と祭り』大修館書店・二〇〇四年）
山田尚子「月宮の周辺」（『重層と連関　続中国故事受容論考』勉誠出版・二〇一六年）
石井公成「変化の人といふとも、女の身持ち給へり——『竹取物語』の基調となった仏教要素」（『駒澤大学　仏教文学研究』第九号・二〇〇六年二月）
増尾伸一郎『道教と中国撰述仏典』（汲古書院・二〇一七年）

第四章

胡孚琛『魏晋神仙道教《抱朴子内篇研究》』（人民出版社・一九八九年・北京）
澤田瑞穂『修訂　中国の呪法』（平河出版社・一九八四年）
久保堅一「『竹取物語』と仏伝」（『中古文学』第七七号・二〇〇六年六月）
出石誠彦『支那神話伝説の研究』（中央公論社・一九四三年）
中野幸一『物語文学論攷』（教育出版センター・一九七一年）
阪倉篤義「『竹取物語』の構成と文章」（『文章と表現』角川書店・一九七五年）
小山儀著・入江昌喜補『竹取物語抄』（天明四年〈一七八四〉刊）→上坂信男『竹取物語全評釈（古注釈篇）』（右文書院・一九九〇年）
廖国棟『魏晋詠物賦研究』（文史哲出版社・一九九〇年・台北）
小尾郊一・花房英樹『文選』（全釈漢文大系・集英社・一九七四～一九七六年）
小野忍・千田九一訳『金瓶梅』（岩波文庫・一九七四年）
伏見冲敬訳『完訳肉布団』（平凡社・二〇一〇年）
工藤重矩「媒なき逢会は女の疵ということ——穿壁踰牆・葦垣・垣間見・伊勢物語五段」（『香椎潟』通巻五六、五七合併号・二〇一二年三月）
王朝物語史研究会編『竹取物語本文集成』（勉誠出版・二〇〇八年）
濱田寛『世俗諺文全注釈』（新典社・二〇一五年）
『竹取物語　伊勢物語　大和物語　平中物語』（《日本古典文学全集》小学館・一九七二年・片桐洋一解説）
李豊楙『仙境与游歴　神仙世界的想象』（中華書局・二〇一〇年・北京）

第五章

仁平道明『和漢比較文学論考』（武蔵野書院・二〇〇〇年）
増尾伸一郎・丸山宏編『道教の経典を読む』（大修館書店・二〇〇一年）
秋月観暎「道教史」（『道教1　道教とはなにか』平河出版社・一九八三年）
小柳司気太『東洋思想の研究』（森北書店・一九四二年）
傅勤家『中国道教史』（《中華現代学術名著叢書》商務印書館・二〇一一年・北京）
小南一郎「道教信仰と死者の救済」（『東洋学術研究』通巻一一六号・二七別冊・一九八八年）
久保堅一「『竹取物語』の仏教・神仙思想」（曽根誠一・上原作和・久下裕利編『竹取物語の新世界』武蔵野書院・二〇一五年）
胡孚琛主編『中華道教大辞典』
神塚淑子『六朝道教思想の研究』（創文社・一九九九年）
小林正美『中国の道教』
三浦國雄『不老不死という欲望――中国人の夢と実践』（人文書院・二〇〇〇年）
宮川尚志「謫仙考」（『東方宗教』第三三―三四通号・一九六九年一一月↓『中国宗教史研究　第一』同朋舎・一九八三年）
李豊楙「罪謫与重返、堕落仙人的下凡懲罰説」（『誤入与謫降　六朝隋唐道教文学論集』）
「六朝道教の研究」研究班「『真誥』訳注稿（一）」
「六朝道教の研究」研究班「『真誥』訳注稿（二）」
吉川忠夫・麥谷邦夫編・朱越利訳『真誥校註』（中国社会科学出版社・二〇〇六年・北京）
王国良『神異経研究』（文史哲出版社・一九八五年・台北）
蕭登福『漢魏六朝仏道両経之天堂地獄説　修訂版』（青松出版社・二〇一三年・香港）

近藤春雄『長恨歌・琵琶行の研究』（明治書院・一九八一年）

第六章

麥谷邦夫「穀食忌避の思想――避穀の伝統をめぐって――」（『東方学報』七二冊・二〇〇〇年）
李豊楙『不死の探究　抱朴子』（時報文化出版企業・一九八七年・台北）
伊藤清司『死者の住む楽園』（角川選書・一九九八年）
定方晟『須弥山と極楽』（講談社学術文庫・一九七三年）
拙著『平安朝文学と漢文世界』
村上嘉実『中国の仙人――抱朴子の思想――』（平楽寺書店・一九五六年）
周全彬・盛克琦編校『黄庭経集注――道教経典《黄庭経》注解集成』（宗教文化出版社・二〇一五年・北京）

第七章

李豊楙「道教謫仙伝説与唐人小説」（『誤入与謫降　六朝隋唐道教文学論集』）
苟波『仙境　仙人　仙夢――中国古代小説中的道教理想主義』
宮川尚志「謫仙考」
山田利明「謫仙の構造」（『東洋大学中国哲学文学科紀要』第二一号・二〇一三年三月）

第八章

出石誠彦『支那神話伝説の研究』
高木敏雄・大林太良『増訂日本神話伝説の研究一・二』（東洋文庫・平凡社・一九七三、一九七四年）
小島憲之『上代日本文学と中国文学　中』（塙書房・一九六四年）
滝沢馬琴『燕石雑志』（文化八年刊本・巻四「⑥浦島之子」）→『日本随筆大成』第二期第一〇巻
李豊楙「六朝仙境伝説与道教之関係」（『誤入与謫降　六朝隋唐道教文学論集』）

小川環樹『中国小説史の研究』
程国賦『中国古典小説論稿』（中華書局・二〇一二年・北京）
蕭登福『漢魏六朝仏道両経之天堂地獄説　修訂版』

第九章

今井源衛「漢文伝の世界」（金原理・後藤昭雄編集《今井源衛著作集第八巻》『漢詩文と平安朝文学』笠間書院・二〇〇五年）
後藤昭雄「坂上高明――『続浦島子伝記』の施注者」（『平安朝文人志』吉川弘文館・一九九三年）
久木幸男『大学寮と古代儒教――日本古代教育史研究』（サイマル出版会・一九六八年）
鈴木虎雄『賦史大要』（富山房・一九三六年）
張仁青『駢文学』（文史哲出版社・一九八四年・台湾）
許結『中国辞賦理論通史』（鳳凰出版社・二〇一六年・南京）
大曽根章介「平安時代における四六騈儷文」（『大曽根章介日本漢文学論集』第一巻・汲古書院・一九九八年）
小沢正夫『作文大体注解（上）（下）』（『中京大学文学部紀要』一九―二、三・四、一九八四年六月、一九八五年三月）
重松明久『浦島子伝』（現代思潮社・一九八一年）
鈴木一雄「源氏物語の会話文」（『源氏物語講座』第七巻・有精堂出版・一九七一年）
邱昌員『詩与唐代文言小説研究』（中国社会科学出版社・二〇〇八年・北京）
小峯和明・増尾伸一郎編訳『新羅殊異伝　散逸した朝鮮説話集』（東洋文庫・平凡社・二〇一一年）
今村与志雄訳『唐宋伝奇集（上）』（岩波文庫・一九八八年）
張文成作・今村与志雄訳『遊仙窟』（岩波文庫・一九九〇年）
西岡晴彦・高橋稔訳『六朝・唐小説集』（学習研究社・一九八二年）
飯田吉郎編著『白行簡　大楽賦』（汲古書院・一九九五年）

『医心方　巻廿八　房内　宮内庁書陵部蔵本』（至文堂・一九六七年）
広島東洋古典医学研究会『医心方　房内篇　安政版原文』（出版科学総合研究所・一九七八年）
土屋英明『中国の性愛術』（新潮選書・二〇〇八年）
『黄庭経秘註二種（道蔵精華第十四集之二）』（自由出版社・一九七六年・台北）
運敞『三教指帰注刪補』（真言宗全書刊行会『真言宗全書』第四〇巻・一九三五年）
宮澤正順「道教典籍に見える周身部分の名称について」（『東方宗教』第六七号・一九八六年六月）
加藤千恵「体内の神々　不老不死への願い」（野口鉄郎・田中文雄編『道教の神々と祭り』）
三浦國雄『不老不死という欲望――中国人の夢と実践』

終章

王運熙「論呉声西曲与諧音双関語」（『六朝楽府与民歌』新文豊出版公司・一九八二年・台北）
小尾郊一・岡村貞雄訳注『古楽府』（東海大学出版会・一九七七年）
田中謙二『楽府　散曲』（筑摩書房・一九八三年）
余冠英選注『楽府詩選』（人民文学出版社・二版・二〇〇二年・北京）
国立編訳館主編『国民小学国語課本』（国立編訳館・民国八九年版・二〇〇〇年・台北）
小林路易『掛詞の比較文学的研究』（早稲田大学出版部・二〇〇一年）
拙著『詩歌の森――日本語のイメージ』
鈴木日出男「和歌における対人性」（『古代和歌史論』東京大学出版会・一九九〇年）
『喜撰式』（佐佐木信綱編『日本歌学大系』第一巻・風間書房・一九五七年）
近藤みゆき『古代後期和歌文学の研究』（風間書房・二〇〇五年）
藤原良相邸跡出土の墨書土器（京都市考古資料館速報展・二〇一二年一一月二〇日～一二月一六日）

平安京左京四条一坊二町出土の「なにはつ」歌の木簡（京都市考古資料館速報展・二〇一五年一一月二七日〜一二月一三日）
『難波宮出土の歌木簡について』（奈良女子大学21世紀ＣＯＥプログラム報告集 vol. 12・二〇〇七年五月）、『紫香楽宮出土の歌木簡について』（同 vol. 21・二〇〇八年一一月）
鶴久「万葉仮名」（『岩波講座日本語8　文字』一九七七年）
曽根誠一「元禄元年絵入版本『竹取物語』第一図「かぐや姫の養育」を読む」（『花園大学文学部研究紀要』第四四号・二〇一二年三月）
拙著『和歌の詩学――平安朝文学と漢文世界』（勉誠出版・二〇一四年）
小木喬『散逸物語の研究――平安・鎌倉時代編』（笠間書院・一九七三年）
神野藤昭夫『知られざる王朝物語の発見　物語山脈を眺望する』（笠間書院・二〇〇八年）
片桐洋一『平安文学の本文は動く　写本の書誌学序説』（和泉書院・二〇一五年）

【図版】

4　「北斗龍神図」江戸時代・一八世紀　大将軍八神社（京都市）蔵
5　『本朝文粋』巻九・鎌倉時代写本（阿部隆一解題・身延山久遠寺編刊『重要文化財　本朝文粋』汲古書院・一九八〇年）
7　鷹司家旧蔵「大嘗祭図」江戸末期写・宮内庁書陵部蔵（図書寮文庫・鷹一五一・鷹司本）をもとに作成
8　『永楽宮壁画《朝元図》原貌修復図与現貌対照図』（中国書店・二〇〇九年・北京）
9　「頂脊壁画　瑞雲」（『洛陽漢墓壁画』文物出版社・一九九六年・北京）
10　「侍童」（顔新元『民間鬼神画』湖南美術出版社・一九九六年・湖南省）
12　「韓家曲鳳鳥・羽人・宴楽画像」後漢時代（『中国美術全集　絵画篇18　画像石画像磚』上海人民美術出版社・一九

八八年・上海）
13 「衫子」（周迅・高春明『中国衣冠服飾大辞典』上海辞書出版社・一九九六年・上海）
14 「羽人乗麟画像磚」前漢末〜後漢初時代（『中国美術全集　絵画篇18』）。「緑地仙人騎鶴紋印花絹残片」唐時代（『新疆維吾爾自治区博物館』文物出版社・一九九一年・北京）
16 「天界伝文」（顔新元『民間鬼神画』）
17 「金花銀盒」唐時代・陝西省西安（『文化大革命期間出土文物　第一輯』文物出版社・一九七二年・北京）
18 「宮城図」（『改訂増補故実叢書　大内裏図考証　第二』明治図書出版・一九九三年）
19 「彩絵木胎女舞俑」唐時代（『新疆維吾爾自治区博物館』）
20 「三彩鴛鴦枕　洛陽邙山前李村出土」唐時代（洛陽市文物管理局編『古都洛陽』朝華出版社・一九九九年・北京）
21 『浦島絵巻』（甲本）（より部分）紙本着色・室町時代・一六世紀　日本民藝館（東京都）蔵
22 『遊仙窟』慶安五年刊本・江戸前期
23 「亜醜鉞」殷時代・山東省（『文化大革命期間出土文物　第一輯』）
25 公益財団法人京都市埋蔵文化財研究所蔵。「藤原良相邸跡出土の墨書土器」、「平安京左京四条一坊二町出土の『なにはつ』歌の木簡」
26 高島藩主諏訪家資料『竹取物語絵巻』奈良絵本　江戸前期・諏訪市博物館蔵

（本書を読むための参考ガイド）日中対照 略年表

日本

奈良　『古事記』（712）『日本書紀』（720）

『風土記』（713）〔「浦島子伝」〕

『万葉集』（759 以後）〔浦島子伝説歌・竹取翁歌〕

平安

9C　『白氏文集』渡来（834-848 頃）

『日本国見在書目録』（891）

> 5～9 世紀までに移入された中国渡来書籍の一大総目録。先秦～唐代に至る漢籍類 1579 部の書名を掲出。本書は抄略本だが、収録書籍の種類は、『隋書』『旧唐書』の図書目録掲載総数の半数に及ぶ（孫猛『日本国見在書目録詳考』）。

〔※遣唐使の廃止（894）〕

『新撰万葉集』（893）

『竹取物語』・『はこやのとじ』

10C　〈延喜 3 年「浦島子伝」？〉（903）

『古今和歌集』（905）『善家秘記』

『続浦島子伝記』（920-932）

『医心方』（984）『三宝絵』（984）

> 『竹取物語』の形成期（神仙ワールドの流行期）

11C　『源氏物語』『世俗諺文』（1007）

『群書類従本・浦島子伝』

室町　『竹取物語』の最古の断簡二葉あり

江戸　『御伽草子』〔23 話中に「浦島太郎」を収載。1716-1736 ／渋川版〕

『竹取物語抄』（1784）

近現代　『尋常小学校小学国語読本』〔1933・「浦島太郎」「かぐやひめ」を収載〕

（1960～1980）　『竹取物語』は、「斑竹姑娘」の「原話」が材源だとする学説の盛行（1970 年代）

> 昔話・民話、民俗（族）学の流行

「原話」の否定（2004）

中国

魏晋南北朝

『列仙伝』（劉向？）

『神仙伝』『漢武帝内伝』『神仙伝』

『抱朴子』（東晋・葛洪 283-343 ？）

『捜神記』（東晋・干宝？ -336）

『桃花源記』『捜神後記』（陶潜 365-427）

『幽明録』（南朝・劉義慶）

『真誥』（梁・陶弘景 456-536）

隋　『八朝窮怪録』〔唐代伝奇の萌芽〕

唐

> 唐代伝奇小説類（日常ではありえない経験に取材した恋愛小説《フィクション》など）

『遊仙窟』（張鷟 660-740）

『長恨歌伝』（806）

〔※『長恨歌』白居易 772-846〕

『鶯鶯伝』（元稹 779-831）

『通幽記』（陳劭）

『集異記』（薛用弱）

『纂異記』（李玫）

『伝奇』（裴鉶）

『独異志』『宣室志』（張読 834- ？）

〔※唐滅亡（907）〕

宋　『太平広記』（978）

> 3～10世紀に至る小説類等、400余種、約7000話を収録（張国風『太平広記会校』）

> 怪奇・神仙小説類

明　『金瓶梅』（1573-1620 頃）

清　『肉布団』（明末—清初）

> 白話・口語体小説類

現代　「斑竹姑娘」を収めた『金玉鳳凰』の出版（1957）

渡辺秀夫（わたなべ・ひでお）

一九四八年横浜市生まれ。
一九七七年早稲田大学大学院文学研究科日本文学専攻博士課程単位取得。一九八九年文学博士（早稲田大学）。信州大学助教授（八二年）、同教授（九二年）。中国北京日本学研究センター派遣教授（九三、九八年）、ワルシャワ大学東洋学部客員教授（九九、二〇一六年）、ヤギェウォ大学文献学部東洋学研究所客員教授（二〇一三年）、現在、信州大学名誉教授。

〔主要著書〕
『平安朝文学と漢文世界』（勉誠社・一九九一年）
『詩歌の森―日本語のイメージ』（大修館書店・一九九五年）
『和歌の詩学―平安朝文学と漢文世界』（勉誠出版・二〇一四年）ほか。

[塙選書123]

かぐや姫《ひめ》と浦《うら》島《しま》　物語文学の誕生と神仙ワールド

二〇一八年四月二五日　初版第一刷

著者――渡辺秀夫
発行者――白石タイ
発行所――株式会社塙書房
〒113-0033　東京都文京区本郷6-8-16
電話=03-3812-5821　振替=00100-6-8782
印刷・製本所――亜細亜印刷・弘伸製本
装丁者――古川文夫（本郷書房）

ISBN978-4-8273-3123-3 C1391